Si seulement

MAGALI
INGUIMBERT

Ce livre est une fiction. Toute référence à des évènements historiques, des personnages ou des lieux réels serait utilisée de façon fictive. Les autres noms, personnages, lieux et évènements sont issus de l'imagination de l'auteure, et toute ressemblance avec des personnages vivants ou ayant existé serait totalement fortuite.

Collection New Romance® créée par Hugues de Saint Vincent,
dirigée par Arthur de Saint Vincent
Ouvrage dirigé par Sylvie Gand
Photo de couverture : Adam Burn/ GettyImages
Couverture : Camille Decoster

Pour la présente édition,
©2020, Hugo Roman, département de Hugo Publishing
34-36, rue La Pérouse
75116 - Paris
www.hugoetcie.fr

ISBN : 9782755644807
Dépôt légal : janvier 2020
Imprimé en France par Corlet
N° d'impression : 19110048

NEW ROMANCE®

MAGALI
INGUIMBERT

Si seulement

TOME 1

Hugo Roman

#FNR2021

Pour Mélanie,

Merci de m'avoir donné
ma chance et surtout
merci de l'avoir aimé à

À toutes celles et ceux qui ont toujours eu foi en moi.

ce point.
Je t'en suis très
reconnaissante.

Avec toute mon
amitié,

[signature]

Chapitre 1

Lorsque j'ouvre les yeux, encore allongée sur mon lit, je contemple le plafond un instant et fais un rapide tour d'horizon : ma chambre est toujours la même, les rayons du soleil illuminent la pièce comme à l'accoutumée, le poster de Bruno Mars me fixe comme chaque matin, et pourtant, ce n'est pas un jour comme les autres. C'est enfin mon dernier jour à Madison ! Cette ville où je suis née et qui a vu grandir mes rêves en même temps que moi.

J'ai travaillé tellement dur, ces dernières années, pour être à la hauteur de mes ambitions que ça rend ce dernier jour spécial. Depuis que je suis toute petite, mon seul désir est d'entrer dans la prestigieuse université de Yale, et ses portes m'ouvrent enfin les bras. Des photos de moi, haute comme trois pommes, un sourire éclatant, avec les pulls floqués du logo de l'université trônent sur le mur de ma chambre, un véritable présage de l'avenir qui devient enfin mon présent. Mon parcours était sans doute déjà tout tracé, je voulais marcher dans les pas de mon père, un prestigieux avocat spécialiste des droits de l'homme. Je ne sais pas encore si c'est cette voie que je choisirai mais cela reste une option que j'envisage. Très pris par sa carrière internationale, il sera malheureusement absent pour ma rentrée, occupé à prendre la défense d'un journaliste américain emprisonné en Iran condamné pour incitation à l'apostasie, et qui risque la peine de mort. Quant à ma mère, qui œuvre pour des associations caritatives à l'autre bout du monde, elle sera également absente. Mais je ne leur en tiens pas rigueur, j'ai très vite appris à vivre au rythme de leurs départs réguliers et je suis fin prête à prendre mon destin en main comme une grande.

Fini de rêvasser sur l'oreiller, il est temps de savourer les douze prochaines heures comme si c'était un champagne millésimé que je venais de déboucher. *Ne pas en perdre une goutte !*

J'enfile une longue robe blanche aux motifs fleuris, m'assieds devant le miroir de ma coiffeuse, me brosse les cheveux en essayant de choisir une coiffure digne de ce nom mais, lorsque j'entends une voiture klaxonner devant l'entrée, j'opte finalement pour un chignon et me précipite pour rejoindre mon meilleur ami, Cory. C'est mon double au masculin, on aime les mêmes choses, on a les mêmes goûts en matière de films et on partage le même humour. Son père travaille avec le mien depuis une dizaine d'années. C'est donc tout naturellement que nous avons grandi ensemble. Si nous sommes semblables sur bien des points, il y en a pourtant un sur lequel nos avis divergent : nos ambitions. Si j'ai fait le choix de Yale avec la conviction de changer le monde, Cory, lui, a une âme plus littéraire et s'est donc tourné vers Princeton, au grand dam de son père, qui aurait préféré une université telle que Yale ou Harvard.

Étant donné que nos chemins sont sur le point de se séparer, nous avons décidé de passer cette dernière journée ensemble. Je dévale les escaliers lorsque je l'entends sonner à la porte.

– Yale ? C'est bon ? Tu es prête ?

« Yale », c'est mon surnom. Mon désir inébranlable d'entrer dans cette université m'a valu ce pseudo bien plus connu par mes pairs que mon véritable prénom, Alyssa.

– Oui, c'est bon. On peut y aller !

Installée sur mon siège, je m'empresse de me tourner vers Cory avant qu'il ne démarre.

– Bon, qu'est-ce qu'on fait ?

Il nous suffit d'un regard avant de répondre en chœur :

– On va chez Mona !

Un sourire complice sur les lèvres, Cory prend la direction de notre quartier général. Le *Mona's Café*. Mona est une dame d'une soixantaine d'années. Une petite brune aux tempes légèrement blanchies par le temps et toute menue. Toujours souriante et chaleureuse. Son café et ses beignets font la réputation de l'endroit.

Mon ami se gare dans la rue et nous entrons dans le café bras dessus bras dessous, enivrés par un sentiment de légèreté.

– Bonjour Mona !

– Bonjour les enfants ! Qu'est-ce que je vous sers, aujourd'hui ? nous demande-t-elle avec son habituel sourire accueillant.

– Comme d'hab' : un café crème pour moi et un chocolat chaud pour Cory. Et n'oublie pas les beignets, s'il te plaît.

– Je vous en ai mis deux exprès de côté. Je perds mes deux plus fidèles clients et les deux plus adorables. Tenez, les voilà, cadeau de la maison, dit-elle en revenant de la cuisine.

– C'est tellement gentil, Mona, merci beaucoup.

– Vous allez me manquer les enfants, ce ne sera plus pareil sans vous.

– Ça va me manquer aussi, admet Cory, un timbre nostalgique dans la voix, tout en balayant la pièce d'un bref regard. C'est vrai, on a passé tellement de temps ici, vécu tellement de bons souvenirs.

Nous allons nous asseoir à notre table habituelle et nous dévorons notre délicieux et dernier beignet à Madison en silence.

– Tu te rends compte, Cory. Nous y sommes. On a imaginé ce moment tellement de fois, composé notre avenir à cette table des heures entières, spéculé sur les étudiants que nous allions devenir constamment et ça y est, le jour où tout commence est enfin là.

J'attends ce moment depuis tellement longtemps que je n'arrive pas à croire que mon rêve va enfin prendre vie dans à peine quelques heures.

Alors que nous sommes en pleine discussion, je le vois entrer. *Lui*, lui pour qui mon cœur bat depuis que je sais distinguer le sentiment amoureux de celui d'amitié : Luke…

Luke, c'est mon voisin. Nous nous connaissons depuis la maternelle. Nous jouions ensemble lorsque nous étions enfants. Ma mère me dit souvent que j'adorais me glisser en douce chez lui pour me baigner. Au fil du temps, nous avons noué une véritable complicité. Le soir, chacun dans notre lit, tristes de devoir être séparés, nous avions pris l'habitude de parler avec des talkies-walkies pour nous endormir avec la voix de l'autre. Quand j'y repense, nous étions vraiment comme les deux doigts de la main. Puis nous sommes rentrés au collège, Luke s'est tourné vers le sport et les filles, et moi, vers les livres. Désormais, quand nous sommes amenés à nous croiser, on dirait deux véritables inconnus incapables de partager autre chose qu'une vieille boîte remplie de souvenirs qui datent d'une époque révolue de deux gamins en culottes courtes.

Pourtant, au fil du temps, mes sentiments n'ont pas cessé d'évoluer, je suis éperdument et inexorablement amoureuse de lui depuis le collège. Il est tellement beau ! Mais pas uniquement, c'est aussi un sportif accompli et le président des élèves. Ce qui fait de lui le garçon le plus apprécié et le plus populaire du lycée. Pour compléter le tableau idyllique, il lui fallait LA fille. *Non, ce n'est pas moi !* Mais Christie, la capitaine des pom-pom girls du lycée. Un vrai fantasme sur pattes, blonde, grande, un physique élancé, les yeux d'un bleu lagon, tous les garçons rêvent de l'avoir dans leur lit et se retournent sur son passage et toutes les filles font tout pour lui ressembler. Je ne sais pas trop ce qu'ils font ensemble ces deux-là. Luke est tellement gentil, intelligent... Mon idéal masculin : grand, brun, les yeux d'un marron couleur whisky dont je me délecterais jusqu'à plus soif s'il me permettait d'y plonger et les cheveux toujours impeccablement coiffés mais auxquels il donne un effet déstructuré qui me rend complètement dingue. Il joue dans l'équipe de basket-ball et il porte sublimement bien le blouson du lycée. D'après mes parents, lui aussi a été accepté à Yale, mais le connaissant, je présume que la liste est longue. Évidemment, s'il la choisit, je ne cache pas que ce serait l'opportunité idéale pour continuer à l'observer allègrement comme j'en ai l'habitude depuis que j'ai douze ans.

Lorsqu'il passe devant nous avec sa bande de copains, j'essaie de rester impassible. Il nous adresse un sourire et s'installe quelques tables plus loin. Je n'en loupe pas une miette, ce qui n'échappe pas à Cory.

– Je ne comprends toujours pas pourquoi tu ne vas pas lui parler.

– Mais pour lui dire quoi, au juste ? « Salut Luke, tu te souviens de moi ? Tu sais, ta voisine qui venait se baigner chez toi en douce et avec qui tu faisais joujou avec un talkie-walkie quand on était gosses ? » rétorqué-je, un brin agacée.

– C'est pathétique. Vous vous connaissez depuis le jardin d'enfants, tu meurs d'envie d'aller lui parler depuis des années et vous restez là à faire comme si vous ne vous connaissiez pas. Tu ne trouves pas ça idiot, toi ?

– Pfff... Laisse tomber ! soufflé-je pour qu'il comprenne que ce n'est pas la peine d'insister.

Cory sait très bien ce que je ressens pour Luke. Je n'arrête pas de lui rebattre les oreilles avec ça. Il m'a plusieurs fois poussée à aller lui parler mais il sait que j'en suis incapable. Nous sommes simplement deux étrangers, maintenant.

Cory et moi changeons de sujet et revenons à cette journée si spéciale. Je lui explique que mon père est en Iran, qu'il ne sera pas revenu à temps pour m'accompagner, que ma mère est à Washington pour rassembler des fonds pour une association qui lutte contre la faim dans les pays du tiers-monde et sera donc absente, elle aussi.

Pour lui, tout est fin prêt. Sa mère l'accompagne, mais son père ne se résout toujours pas à son choix d'université. Il souffle, exaspéré par la situation, bien qu'il feigne s'être résigné à cette idée. Leur relation n'a jamais été simple ; ils n'ont jamais réussi à nouer un véritable lien, comme celui qu'il a avec sa mère, qui a toujours été présente et a vraiment veillé à son bien-être. Même s'il ne l'avoue pas, Cory a toujours mal digéré les absences répétées de son père.

Pour moi, c'est totalement l'inverse. Je me suis habituée à ma solitude, et puis je n'étais pas véritablement seule. Maggie, notre gouvernante, que j'appelle affectueusement « Mamita », est comme une seconde mère à mes yeux. Dans la pratique, c'est elle qui m'a élevée. Elle a toujours été là pour moi et me manquera terriblement quand je serai à Yale.

Cory et moi jetons un coup d'œil à l'heure. Déjà dix-sept heures ! Nous avions décidé d'aller au cinéma à la prochaine séance pour voir le reboot du *Roi lion*. Nous filons sans tarder pour ne pas rater le début du film.

Cory se charge du pop-corn pendant que je patiente dans la file d'attente lorsque, soudain, j'entends quelqu'un se racler bruyamment la gorge dans mon dos, ce qui me fait aussitôt sursauter. Je me retourne et lorsque je découvre de qui il s'agit, mon sang ne fait qu'un tour. Luke.

– Salut, Yale.

– Salut.

– Ma mère m'a dit que tu allais à Yale.

– C'est exact. Je pars demain.

– Tu sais que j'y vais aussi ?

Mon cœur fait alors un bond dans ma poitrine.

– C'est ce que je voulais !

Merde ! Les mots m'échappent et me mordre la lèvre ne pourra rien y changer. Difficile de ne pas être troublée quand un être aussi parfait se tient aussi près de vous. *Pourvu qu'il ne relève pas ! Je vous en prie, mon Dieu !* Malgré ma maladresse, j'essaie de me rattraper du mieux possible.

– Enfin ce que j'essayais de dire c'est… si c'est ce que TU voulais…

Il fronce les sourcils, visiblement amusé. Puis il ajoute :

– Je me demandais si tu voulais qu'on y aille ensemble ?

Je rougis instantanément de la pointe des orteils à la racine de mes cheveux.

– Euh… Oui… Non… NON. Il faut que je prenne ma voiture pour… pouvoir me déplacer une fois sur le campus.

Mais pourquoi ?!? Idiote ! J'aurais très bien pu revenir le week-end prochain pour la récupérer !

– Très bien. Comme tu veux. Je ne t'embête pas plus longtemps. Bon film.

Je fais juste un signe de tête et le regarde partir, certaine que mes remords vont me hanter jusqu'à la fin de mes jours. Cory choisit ce moment pour me rejoindre, un paquet XL de pop-corn dans les bras.

– Ce n'était pas Luke que je viens d'apercevoir avec toi au guichet ?

– Si.

– Il t'a parlé ?

– Oui.

– Tu vas continuer à me répondre par monosyllabes ou tu vas me dire ce qu'il te voulait ?

– Il m'a proposé de faire la route ensemble pour aller à Yale demain.

– Etttt ?

– Et j'ai refusé !

– Tu as quoi ? Mais tu attends ce moment depuis tellement de temps ! Je suis certain que tu as répété soir après soir ce que tu pourrais bien lui dire si un jour il venait enfin t'adresser la parole. Ce jour est enfin arrivé et madame joue les divas et refuse de passer un moment seule avec lui dans une voiture. Franchement, je ne te comprends pas !

– Écoute, je ne sais pas quelle mouche m'a piquée. Je suis allée au plus pratique. J'ai besoin de pouvoir circuler une fois sur place, je fais comment sinon, dis-le-moi ?

– C'est ça ton problème. Tu réfléchis trop ! Ta seule et unique chance vient peut-être de te passer sous le…

– Stop, c'est bon ! Je crois que j'ai compris, inutile d'en rajouter.

Je sais qu'il a raison et l'admettre m'agace profondément.

Nous nous installons à notre place habituelle, au fond de la salle, quand je vois Luke s'asseoir juste devant nous, quelques rangs plus bas, un paquet de pop-corn à la main. Il est accompagné par deux de ses potes. Je passe le plus clair de mon temps à regarder cette main se diriger vers sa bouche si parfaite, fantasmant d'être un grain de maïs soufflé pour avoir la chance de la caresser juste un instant. *Pfff, n'importe quoi !* Ça ne tourne pas rond dans ma tête… À la fin de la séance, nous retournons à la voiture et Cory me demande mon avis sur le film. Je lui réponds vaguement étant donné que j'ai consacré les trois quarts de mon temps à regarder Luke bouger, parler ou manger. *Heureusement, je connaissais déjà le dessin animé par cœur !*

Nous arrivons devant chez moi, une grande maison blanche flanquée de deux colonnes qui entourent la porte principale séparée par une allée. Cory me dépose, me serre longuement dans ses bras, on se promet de se revoir très vite et on se sépare avant que nos adieux ne deviennent trop larmoyants.

Quand j'entre, l'odeur de la cuisine vient jusqu'à moi, ça sent divinement bon ; je la reconnaîtrais entre mille ! Mon plat préféré : des spaghetti aux boulettes de viande. Je suis cet effluve jusqu'à la cuisine, où je retrouve Mamita aux fourneaux.

Elle est plutôt petite, un peu ronde, les cheveux grisonnants, qu'elle porte assez courts. Sa principale qualité, sa gentillesse. Elle est d'une douceur maternelle et elle a toujours veillé sur moi, depuis mes bobos d'enfant jusqu'à mes premiers chagrins. Son remède miracle pour faire taire mes larmes : un chocolat chaud avec un soupçon de caramel recouvert de chamallows, une recette dont elle seule détient le secret.

– Bonjour Mamita !

– Bonjour, ma chérie. Comment s'est passée ta dernière journée à Madison ?

– Très bien, merci. J'ai hâte de tourner cette page et d'être à Yale pour en écrire une nouvelle.

– Magnifique, ma puce, je suis certaine que tu vas accomplir de grandes choses.

– Merci, Mamita. S'il y a bien quelqu'un qui va me manquer, c'est toi, tu sais ?

– Oh Yale, ma chérie, le temps passe tellement vite… Hier, tu apprenais à faire du vélo à roulettes dans l'allée, et aujourd'hui, tu t'apprêtes à rentrer à l'université. Tu es devenue une belle jeune femme forte et brillante.

Une belle jeune femme ? Euh, attends voir une minute, jeune fille, d'accord… Jeune femme, pas tout à fait, mais belle ? N'exagérons rien. J'en suis bien loin. J'ai passé tellement de temps plongée dans mes livres que je ne sais rien faire d'autre. Mon maître mot a toujours été : étudier, étudier, étudier et encore étudier. OK, j'ai eu des activités extra-scolaires comme le volley-ball ou encore le club de journalisme, mais je n'ai jamais été très sociable et je n'ai pas l'âme d'une fêtarde non plus. Je ne suis pas entourée d'un grand nombre d'amis. Seulement Cory, mon meilleur ami, Léna et Will, tous deux membres du club de journalisme et studieux comme moi. Pendant toute ma scolarité au lycée, nous étions catalogués comme les intellos avec une table attitrée à la cafétéria, celle des parias, en quelque sorte.

Je n'ai jamais été troublée par ce que les autres pouvaient penser de moi, j'ai toujours considéré cette période de ma vie comme une étape que je viens de franchir avec brio. Je n'ai pas accordé de temps aux sarcasmes et aux moqueries à mon sujet. Pourtant, on n'a jamais été tendre avec moi. Il y a toujours de bonnes raisons de se moquer d'autrui, la façon dont on s'habille, les personnes que l'on fréquente, la voiture que l'on conduit, tout est prétexte à être la risée de ceux qui se croient « cool ». Je devais être une cible facile mais je ne me suis jamais apitoyée sur mon sort, et même encore aujourd'hui, ça m'est complètement égal.

La sonnette de la porte me tire de ma rêverie. Je regarde aussitôt Mamita qui semble tout aussi surprise que moi. Qui cela peut-il être ? Je m'avance vers la porte, hésitante, et lorsque j'ouvre, je découvre mon visiteur et ma surprise ne lui échappe pas.

– Salut, me dit Luke, visiblement un peu désemparé et gêné par ma réaction.

– Salut.

– Tu aurais cinq minutes à m'accorder ? Je voudrais discuter avec toi, si tu veux bien.

– Euh… Oui. Euh… Tu veux entrer ? bégayé-je.

– Si ça ne t'ennuie pas.

– Entre.

Je décide d'aller dans la cuisine, bien consciente que Mamita s'y trouve. Je serai plus sereine si je ne me retrouve pas seule avec lui, un peu comme si elle était mon bouclier humain.

J'ignore si je suis capable de tenir sur mes deux jambes alors que je suis dans la même pièce que lui.

Quand nous entrons dans la cuisine, Mamita le reconnaît immédiatement. Elle a ce petit sourire et des joues rosies qui la trahissent. Elle connaît très bien mon histoire et ce qu'il représente pour moi, c'est ma confidente. Elle me regarde, l'air taquin, et se dirige vers le cellier.

– Je vous laisse. J'ai une machine à faire tourner. Alyssa, as-tu du linge à laver avant ton départ ?

Mamita est l'une des rares personnes à encore utiliser mon prénom.

– Non merci, ça peut attendre.

Je lui fais les gros yeux dans l'espoir qu'elle comprenne mon désarroi mais elle fait mine de ne rien remarquer et quitte la pièce. Saleté !

Oh putain ! Ressaisis-toi ! Ressaisis-toi ! Et surtout n'oublie pas de respirer ! Je prends une profonde inspiration, me redresse et me retourne vers Luke. Je le regarde fixement en me répétant en boucle « qu'est-ce qu'il est beau », et je n'arrive pas à penser à autre chose. Au bout de quelques secondes, Luke prend la parole.

– Alors voilà, c'est un peu stupide de ma part mais j'y pense depuis quelques jours…

Mon attention reste happée par ses lèvres, elles sont tellement parfaites, si bien dessinées, je rêve de les sentir contre les miennes. Et lorsqu'il prononce ces quelques mots, j'imagine un instant qu'il ressent la même chose à mon égard depuis toutes ces années et que le moment est enfin venu. Mais quand il poursuit, la réalité est tout autre.

– Je suis assez stressé par mon entrée à l'université et j'aurais aimé en discuter un peu avec toi. Tu es la seule personne que je connaisse qui ait été conditionnée depuis toute petite pour rentrer à Yale.

Au moment où il prononce ces mots, on dirait que ses yeux pétillent de fierté.

Quant à moi, qu'est-ce que j'imaginais, au juste ? Mes épaules s'affaissent sous le coup de la déception. Mais le simple fait qu'il ait besoin de moi, besoin que je le rassure, suffit à me mettre du baume au cœur.

Avant toute chose, j'essaie d'être une bonne maîtresse de maison et lui propose à boire. Mamita a justement fait de la citronnade. Il acquiesce, un sourire charmeur sur les lèvres qui me fait fondre. Lorsqu'il porte son verre à ses lèvres, il dit aussitôt :

– Oh la la ! Mamita fait toujours la meilleure citronnade de tout l'État. Je n'en ai jamais bu d'aussi bonne.

Je réponds simplement par un sourire, étonnée qu'il se souvienne encore de ça. À croire que lui non plus n'a pas oublié toutes ces années que nous avons partagées. Seulement, il a fini par passer à autre chose, comme je devrais le faire, moi aussi.

Nous restons là, à discuter de Yale. Il a choisi de loger en résidence universitaire pour sa première année. J'ai fait le même choix. Mes parents m'ont bien proposé de prendre un appartement non loin du campus mais j'ai préféré rester sur place, pensant que ça m'aiderait, peut-être, à me faire des amis.

Au fil du temps qui s'écoule, je commence à me sentir à l'aise en sa présence, je lui propose donc tout naturellement de me suivre dans ma chambre. J'ai une chemise dans laquelle j'ai rassemblé toutes les informations intéressantes concernant Yale.

On monte et, à peine entré, il étudie ma chambre d'un rapide coup d'œil.

– Rien n'a changé ici, ou presque…

À peine a-t-il prononcé ces quelques mots que je lâche la chemise sur l'étagère, en provoquant un véritable cataclysme sur les babioles posées là. Je suis stupéfaite qu'il puisse se souvenir de ça ou encore de la citronnade de Mamita. Les années ont creusé un fossé entre nous, à tel point qu'aujourd'hui j'ai le sentiment d'avoir vécu deux vies parallèles. L'une comme un rêve, que j'idéalise beaucoup trop et à laquelle je m'accroche désespérément. Et l'autre, bien réelle, dans laquelle échanger de simples banalités comme si notre passé commun n'était qu'une vulgaire illusion me rappelle à mes dépens que c'est bel et bien notre présent.

– Comme tu peux le constater, je suis toujours aussi maladroite ! dis-je pour masquer mon embarras.

Nous finissons par nous asseoir sur mon lit et je lui montre toutes les brochures que j'ai réunies sur les annexes et à proximité du campus, tout ce qu'on ne trouve pas sur la documentation fournie par Yale.

Pendant que Luke se plonge dans sa lecture, je regarde la pièce un instant et je me rends compte qu'il a raison, ma chambre n'a pas tellement changé. Des fanions de Yale sont accrochés au mur çà et là, quelques photos de certains de nos voyages avec mes parents. J'ai aussi agrafé quelques posters de groupes ou de chanteurs que j'affectionne, Muse, Maroon 5, sans oublier Bruno Mars.

Nous restons là en silence. Lui, concentré sur les brochures, et moi, concentrée sur lui. C'est peut-être la dernière fois que nous passons un moment rien que tous les deux alors j'essaie de scanner le moindre détail dans ma tête pour pouvoir rêvasser de cet instant unique, à mes heures perdues.

Une fois que Luke a fini de feuilleter les brochures, il redresse la tête dans ma direction.

– Je peux te poser une question ?

Je suis incollable sur cette université et j'adore les quizz. Je ne crains aucune question ! *Vas-y ! je suis prête !*

– Tu peux me rappeler pourquoi nous avons cessé de nous parler ?

Je le fixe, bouche bée. Si je m'attendais à ça ! Je réfléchis quelques secondes, mais franchement, je n'en sais rien. Et d'ailleurs, pourquoi me pose-t-il cette question ?

– Je présume qu'en grandissant nous avons pris des chemins différents, tout simplement.

Il baisse la tête comme s'il était accablé par les regrets ou alors c'est mon imagination qui me joue des tours. C'est vrai que le temps où on se connaissait par cœur appartient au passé.

– Tu sais, parfois, ça me manque. Enfin… Je veux dire par là que nous avions une sacrée complicité, on se marrait bien. Je me dis que le fait d'entrer tous les deux à Yale est peut-être un signe, pas toi ?

Et voilà, j'ai mon cœur qui en danse la samba ! Bien sûr que c'est un signe ! Le signe que je vais pouvoir te voir encore et encore. Continuer de rêver à une relation avec toi.

Il poursuit :

– Je me disais qu'une fois là-bas on pourrait passer plus de temps ensemble, essayer de renouer le lien que nous avons perdu. Affronter à deux cette nouvelle étape sera sans doute plus facile. Et je suis sûr qu'on n'est pas si différents l'un de l'autre, comme tu as l'air de le croire.

– Et Christie ?

J'ignore pourquoi c'est la seule chose que j'aie trouvée à dire. Il se met à rire.

– Tu sais… Christie et moi, on a toujours su que ça n'irait pas plus loin que le lycée. Nos avenirs étaient tellement différents, elle rêvait de Californie et moi j'avais d'autres ambitions. Elle a été acceptée à l'université d'État de Sacramento et on a vite compris que les relations à distance étaient une douce utopie.

Et voilà, quelques mots suffisent pour que mon cœur fasse une nouvelle embardée. Luke est célibataire et souhaite passer plus de temps avec moi. J'ai juste envie de faire un salto arrière, suivi d'un tango, une rose rouge entre les dents. Au lieu de ça, j'essaie de garder un air détaché et opine simplement de la tête.

– Très bien.

À son étonnement, je comprends qu'une fois de plus, je n'ai pas la réaction escomptée.

– Euh… Je veux dire : très bien, je suis d'accord pour qu'on essaye de passer plus de temps ensemble à la fac.

Il ne cache pas sa satisfaction et son sourire réjoui me fait fondre comme neige au soleil. On pourrait presque imaginer que l'on ressent la même chose, mais ça, c'est sans doute parce que j'abuse des films à l'eau de rose où le beau gosse du lycée s'amourache de l'intello, un peu comme Zack et Laney dans *Elle est trop bien.*

Mais oh là ! On ne s'emballe pas, ma cocotte ! Ici, c'est la vraie vie, il a juste besoin d'une amie parce qu'il ne connaît personne. Je repousse vivement cette idée dans un coin de ma tête et préfère me concentrer sur le fait que nous allons désormais passer plus de temps ensemble, et ça suffit à mon bonheur.

Je lui demande alors quelles matières il a choisies. Nous échangeons à ce sujet et nous nous apercevons que nous avons quelques cours en commun. Cela ne signifie pas que nous serons dans la même classe, mais chaque cours compte une vingtaine d'élèves, tous les espoirs sont permis. Je voudrais passer chaque seconde avec lui, ne respirer que pour lui.

Yale ! Ressaisis-toi ! Bon sang !

Je décide de mettre un peu de musique pour alléger l'ambiance et surtout pour combler le silence. Je ne suis ni très à l'aise ni très douée pour tenir une conversation.

J'opte donc pour *Just The Way You Are* de Bruno Mars.

– Bruno Mars ? dit-il surpris. Moi aussi j'aime bien. Il passe au Madison Square Garden début novembre. Si tu veux, on pourrait y aller ensemble ?

Oh ouiii ! Bien sûr que oui ! Je suis tout excitée !

Un peu de calme, Yale !

Je hausse simplement les épaules d'un air désinvolte. Luke et moi à un concert, cette idée m'enchante carrément, mais il est préférable de changer de sujet, et vite, avant que mon enthousiasme ne devienne évident.

– Mamita a préparé le dîner. Tu te joins à nous ? Elle a fait des spaghetti aux boulettes de viande, ça te tente ?

– C'est toujours ton plat préféré ?

– Tu te souviens de ça aussi ?

Zut ! Cette fois, j'ai laissé parler mon cœur sans filtre.

– Oh ! Et de tout un tas d'autres choses encore. Ce n'est pas parce qu'on a cessé de se parler que j'oublie les moments fantastiques que l'on a passés ensemble. Il y a tellement de bons souvenirs. Je regrette moi aussi que l'on se soit perdus de vue ces dernières années, tu sais.

Waouh ! Si je m'attendais… Tout d'un coup, j'ai chaud, terriblement chaud. *Quelqu'un pourrait ouvrir la fenêtre pour moi, s'il vous plaît ?* Ces mots sortis de cette bouche magnifique me laissent au bord du malaise. Je tente de rester impassible alors que je rêve de faire une danse de la joie, enfin… j'essaie. Si je veux avoir une chance de passer le reste de la soirée à ses côtés, mieux vaut éviter de lui montrer mes talents de danseuse !

– Ça veut dire que tu restes ?

Il me fait un clin d'œil. J'en conclus donc que nous dînons ensemble. Je descends dans la cuisine pour dresser nos assiettes. Mamita est occupée à préparer des cookies. Quand j'entre dans la pièce, je la prends aussitôt par la main et je la fais valser autour de l'îlot central en chantonnant les paroles de Bruno Mars qui tournent encore dans ma chambre.

– Tu te rends compte, Mamita ? Il veut passer plus de temps avec moi quand nous serons à Yale. Il se souvient de pleins de choses et il regrette toutes ces années de silence, c'est le rêve !

Elle est tout aussi surprise que moi, ou alors, c'est la danse forcée autour du plan de travail qui lui fait tourner la tête. Je m'arrête, un brin essoufflée.

– Tu sais, ma chérie, ça se sent ces choses-là. Ce jeune homme a le béguin pour toi, je te le dis !

Mes joues rosissent instantanément. Qu'est-ce que j'aimerais qu'elle ait raison ! Je voudrais tellement y croire, mais je doute qu'il s'intéresse jamais à moi comme je le souhaiterais.

– Je vais mettre les assiettes. Il reste manger avec nous. Je n'arrive pas à croire qu'il soit là, chez moi. Tu te rends compte ?

– Retourne donc dans ta chambre, je vous prépare le dîner et je vous l'apporte. Allez file ! Parce qu'à ton rythme, vous mangerez à Thanksgiving !

– Merci, Mamita. Tu es un amour ! lui dis-je en bondissant partout.

Je remonte dans ma chambre et trouve Luke allongé sur mon lit en train de bouquiner.

– Mamita va nous monter le dîner.

– Génial. Tu as toujours ton téléscope sur le balcon ?

– Oui, oui, toujours. Pourquoi cette question ?

Mais où veut-il en venir, au juste ?

– Je me disais qu'après manger on pourrait passer un moment à chercher la Grande Ourse, comme dans le temps.

J'ai reçu mon télescope pour mes six ans. Le week-end, Luke avait le droit de venir à la maison pour que l'on regarde les étoiles tous les deux. Comme on était nuls en astronomie, on passait des heures à chercher la Grande Ourse, en vain. Puis on essayait de deviner sur quelle planète vivaient les petits hommes verts. On s'amusait beaucoup.

– Oui, si tu veux. Sauf que, désormais, on sait où se trouve la Grande Ourse et que les petits hommes verts n'existent que dans les dessins animés !

Il rit en se remémorant ce souvenir et je crois que je pourrais écouter ce si joli son une vie entière !

Mamita frappe à la porte. Je me précipite pour la laisser entrer les bras chargés de notre dîner.

Sur un plateau, elle a disposé nos deux assiettes bien garnies de pâtes et de boulettes de viande qui fument encore. Il s'y trouve également deux verres, une carafe de citronnade, deux serviettes en papier et un plat rempli de cookies encore tièdes.

Lorsqu'elle pose le plateau sur mon bureau, on lui répond dans un parfait ensemble.

– Merci, Mamita !

– Je vous laisse tranquilles, les enfants, bon appétit.

Nous mangeons en silence, mais dès que nos assiettes sont vides, Luke se tourne vers moi.

– Mamita est toujours une aussi bonne cuisinière. Je suis rassasié.

– Moi aussi.

La nuit commence à tomber et Luke l'a remarqué aussi.

– Bon, on y va?

– Où ça?

– Eh bien, sur le balcon!

– Absolument.

J'ouvre la porte-fenêtre. La vue de ma chambre est magnifique. Elle donne sur l'arrière de la maison, sur l'immense jardin bordé par la piscine et la cuisine d'été. Au fond de la propriété, de grands arbres nous cachent des regards indiscrets.

Nous nous installons, Luke et moi, à côté du télescope et nous attendons que la nuit soit tombée complètement pour pouvoir contempler les astres. Nous commençons alors à parler de son frère aîné, Michael, qui s'est marié l'été dernier. Il habite maintenant à Seattle avec sa femme. Quant à sa sœur, Sarah, elle est partie vivre un an à Paris en tant que fille au pair. D'après lui, elle est dans une bonne famille et a déjà beaucoup progressé dans la langue de Molière. Il est donc le dernier à quitter la maison et c'est assez dur pour ses parents de le voir partir.

Je me confie également et lui raconte que mon père est en Iran et ma mère à Washington. Je lui avoue à mon tour qu'être seule la plupart du temps n'est pas toujours aisé et que cela fait partie des raisons pour lesquelles je suis heureuse de partir enfin de la maison.

Ça y est, il fait enfin nuit noire.

Il se lève, s'approche du télescope et ferme un œil pour regarder à l'intérieur du viseur.

– Viens, me dit-il en me tendant la main.

Lorsqu'il me touche, je sens ce courant électrique me parcourir le corps. J'essaie de ne pas laisser ma réaction me trahir, mais quand je m'approche de la lunette, Luke m'attrape par le cou, gentiment, pour me laisser prendre sa place. Et ce simple contact suffit pour provoquer des frissons qui recouvrent ma peau. Je n'arrive plus à respirer correctement.

J'ai chaud, j'ai chaud, j'ai chaud !

Il retire sa main, puis il va s'asseoir sur le rebord du balcon comme s'il souhaitait volontairement laisser de la distance entre nous. Je me redresse, surprise, et le fixe longuement. Il regarde un instant l'horizon, l'air perdu et, en un battement de cils, semble revenir à la réalité et se tourne vers moi.

– Et toi, alors, pendant toutes ces années, tu n'as pas rencontré le prince charmant ?

Je sens aussitôt mes joues rosir, plutôt virer au cramoisi. Je suis étonnée, sa question est très indiscrète. Que vais-je bien lui répondre ? *Je n'ai qu'un seul prince charmant et c'est toi ! Je n'attends que toi !*

Trouve autre chose !

– Non. Toujours pas. J'ai bien eu une ou deux histoires mais rien de bien important, réponds-je en contemplant mes mains avec attention comme si je venais de découvrir qu'elles comprenaient cinq doigts chacune.

J'ai bien eu une amourette avec Jimmy. Je l'ai rencontré en Espagne pendant l'été 2017. J'y étais allée un mois pour perfectionner mon espagnol. Un amour de vacances, rien de plus, quelques baisers avides échangés. Puis il y a eu Harry, un Anglais. On s'est rencontrés lors d'un autre voyage, en Argentine, cette fois. Là encore, rien de passionnant. J'imagine que lorsque ce sera le bon, je le saurai. Notre premier baiser sera explosif, chaque partie de mon corps sera happée par le feu de la passion, j'aurai les jambes fébriles, des papillons dans le ventre et le cœur en émoi. C'est ça, l'amour avec un grand A, et c'est un peu ce que je ressens pour Luke.

– Youhou… Youhou… Y a quelqu'un ? demande-t-il en agitant sa main devant mon visage.

Je cligne des yeux comme s'il venait brusquement de me ramener à la réalité.

– Oui, excuse-moi, j'étais perdue dans mes pensées.

– Tu pensais à quoi, au juste ?

– À rien… rien du tout. Je me disais que c'était juste des amours de vacances. Enfin… façon de parler.

– Personne ne t'intéressait au lycée ? C'est vrai, je ne t'ai vue traîner qu'avec Cory.

Il me fait un clin d'œil complice. Qu'est-ce qu'il insinue ? Il suffit d'une seconde pour que je comprenne où il veut en venir. Qu'il puisse nous imaginer ensemble, Cory et moi, me fait rire aux éclats.

– Ah non ! non ! Cory, c'est mon meilleur ami, rien de plus. C'est de l'amitié pure, sans équivoque, et c'est réciproque.

– D'accord. Donc, il n'y a jamais eu personne… Mais quelqu'un te plaisait au lycée ?

Mais pourquoi insiste-t-il comme ça ? Qu'est-ce qu'il cherche ?

C'est peut-être LE moment idéal pour lui dire ce que je ressens pour lui. Je me sentirais sans doute soulagée et le cœur léger. *Et tu ne le reverras plus jamais après ça.*

– Tu sais… Je n'avais qu'un seul but au lycée : entrer à Yale, et je me suis uniquement concentrée là-dessus. Je me suis donné les moyens de réussir.

Dégonflée !

Son visage demeure impassible. Impossible de savoir si c'est de la simple curiosité ou s'il est déçu par ma réponse. Au fond de moi, j'aimerais tellement qu'il le soit.

– J'espère qu'à la fac tu prendras le temps d'ouvrir ton cœur. On n'a qu'une seule existence, et je ne parle pas de vivre par procuration dans les livres, mais bien de ta vie.

Je relève la tête, une expression de surprise plaquée sur le visage. Comment dois-je l'interpréter ? Pour qui parle-t-il ? Lui ? Moi ?

Arrête d'essayer de tout interpréter et prends les mots tels qu'ils sont. Il veut tout simplement ton bonheur, comme le ferait un ami, pas plus.

Il saute d'un bond sur ses pieds comme pour mettre un terme à cette drôle de conversation.

– Faut que j'y aille ! Il se fait tard. Merci pour tout. Discuter avec toi a été un réel plaisir. On se revoit là-bas ?

– Oui, bien sûr.

Avant de partir, il m'adresse un regard tendre et une dernière caresse sur la joue, un geste d'affection qui fait battre mon cœur follement. Je le raccompagne jusqu'à la porte de ma chambre et, dès qu'elle se referme sur lui, je m'y adosse et ferme les yeux. Ça vient vraiment de se passer ? Il était bien là ? Je me pince le bras pour vérifier que je ne rêve pas. *Aïe ! Non, tout ça était bien réel !* Ma chambre embaume encore son doux parfum. C'en est trop ! Je ne peux plus contenir mon excitation. Je grimpe sur mon lit et saute encore et encore comme une enfant.

Complètement essoufflée, je m'allonge, perdue dans mes rêves.

Ces dernières heures défilent en boucle dans ma tête, je m'endors le sourire aux lèvres.

Chapitre 2

Le réveil sonne mais j'ai déjà les yeux ouverts. Mon excitation est à son paroxysme. J'ignore si c'est dû à la soirée de la veille ou bien à ce jour que j'attends depuis si longtemps, sans doute un peu des deux. Toujours est-il que je dois me lever, reprendre mes esprits et me préparer pour ma nouvelle vie. C'est enfin le grand départ !

Je suis sur le point d'écrire un nouveau chapitre de ma vie, peut-être le plus important, celui qui va donner un sens à mon histoire. J'ai l'intime conviction que les choses vont être différentes, à présent, que je vais découvrir des facettes de ma personnalité que je ne connais pas encore et pouvoir enfin être moi.

J'ai déjà tout programmé. Nous ne sommes qu'à deux heures de l'université et mes valises sont prêtes. Il ne me reste plus qu'à me préparer.

Je prends donc le temps de me laver les cheveux, de les sécher et de les lisser au fer. Puis je me maquille légèrement. Je me suis toujours demandé pourquoi on ne donne pas tout simplement des cours de maquillage dès le collège, ça éviterait à certaines de ressembler à des poupées russes et à d'autres, comme moi, de s'entraîner pendant cinq ans pour réussir un trait d'eye-liner. J'opte donc pour un peu de crayon et de mascara. J'enfile ma tunique gris souris sur un legging noir et mes ballerines assorties.

Lorsque je quitte ma chambre, aucune vague de nostalgie ne m'étreint. Certainement parce que, au premier coup de blues, je sais que je peux rentrer me réfugier ici. Je descends. Mamita m'a préparé un petit déjeuner olympique.

– Je n'avalerai jamais tout ça !

Je prends des œufs, du bacon et quelques pancakes que j'arrose généreusement de sirop d'érable mais, comme si ça ne suffisait pas, des gaufres, une corbeille de fruits et des jus de fruits frais sont disposés sur la table. Sans oublier ma tasse de café encore fumante au cas où l'adrénaline ne suffirait pas à me maintenir réveillée.

Une fois que j'ai tout engouffré, il est enfin l'heure du grand départ. Mamita ne peut s'empêcher de renifler et les larmes lui montent aux yeux.

– Je ne serai pas loin, et puis, je te promets de revenir aussi souvent que possible, dis-je pour la réconforter.

On se serre longuement dans les bras l'une de l'autre, avant que je ne m'installe dans la voiture. Je recule dans l'allée et aperçois la voiture de Luke encore garée devant chez ses parents. Il partira sans doute plus tard.

Cette simple pensée me renvoie à la soirée de la veille, à nos échanges, il n'en suffit pas plus à mon cœur pour faire un raté.

J'ouvre la fenêtre pour laisser la douceur de l'automne caresser mon visage et prends la direction de l'*Interstate 95*.

Je mets une chanson des Maroon 5 en duo avec Christina Aguilera pour alimenter ma bonne humeur et je me mets à chanter à tue-tête dans ma New Beetle cabriolet, les cheveux au vent ; je savoure pleinement le parfum de liberté que j'attendais tant.

Plus je roule et plus les panneaux indiquant Yale se font nombreux, je connais la route par cœur pour y être venue un bon nombre de fois, mais là, on quitte la théorie pour la pratique !

En me garant, j'aperçois un rassemblement devant le grand édifice principal. J'en déduis qu'il s'agit du point d'accueil. Je m'avance pour m'en assurer et distingue plusieurs tables disposées avec des pancartes indiquant par catégorie les lettres de l'alphabet. Je me dirige donc naturellement vers la table A-F, puisque je m'appelle Conrad.

Une fille aux cheveux blonds et aux yeux clairs me tend des fiches de renseignements, des brochures pour prendre connaissance de ce qu'on peut faire sur le campus mais aussi aux alentours. Il y a également un plan avec les arrêts de bus sur toute la zone ainsi que leurs horaires. Elle m'informe que les étudiants de première année (c'est-à-dire moi) peuvent bénéficier du soutien d'un tuteur, ou d'une tutrice, qui, lui, est là depuis un an ou plus. Il pourra donc, dans un premier temps, jouer les guides et m'accompagner jusqu'à ma chambre mais aussi, tout au long du premier semestre, répondre à mes éventuelles questions. Ce système a été mis en place pour aider les nouveaux arrivants à se familiariser avec les lieux.

Quand je baisse les yeux sur celle qui m'a accueillie, j'aperçois un badge sur sa poitrine avec son prénom : Lila. Elle m'a l'air plutôt sympathique mais passablement débordée. Lorsqu'elle consulte son listing, elle m'informe que mon tuteur se prénomme Billy, il viendra me chercher dans environ quinze minutes au point de rendez-vous : l'entrée principale.

J'acquiesce, la remercie et me dirige donc vers l'entrée.

Durant ce court trajet, je ne peux m'empêcher de regarder tout autour de moi, comme si j'avais besoin de me rassurer, de ressentir au plus profond de moi que je suis à la hauteur de mes ambitions. Je suis conditionnée pour être ici. Même Luke le dit. Tiens, en parlant de Luke, depuis mon arrivée, je n'ai pas pensé à lui une seule seconde. Peut-être qu'aspirée par la frénésie de ce campus, je finirai par passer à autre chose. *Rêve toujours !* Mon cœur me murmure que c'est impossible mais ma raison me pousse à essayer.

Les quinze minutes écoulées, comme convenu, Billy me rejoint devant l'entrée. Je sais que c'est lui parce qu'il arbore le même badge que Lila sur son tee-shirt. Je m'avance timidement.

Quand il comprend à son tour qui je suis, un sourire se dessine sur son visage. Il faut reconnaître qu'il est plutôt séduisant. J'ignore si c'est l'air de New Haven qui trouble ma raison mais je me surprends moi-même à avoir ce genre de pensées. Il est grand (au moins deux têtes de plus que moi) et plutôt costaud. Il devait certainement jouer au football au lycée ou bien faire de la lutte, je l'imagine bien en tenue de lutteur. Mais qu'est-ce qu'il m'arrive ? Il est blond et ses yeux verts sont si clairs que j'ai du mal à me dégager de son regard. Ses lèvres sont clairement son deuxième atout, leur rouge pomme d'amour donne envie d'y croquer à pleines dents. Ces pensées loufoques finissent par me faire rougir et je préfère baisser la tête de peur qu'il ne lise en moi.

– Bonjour… Alyssa, c'est bien ça ? finit-il par demander.

– Bonjour. Oui, c'est exact, mais tout le monde m'appelle, euh… Je secoue la tête. Euh… Oublie ! Alyssa, c'est bien.

Il fronce les sourcils devant mon hésitation mais ne relève pas. Je viens de m'apercevoir que je ne connais personne ici, alors il est grand temps d'agir en adulte et de laisser mon surnom sur le perron de ce campus. Démarrons sur de nouvelles bases.

– Bien. Suis-moi. Je vais te montrer ta chambre.

Je lui emboîte le pas, tout en observant les alentours avec attention. D'abord pour repérer les lieux, et ensuite pour guetter la moindre apparition de Luke. Je lui enverrais volontiers un texto pour lui dire que je suis bien arrivée mais je n'ai pas son numéro et, hier, j'ai pensé à tout sauf à ça. *Ce que je peux être tête en l'air, parfois !*

Nous poursuivons notre chemin en direction d'un bâtiment. Nous marchons sur des dalles entourées de pelouse verdoyante. Certains étudiants sont regroupés en cercles, alors que d'autres restent seuls à bouquiner, appuyés contre un arbre ou bien allongés sur la pelouse. *Je m'y vois déjà !*

Nous arrivons au bâtiment A. Apparemment, c'est là que se trouve mon nouveau chez-moi. Une excitation certaine s'empare de moi. J'ai hâte de franchir le pas de cette porte ! Je sais que juste derrière, cet avenir dont j'ai tant rêvé va enfin devenir mon présent.

Nous montons les escaliers jusqu'au deuxième étage. En chemin, Billy croise des étudiants qu'il salue, sans doute des tuteurs, comme lui. Mais d'autres semblent nouveaux, tout comme moi. On dirait que c'est écrit en néon bleu clignotant sur leur front. À moins que ce ne soit notre regard vaguement paumé qui en dise long.

Sur les paliers, c'est l'effervescence. Il y a du monde partout. Se frayer un chemin n'est pas chose aisée. En fait, ma chambre est l'avant-dernière sur la droite, au bout du couloir. Billy frappe à la porte et une voix féminine se fait entendre de l'autre côté :

– Entrez !

Il ouvre et, comme un gentleman, me fait signe de passer en premier.

Lorsque j'entre et que je l'aperçois, ELLE, j'ai tout de suite une boule au creux de l'estomac. J'ai l'impression de faire face à un double de Christie, celle que j'ai toujours enviée et détestée pour avoir tout ce que je n'ai pas. Je sens une rage difficile à maîtriser monter en moi, pas contre cette fille que je ne connais pas mais contre l'image qu'elle me renvoie, cette espèce d'étiquette dont je pensais m'être débarrassée définitivement. Elle s'avance vers moi, chaleureuse, et je ne peux m'empêcher de serrer les dents lorsqu'elle me tend la main.

– Salut ! Moi, c'est Caroline.

Un sourire « émail diamant » illumine son visage. Bien sûr, ses dents sont parfaites.

– Moi, c'est Alyssa.

Je tente de lui rendre une poignée de main ferme, histoire de faire passer un message. Je peux paraître négligée avec mes robes fleuries bien trop larges et mes cheveux récalcitrants, mais je ne me laisse pas marcher sur les pieds.

Caroline n'est guère plus grande que moi. Ses cheveux frisés lui arrivent au milieu du dos. Elle a de très beaux yeux clairs et une silhouette très fine. Encore une qui mange et qui me fait grossir ! Ses formes, contrairement aux miennes, sont galbées, et pas de doute, elle sait les mettre en valeur. Il n'y a qu'à voir le regard concupiscent que Billy pose sur elle, bouche bée ; il pourrait avaler un essaim d'abeilles sans s'en rendre compte. Billy, tu viens de rompre le charme ! Ce n'est pas l'envie qui me manque de le lui faire remarquer, mais ce serait totalement déplacé, surtout si j'ai besoin de lui au cours des mois à venir.

Le silence s'installe. Billy choisit ce moment pour prendre congé et me tend une carte avec son numéro inscrit dessus. Il insiste bien sur le fait de ne surtout pas hésiter en cas de problème ou à la moindre question. Je lui souris, le remercie, puis attrape ma valise sans attendre et ferme la porte derrière lui.

Cette chambre est semblable à toutes les chambres universitaires. Deux lits à chaque extrémité de la pièce, deux bureaux qui se font face et deux armoires au pied de chaque lit. Les murs sont rose pâle, ou plutôt d'un rose fané. Ils sont parsemés çà et là de taches blanches pas plus grosses qu'une pièce de cinq cents. J'en déduis que ce sont les vestiges de décoration des anciens locataires.

Je jette un rapide coup d'œil au choix d'ornements de ma nouvelle coloc et il faut dire que ce n'est pas surchargé. Peut-être vient-elle d'arriver, tout comme moi ? En tout cas, elle a simplement accroché des affiches de Kate Moss dans une pub pour Burberry et une autre de Charlize Theron pour Dior.

Un seul poster de Coldplay trône au milieu de photos personnelles disposées un peu partout.

Après ce rapide tour d'horizon, je me décide enfin à ouvrir ma valise et à prendre possession des lieux.

Une fois que tout est en ordre, je m'installe sur mon lit, les bras croisés derrière la tête.

– Tu es en première année de quoi ? me demande ma voisine.

Elle s'est rapprochée de moi sans que j'y prête attention. Elle est à présent appuyée contre le bureau.

– Droit.

– Moi, je suis en histoire. Je repique !

C'est ce qui arrive quand on préfère la compagnie des garçons à celle des livres ! Je me donne une tape mentalement pour faire taire mes pensées médisantes.

Mon impassibilité ne l'empêche pas de poursuivre, bien au contraire :

– Oui, l'année dernière, j'ai un peu déconné. Je suis venue ici avec mon petit ami. On a rompu au bout de six mois. Enfin… plutôt lui. Et j'ai plus pensé à lui et à mon cœur brisé qu'à préparer mes examens. Voilà le résultat : échec sur toute la ligne.

Pas si médisante que ça, finalement !

– Mais cette année, c'est différent. J'ai fait mon deuil de tout ça et je vais tout déchirer, ajoute-t-elle avec un regain d'énergie.

Pfff… C'est bien ma chance d'être tombée sur une coloc en mal de confidences et bavarde comme une pie par-dessus le marché. Mais qu'est-ce qu'elle attend de moi au juste ? Que je la rassure ? Que je la console ? Je ne suis pas le bureau des cœurs brisés. Autant dire que les histoires d'amour, ce n'est pas mon rayon… C'est comme chercher une oasis en plein désert, c'est un mirage. Et puis qu'est-ce qui est mieux ? Un cœur en suspens comme le mien dans l'attente d'un amour qu'il ne recevra jamais ou un cœur en mille morceaux comme le sien qui trouvera un jour un garçon suffisamment patient pour reconstituer le puzzle ?

Pour seule réponse, je me contente de sourire maladroitement.

– D'où viens-tu ? insiste-t-elle.

– Madison, Massachusetts. Et toi ?

J'essaie juste d'être polie.

– Houston, Texas. La série Dallas, ça te dit quelque chose ?

– Euh… non !

– En fait, c'était juste pour imager. C'est une série des années quatre-vingt. Le Stetson, les santiags, le rodéo… Tous ces clichés, ben, c'est tout ça le Texas.

Dans ses paroles, j'entends un petit quelque chose qui la rend aussitôt attachante. Il y a une simplicité dans sa façon de s'exprimer, on dirait qu'elle ne se prend pas la tête. Finalement, je crois qu'il va être difficile de la détester.

Je baisse ma garde et nous continuons de bavarder. Elle m'explique alors que ses parents ont une entreprise familiale de jardinerie du côté de Houston. Son frère et son cousin y travaillent également. Elle les aide tous les étés et chaque fois qu'elle peut y retourner.

À mon tour, je lui parle de la profession de mes parents, que je suis fille unique et que, pour moi, entrer à Yale était véritablement un rêve.

– Viens ! On va faire un tour à la cafèt'.

Elle prend son sac et se dirige vers la porte sans attendre.

Je suis étonnée par sa proposition. Une fille comme elle qui accepte de se montrer en public avec moi ? Elle va peut-être se rendre compte de son erreur, alors je décide de ne pas bouger, mais Caroline revient vers moi et pose sa main sur mon épaule.

– Alors ? Tu viens ?

– Euh… T'es sûre ?

– Évidemment ! Allez, dépêche-toi !

Quand on arrive à la cafétéria, Caroline se dirige naturellement vers deux personnes. Elle s'installe et me fait signe d'en faire autant.

– Laisse-moi te présenter. Voici Joey, et là, c'est Peyton.

Joey est un grand garçon brun, très grand, même, et mince. Il porte des lunettes à montures noires épaisses, ce qui lui donne de faux airs de Clark Kent. Il a un anneau en argent au lobe et un autre en haut de l'oreille. Il est vêtu d'un gilet à franges en jean noir couvert de badges. Quant à Peyton, elle doit faire à peu près ma taille. Elle est brune, un peu joufflue, porte un rouge à lèvres carmin, avec sa couleur de cheveux, ça s'accorde assez bien. Quant au look, c'est l'égale de Caroline. Même si elle n'a pas la taille mannequin, elle a le don de savoir se mettre en valeur. Elle porte un tailleur-pantalon noir, et sous sa veste, on entrevoit un top rouge. Elle a une poitrine très généreuse qu'elle n'hésite pas à mettre en avant.

– Je vais nous chercher des cafés, annonce Caroline en se levant.

Je reste attablée avec ses amis, plutôt mal à l'aise. Je ne sais pas trop quoi dire. Joey est le premier à briser le silence.

– Alors, tu es venue étudier quoi ?

– Le droit, réponds-je simplement.

– Tu risques d'avoir monsieur Smith en droit constitutionnel. Tu vas t'éclater, il est vraiment très sympathique et surtout passionné, parfois trop, mais c'est un bon prof.

– Tu es en droit, toi aussi ?

– Moi ? Non. (Il sourit.) Je suis en troisième année d'histoire. J'ai rencontré Caroline l'année dernière parce que j'étais son tuteur lors de son premier semestre et puis, de fil en aiguille, nous sommes devenus amis.

Amis ? Ta bouche dit « amis » mais tes yeux traduisent autre chose…

Il poursuit :

– Tu sais, Caroline est une fille vraiment cool. Il ne faut pas se fier aux apparences.

Il me fixe droit dans les yeux comme s'il voulait s'assurer que son message est bien imprimé.

Ce mec est carrément raide dingue d'elle, c'est écrit en lettres de néon sur son front !

Un silence s'étire avant que Caroline revienne, chargée de quatre gobelets de café, et qu'elle redonne un air de légèreté à cette table.

– Alors, vous avez fait connaissance ? demande-t-elle d'un ton enjoué.

– Oui, un peu.

On reste là encore un moment à bavarder tous ensemble. J'apprends au fil de la conversation que Peyton est dans la même classe que Caroline, elles repiquent toutes les deux leur première année, et lorsqu'ils se retrouvent, la plupart du temps, c'est soit ici, soit à la bibliothèque.

Une fois la pause café terminée, nous nous levons pour rejoindre notre chambre, mais sur le chemin, je me plonge à nouveau dans mes pensées. Je n'ai toujours pas vu Luke, pourtant, vu l'heure, je suis sûre qu'il est arrivé. J'ai un besoin urgent de me retrouver seule, de m'aérer l'esprit, alors je décide de laisser Caroline en chemin en lui promettant de la rejoindre plus tard.

Je ne sais pas pourquoi, tout d'un coup, j'ai cette boule au ventre qui ne me quitte plus, une envie de pleurer sans en comprendre la raison. Je ne me sens pas bien, j'ai besoin d'air comme si l'oxygène me manquait. Faire un tour sur le campus me fera le plus grand bien. Quand je repasse par l'entrée principale, il reste quelques étudiants qui ne sont pas encore installés et qui attendent sans doute leur tuteur. Je continue ma route, en me dirigeant vers ce qui me semble être le bon chemin pour rejoindre la bibliothèque.

Dans l'ambiance bruyante, je crois entendre un cri mais il est rapidement étouffé par le brouhaha général.

Je continue donc de marcher sans y prêter attention, mais la seconde d'après, je sens une main se poser sur mon épaule.

Je me retourne aussitôt, effrayée, mais lorsque je découvre Luke hors d'haleine, toute trace d'inquiétude a disparu.

– Tu ne m'as pas entendu t'appeler ? dit-il, essoufflé, les mains posées sur les genoux.

– Non, désolée, réponds-je, un brin gênée.

– Je suis content d'être tombé sur toi car en arrivant tout à l'heure, je me suis aperçu que je n'avais aucun moyen de te joindre. Étant donné la taille du campus, autant chercher une aiguille dans une botte de foin ! Tu es déjà installée ?

Il est content de me voir…

– Oui, je suis là depuis quelques heures. J'ai eu le temps de ranger mes affaires et de faire connaissance avec ma coloc.

– Ben, dis donc ! Tu ne perds pas de temps ! Et tu as déjà mangé ?

Je regarde ma montre : déjà quinze heures et avaler quelque chose ne m'a même pas traversé l'esprit !

– À vrai dire… Non.

– Ça tombe bien ! Voilà un truc qu'on va pouvoir faire ensemble. Moi non plus, je n'ai pas eu le temps. Allez viens, je t'emmène.

Bon… Si je n'ai pas le choix !

Nous nous dirigeons vers le parking, montons tous les deux dans sa voiture et partons en direction du centre-ville de New Haven. Notre proximité me rend fébrile, j'ai le cœur dans la gorge. Il choisit de s'arrêter chez *Ernie's Pizzeria*. C'est un endroit chaleureux, tout en bois foncé. Le monsieur qui nous accueille, sans doute Ernie, est plutôt petit, sans doute aussi vieux que cette pizzeria. Il nous fait signe de nous installer au fond de la salle, dans un box libre.

– Je meurs de faim. Pas toi ?

C'est toi que j'aimerais manger, ouais !

– Si, un peu…

Simple et concis. Voilà une réponse plus adéquate.

Je rougis et me cache derrière la carte pour ne pas qu'il s'en aperçoive. Nous commandons tous les deux une pizza quatre fromages et deux sodas. En attendant que nos assiettes arrivent, nous nous mettons naturellement à discuter. Plus le temps passe et plus mes barrières tombent. Je me sens de moins en moins intimidée en sa présence.

– Alors, tu es bien installée ?

– Oui, je suis dans le bâtiment A, au deuxième étage, au fond du couloir.

Voilà un plan détaillé, si tu avais une soudaine envie de me rejoindre pendant la nuit…

– Et ta coloc ?

– Elle a l'air sympa, elle a tout fait pour me mettre à l'aise. Elle m'a déjà présentée à ses amis. Curieusement, je pense qu'on pourrait s'entendre. Et toi ?

– Moi aussi, il a l'air cool. C'est un New-Yorkais en deuxième année de médecine. Moi, je suis dans le bâtiment D, dans les premières chambres du premier étage.

À moins qu'il ne veuille que ce soit moi qui regagne sa chambre à la nuit tombée…

Les cours commencent lundi, j'ignore encore ce que je vais bien pouvoir faire pendant le week-end. Je suis une grande fan de comédies romantiques, je pourrais me faire un marathon de films en restant sous la couette comme j'en ai l'habitude. Par lequel commencer ? *PS : I Love You* ou *Le Temps d'un automne*, mon film préféré ? Voilà un problème existentiel qu'il va falloir résoudre.

Alors que je suis absorbée par mes pensées, la divine odeur des pizzas me ramène sur terre. Finalement, il m'en faut peu pour m'ouvrir l'appétit.

– Si tu n'as rien de prévu ce soir, on pourrait se faire un ciné ?

J'en laisse tomber ma part de pizza. Un rencard avec Luke Austin, wouah ! Peut-être que je ne vis que pour ce moment. J'ai une subite envie de me lever et de danser à la Carlton dans le *Prince de Bel-Air*, puis je me ravise.

Après tout, Cory et moi, nous sommes allés au ciné un tas de fois et nous avons toujours été *seulement* des amis.

Quoi qu'il en soit, un endroit sombre avec Luke, je n'y résiste pas !

– Oui, pourquoi pas ?

Toujours garder un air détaché, c'est important.

– Parfait. On se donne rendez-vous sur le parking, disons à dix-neuf heures ?

– Entendu.

Je le regarde manger : même en faisant ce geste simple, il est parfait. Quoi qu'il fasse, en réalité. Et cette bouche, mon Dieu, cette bouche, tellement bien dessinée que j'ai une envie irrépressible de caresser ses lèvres charnues.

Quand nous avons terminé, il paye la note. Encore un geste classe de sa part qui me laisse rêveuse. Nous rentrons tranquillement et au moment où il arrête la voiture sur le parking du campus et que je m'apprête à descendre, Luke me saisit par le bras.

– Avant de partir, donne-moi ton numéro de portable. On ne sait jamais ce qui peut se passer mais je pense que ça peut servir.

– Oui... Oui... bien sûr... tout de suite ! bégayé-je.

Nous échangeons donc nos numéros et je regagne enfin ma chambre. Quand je rentre, Caroline n'est pas là, elle a probablement quelque chose de prévu ce soir. Ce n'est pas bien grave, repenser à ces deux dernières heures en boucle suffit à me tenir compagnie.

Ce garçon est le centre de mon univers mais peut-être que, lorsque les cours auront commencé, j'arriverai enfin à me l'extirper de la tête... *Il le faut !*

Le temps avançant, je décide d'aller prendre une douche, j'ai besoin de me rafraîchir le corps et l'esprit. Quand je reviens, enroulée dans ma serviette, Caroline et Peyton sont assises sur son lit.

– Salut.

– Salut.

Je me dirige vers mon placard et commence à passer en revue les choix qui s'offrent à moi. C'est toujours dans ces moments-là qu'on trouve le moyen de n'avoir rien à se mettre, je soupire à chaque cintre qui passe et Caroline et Peyton le remarquent.

– Qu'est-ce qui peut bien te mettre dans cet état ? me demande Caroline.

– Mes vêtements ne m'inspirent pas, ce soir…

– Tu es sûre que c'est ça le vrai problème ?

Je me retourne aussitôt en essayant de comprendre où elle veut en venir.

– Je connais bien ce soupir, il cache souvent un garçon…

Je hausse les épaules, indignée.

– Pas du tout. Je vais juste au cinéma avec un ami.

J'essaie d'avoir l'air détaché en évoquant mon programme mais le rouge que je sens me monter aux joues ne tarde pas à me trahir.

– Un ami ? Ou un petit ami ? Tu t'es déjà fait des amis en si peu de temps ?

– Euh oui… non…

Caroline est sur le point de rétorquer quelque chose mais la sonnerie de son téléphone l'interrompt. *Sauvée par le gong ! Ouf !* Je n'ai pas très envie de m'étaler sur Luke ni sur ce que je ressens pour lui. Je préfère garder cela pour moi. Il ne reste plus qu'à prier que sa conversation lui fasse perdre le fil. Mais… une fois qu'elle a raccroché… elle revient à la charge.

– C'est donc un rendez-vous galant…

– Non… Non… Je n'ai jamais dit une chose pareille !

– Pardon ! Je ne voulais pas te mettre mal à l'aise.

Elle lève les mains pour s'excuser mais je sais que ma réaction a mis à nu les sentiments que j'éprouve à l'égard de Luke.

Prête à quitter cette chambre par tous les moyens, je choisis une robe au hasard et l'enfile prestement.

Mais lorsque je me retourne, mes deux nouvelles amies me fixent, incrédules.

– Tu ne vas pas porter ça ?

Je regarde immédiatement de quoi j'ai l'air mais tout semble en ordre. C'est quoi le problème ?

Mon expression traduit mon incompréhension.

– Quoi ? Il y a une tache ? Un trou quelque part ?

Je me contorsionne pour voir si ça cloche dans mon dos mais je n'aperçois rien de particulier.

– Non... C'est juste que cette robe ne te met pas du tout en valeur. Je dirais même, pour être honnête, que tu sembles venir d'une autre époque.

C'est vrai que mon style n'est pas vraiment dans l'ère du temps, il est plus proche de celui de Jamie dans *Le Temps d'un automne* que de celui de Carrie Bradshaw dans *Sex and the City*. Mais je l'aime bien cette robe. Simple avec des motifs fleuris bleus et jaunes. J'ai même enfilé un gilet bleu assorti et chaussé des ballerines blanches. C'est l'une de mes plus belles robes avec la noire, mais celle-là, je la garde pour les grandes occasions.

– Tu n'as pas un jean, tout simplement ?

– Si... Mais je la trouve très bien cette robe ! contré-je, vexée.

Je sais que je n'ai rien en commun avec Gisele Bündchen ou Taylor Swift, que la mode m'a toujours caché tous ses secrets, et je choisis mes vêtements pour leur aspect pratique. Chaque matin, mon seul objectif, c'est couvrir ma nudité, et je l'atteins plutôt bien.

En ce qui concerne le choix des couleurs, des motifs, je ne m'en soucie jamais. Je mets ce qui me tombe sous la main, je ne me suis jamais arrêtée à ce genre de détails.

C'est peut-être ce qui explique pourquoi tu es toujours toute seule !

Réflexion faite, je décide de me changer. Après tout, cette tenue n'est peut-être pas appropriée. Après avoir enfilé mon jean et un pull, je lis une expression de soulagement sur leurs visages, mais lorsque Caroline grimace, je comprends vite qu'à son goût cela reste encore très médiocre. Je soupire, irritée.

– Je ne me suis jamais souciée de ma garde-robe, alors, désolée les filles, mais je ne peux pas faire mieux, leur dis-je, sur un ton exaspéré.

Elles se regardent et se sourient d'un air complice et entendu. *Elles se foutent de moi ?* Je ne sais plus à quel moment j'ai pensé que nous pourrions être amies, mais c'était sans doute une erreur de jugement.

– Ça tombe bien ! Nous on adore ça ! On est les reines du shopping, glisse Caroline sur un ton enjoué. On va te prévoir une séance de relooking. La beauté est là, il suffit simplement de la mettre en valeur, et pour nous, c'est un jeu d'enfant.

Devant tant d'attention, je rougis. C'est tellement gentil que je regrette aussitôt mes pensées.

Après tout, leurs conseils ne pourront pas me faire de mal.

– Merci, mais je n'ai encore jamais eu l'occasion de faire un truc pareil.

– T'inquiète. On va bien s'occuper de toi. Pour ce soir, ça ira. On se prévoit une journée filles samedi prochain. En plus, ça fait une éternité qu'on n'a pas eu l'occasion de le faire avec Peyton, donc raison de plus. Comme ça, tu seras parfaite pour le bal masqué.

– Euh… Quel bal masqué ?

– Oui, j'oublie que tu viens d'arriver. Chaque premier week-end de la rentrée, le campus organise une soirée de bienvenue et il y a un thème. Cette année, c'est bal masqué !

Je les regarde tour à tour ; cette idée m'angoisse carrément.

– Je n'ai pas l'habitude de ce style de soirées. Le monde, l'alcool, la musique, ce n'est pas mon truc.

Elles lèvent les yeux au ciel, catastrophées.

– Mais alors, c'est quoi ton truc ?

– Les livres, enfin... je veux dire : étudier. Ces dernières années, je ne me suis consacrée qu'à ça, on peut dire que ma discothèque à moi, c'est la bibliothèque, avoué-je un peu gênée.

Elles s'écroulent de rire.

– « Discothèque », on ne dit plus ça depuis longtemps ! Et puis, sortir et étudier, ce n'est pas incompatible. Tu ferais mieux de t'y habituer parce qu'ici les soirées sont monnaie courante le week-end et même dans nos étages, m'explique Caroline.

– OK... Je vois...

J'aurais mieux fait de prendre un appartement, finalement. Je savais très bien qu'il y avait des fêtes. Les universités en général sont réputées pour ce genre d'évènements, mais dans les étages des résidences, je l'ignorais. Ce n'est mentionné nulle part, ça. Comment vais-je faire les soirs où ça aura lieu ? Tu t'amuseras ! M'amuser ? J'ignore comment on s'amuse, enfin si ! Mais ma définition ne correspond en rien avec le fait de danser jusqu'à épuisement sur de la musique dont les décibels dépassent le mur du son.

– Alyssa ? Allô ! Reviens parmi nous !

– Oui, tu disais ?

– J'étais en train de dire que tu dois absolument venir, on va bien se marrer !

– Mouais... On verra.

Je consulte l'heure sur mon téléphone, zut, je vais être en retard !

– Faut que je file !

– Tu ne te maquilles pas ?

– On va au cinéma...

– Et donc ?

– Il fait sombre la moitié du temps. On ne verra rien, alors c'est inutile.

Caroline soupire, affligée. Elle se mord la lèvre, préférant garder le silence, probablement parce qu'elle devine que je suis incapable d'encaisser une moquerie de plus.

Lorsque j'arrive sur le parking, lieu de notre rendez-vous, Luke est déjà là, adossé à sa voiture, une *Boxster* noire. Il porte un jean brut avec un polo bleu marine de chez Ralph Lauren et des baskets noires. Il a noué un pull beige torsadé autour de ses épaules. Comme à son habitude, il est impeccablement coiffé.

Je fonds littéralement dès que je le vois, impossible de le cacher. Mes jambes ont du mal à me porter jusqu'à lui, mes mains deviennent moites et mes joues rosissent sous le coup d'une émotion qu'il est le seul à pouvoir éveiller en moi. En tout cas, s'il le remarque, il n'en montre rien.

– Tu es prête ?

– Oui, on peut y aller.

Dès que je monte dans sa voiture, je suis happée par son odeur. Un parfum très musqué, mêlé à sa senteur naturelle. Si on le vendait en flacon, j'en achèterais un carton. Il allume l'auto-radio et choisit *Thinking Out Loud* d'Ed Sheeran. *Non mais ça, c'est une chanson pour faire l'amour ! Est-ce un message ?* Si j'avais le cran de Samantha Jones dans *Sex and the City*, je lui ordonnerais de me faire l'amour sur la banquette arrière, mais hélas ! je suis Alyssa Conrad, alors je vais me contenter de regarder par la fenêtre et de fantasmer.

Lorsque nous arrivons devant le cinéma, nous restons un instant à regarder les affiches pour choisir notre film.

– Il y a *Cinquante Nuances plus claires*, tu as lu les livres ? me demande-t-il, très intéressé.

Oui, j'ai lu les livres et vu les deux premiers volets au cinéma, ce film va faire grimper ma température corporelle déjà mise à rude épreuve. Décidément, ce mec sait comment jouer avec mes nerfs.

– Hé ! Détends-toi, Yale, je suis certain que ça peut être marrant…

– Marrant ? Ces livres ont été qualifiés de pas mal d'adjectifs, mais marrant, je ne crois pas !

– Allez… Détends-toi, ce n'est qu'un film !

– OK, mais je paie le pop-corn ! tenté-je pour faire diversion.

Nous entrons dans la salle et nous nous installons au fond, comme j'en ai l'habitude avec Cory. Le film commence et la seule chose qui compte, c'est d'être près de lui. Que du bonheur ! L'inconvénient majeur, c'est que je ne peux pas le regarder trop souvent pour ne pas éveiller ses soupçons, mais je suis incapable de m'en empêcher, alors je jette de rapides coups d'œil juste pour lire les expressions sur son visage.

Lorsqu'il s'aperçoit que certaines scènes me mettent quelque peu mal à l'aise, il passe son bras autour de mes épaules. Alors *LÀ* ! c'est tout mon corps qui est en émoi : mon cœur explose en milliers de confettis, ma respiration s'accélère et j'ai bien peur, cette fois, de ne pas réussir à le cacher. Je suis dans le même état que Carrie Bradshaw quand elle découvre son nouveau dressing ou bien Bridget Jones quand elle part en week-end avec Daniel Cleaver.

Dans la peur qu'un mouvement de ma part ne lui fasse regretter son geste, je décide de ne plus bouger. Pourtant, je rêve de poser ma tête au creux de son épaule. *Oh oui ! T'en crèves d'envie !* Mais je ne suis pas assez spontanée et surtout j'appréhende sa réaction. Alors je décide de ne plus détourner mon attention du film. Cette situation me déstabilise totalement.

T'as peur de quoi, au juste ? Qu'il t'embrasse ? T'en meurs d'envie ! Peut-être peur que ça le ramène à la réalité et que ce moment magique éclate comme une bulle de savon.

À la fin du film, comme les lumières se rallument, Luke retire son bras. Nous quittons la salle et la magie du moment s'envole. Nous rejoignons la voiture.

– Alors, ça t'a plu ?

– Ouais, c'était sympa.

– Ça n'a pas l'air de t'avoir emballée plus que ça…

– Si… Si…

Je regarde mes mains, anxieuse. *Si tu savais…* Ce film est seulement la toile de fond de mes pensées, et toi, tu as le premier rôle.

J'aimerais savoir à l'avance comment va se conclure cette soirée, j'espère tellement une happy end comme dans les comédies romantiques. Je n'arrive pas à faire taire cette petite voix qui nourrit mes fragiles espoirs.

– C'est quoi ton genre de films ?

– Des films de filles !

Ma réponse est immédiate, je ris et ça me libère de cette angoisse qui m'étreint depuis que nous sommes sortis de la salle de cinéma.

– C'est-à-dire…

– Les classiques ! *Dirty Dancing*, *Bridget Jones*, et mon préféré de tous, *Le Temps d'un automne*.

– Je ne connais pas…

– Pas étonnant, t'es un mec. Ton truc à toi, c'est *Star Wars*, *Avatar* ou *Robocop* et l'ultime… Voyons voir… Je dirais : *Scarface*.

Luke rit tellement de bon cœur que ça en devient contagieux.

– Oh Yale ! Ça fait du bien de te retrouver. J'avais oublié ce que c'était de partager un bon fou rire avec toi. Pour être plus sérieux, non, *Scarface* n'est pas en haut de ma liste, je pourrais te le dire mais je devrais te tuer juste après, dit-il avec un faux air de sérial killer.

Il ne m'en faut pas plus pour rire de plus belle.

Quand nous arrivons sur le parking, il est temps de se dire au revoir.

– Bon… Je vais rentrer… Merci pour cette soirée.

– Attends… Laisse-moi te raccompagner !

– Ce n'est pas sur ton chemin, si ?

– Ça ne fait rien ! Il est tard, tu ne vas pas rentrer seule ! insiste-t-il.

– Dans ce cas…

Nous marchons en silence tous les deux, et moi, je me demande comment vont se passer nos au-revoir. Peut-être que lui aussi se pose les mêmes questions.

Lorsque nous arrivons au pied de mon bâtiment, c'est le moment que j'ai tant attendu. Je reste là, immobile, mes yeux plongés dans les siens, essayant de décrypter ses intentions. Luke se penche lentement vers moi, son visage se rapprochant dangereusement du mien, je ferme naturellement les yeux pour accueillir ce baiser que je désire tant. Son souffle caresse mes lèvres quand soudain la sonnerie de son téléphone vient rompre le charme. Tout à coup, il est mal à l'aise, recule brusquement et finit par me saluer de la main tout en répondant au téléphone.

– À plus, Yale !

Et moi, je reste là, pantelante. J'essaie d'analyser ce qu'il vient de se passer mais mes émotions sont en vrac. Mon cœur bat à tout rompre, mes jambes flageolent et mon corps fourmille. J'ai besoin d'une minute ou peut-être de toute une vie pour m'en remettre. *Putain ! C'était quoi, ça ?* Je n'ai pas rêvé ? Je me pince pour vérifier. Il était sur le point de m'embrasser ? Pourquoi s'est-il arrêté ? C'est à n'y rien comprendre. On aurait dit que la sonnerie de son téléphone l'avait sorti d'une sorte de transe. Je ne suis pas « embrassable » ?

Il est à peine vingt et une heures trente quand je rentre dans ma chambre désespérément vide. Je me mets en pyjama et me glisse dans mon lit en repensant à cette journée plutôt intense, pour une première journée à Yale. Et même si j'essaie de penser à autre chose, Luke reste omniprésent dans mon esprit. Je repasse en boucle ce « non-baiser », ces moments partagés, ces mots qu'il a prononcés. *Ça fait du bien de te retrouver ! J'avais oublié ce que c'était de partager un fou rire avec toi.* J'essaie de comprendre ce qui cloche chez moi, mais pourquoi s'est-il arrêté, bon sang ? Je ne vois qu'une seule raison : il était sur le point de commettre une erreur. Je suis une erreur.

J'essaie de m'endormir, je me tourne dans tous les sens, mais rien n'y fait. Je regarde le réveil : une heure trente. Il est trois heures du matin quand Caroline franchit le seuil. J'allume aussitôt la lampe de chevet et me frotte les yeux.

– Je t'ai réveillée ? Excuse-moi.

– Non, ce n'est pas toi. Je n'arrive pas à dormir, de toute façon…

– Alors, c'était comment ta soirée avec ton « ami » ? demande-t-elle en mimant des guillemets.

– C'était sympa, on est allés voir *Cinquante Nuances plus claires* et on est rentrés tout de suite après.

– Ah oui, j'ai lu les livres, mais je n'ai pas encore eu l'occasion de voir l'adaptation. Moi, j'étais chez Joey. Il a un appart à la sortie du campus, on a bu quelques verres, écouté de la musique, une soirée tranquille, en somme. Demain, t'as quelque chose de prévu ? On va faire du kart avec Peyton, Joey et quelques amis à lui, si ça te branche, tu pourrais venir avec nous.

– Je n'ai rien de prévu mais le kart…

Caroline ne me laisse pas finir ma phrase.

– Ouais, j'ai compris… Ce n'est pas ton truc !

Je souris, c'est exactement ce que j'allais dire. Une seule journée passée avec moi et elle me connaît déjà. On dirait que ce n'est pas très compliqué…

– OK… Je viendrai et je vous regarderai. Ça me permettra de découvrir un peu les alentours.

– Cool ! me répond-elle, satisfaite.

Une fois en pyjama à son tour, elle s'allonge sur le lit et on éteint les lumières. Je suis toujours incapable de dormir et une question me taraude. J'ai envie de demander conseil à Caroline mais je crains que mon inexpérience ne provoque son hilarité. Seulement le besoin de savoir devient trop fort et je finis par me lancer, peu importe ce qu'il adviendra.

– Caroline, tu dors ?

– Non… Qu'est-ce qu'il y a ?

– Je voudrais te poser une question.

– Je t'écoute, je suis tout ouïe.

– D'après toi, pour quelles raisons un garçon qui est sur le point de t'embrasser décide finalement de faire machine arrière et de partir ?

Elle rallume aussitôt la lumière et vient s'asseoir près de moi.

– Je le savais ! Je le savais ! C'est bien plus qu'un ami ! Il fallait te voir partir tout à l'heure…

– Mais non ! Tu fais fausse route, ce n'est pas de moi qu'il s'agit !

– Oh arrête, tu veux ! Ne me fais pas le coup de « ce n'est pas moi mais mon amie », pas à moi. Alors, vas-y, raconte !

Je ne tente même pas de la contredire, j'essaie juste d'en révéler le moins possible. Je lui décris la soirée, en passant sous silence les détails qui nous lient.

– Il y a deux options qui s'offrent à toi : soit tu lui plais mais tu l'impressionnes, dans ce cas, c'est plutôt une bonne nouvelle. Soit il ne veut pas sacrifier votre amitié, et là… ce n'est pas terrible du tout, c'est carrément une voie sans issue.

Caroline vient d'énoncer à voix haute ce que je redoutais. Luke veut juste qu'on soit amis. J'ai cru interpréter des signes, mais quels signes, après tout ? Qu'est-ce que j'y connais ?

Je me suis seulement voilé la face.

Caroline me regarde, me prend les mains et me tire de mon introspection.

– Écoute, laisse passer cette semaine. Samedi prochain, on t'emmène faire une journée cocooning, shopping, coiffeur, esthéticienne… Le kit indispensable pour soigner les peines de cœur. Je te promets que tu ne seras plus la même.

Je ne sais pas quoi répondre à ça. Je ne vois pas comment un relooking peut résoudre mon problème, mais au point où j'en suis… Au pire, je gagnerai une nouvelle garde-robe.

– Allez ! Au lit, princesse.

Caroline se lève et rejoint le sien. Cette fois, les lumières s'éteignent pour de bon.

– Bonne nuit.

– Bonne nuit.

Au bout de plusieurs minutes, je finis enfin par trouver le sommeil.

Cette nuit-là, je rêve de changement, ma tête dicterait mes choix plutôt que mon cœur. Quand j'ouvre les yeux, le réveil affiche dix heures. Caroline est déjà prête.

– On va déjeuner puis on partira ensuite, ça te va ?

– J'ai le temps de prendre une douche avant ?

– Vite, alors !

Je l'observe un instant ; comment fait-elle pour être aussi à l'aise dans son corps ? À peine debout, elle a déjà la pêche et le sourire aux lèvres. Et puis, elle agit avec moi comme si on s'était toujours connues. Je lui suis vraiment reconnaissante de tout faire pour que je me sente bien mais tous ces changements bousculent mes habitudes, j'ai besoin de plus de temps pour me sentir en confiance.

Nous rejoignons Peyton, Joey et trois de ses amis à la cafèt', où nous déjeunons tous ensemble avant de partir pour notre après-midi kart.

Chapitre 3

Pour mon premier jour de cours, j'ai quinze minutes d'avance et je patiente tranquillement devant la classe en pianotant un texto à Cory pour lui souhaiter une bonne journée. En rangeant mon téléphone dans ma poche, je regarde autour de moi, mais pas de Luke à l'horizon, je n'ai pas de nouvelles de lui depuis samedi soir. Je pensais naïvement qu'il voudrait qu'on aille à notre premier cours ensemble. Je suis perdue dans mes pensées quand un garçon blond passe devant moi.

– Tu sais que tu peux rentrer ?

– Oui, merci, mais je suis bien, là.

Quand je tourne la tête, j'aperçois Luke qui marche dans ma direction. J'esquisse un sourire mais il passe devant moi sans s'arrêter.

– Salut, Yale.

– Salut.

OK, donc on s'évite.

Un peu abasourdie, j'entre dans la salle. Plusieurs étudiants sont déjà installés. D'instinct, je m'assiérais bien devant, mais Luke a choisi de s'installer au deuxième rang, donc j'opte pour une place tout au fond. Quand je passe devant lui, je remarque qu'il me suit du coin de l'œil.

Ne t'inquiète pas, j'ai compris le message. Je m'assieds à côté d'une fille aux longs cheveux roux, elle porte des lunettes très fines et ne daigne pas me regarder.

Putain ! Pour une première journée, cela commence bien !

Le prof de droit, monsieur Smith, arrive, c'est un monsieur assez grand, plutôt impressionnant. Il porte un costume gris, une chemise blanche avec une cravate rose à rayures.

Joey l'a mentionné dans une conversation.

C'est un avocat renommé de New Haven, il travaille pour le cabinet Lang, l'un des plus réputés de la ville. Il nous indique également que nos résultats cette année seront déterminants car les trois meilleurs pourront obtenir un stage dans son cabinet durant l'été. Je suis emballée par cette belle opportunité.

Ensuite, il détaille notre programme. Au cours du second semestre, nous pourrons plaider nos propres affaires, avec son aide, évidemment, mais aussi celles d'autres professeurs. Tout cela me paraît résolument excitant. Monsieur Smith nous expose ensuite certaines affaires qu'il a traitées et dont on a pu entendre parler dans les médias. Puis nous commençons le cours de droit constitutionnel. *Ce n'est pas mon préféré !*

Pendant le cours, mon regard dérive parfois vers Luke, mais les élèves devant moi me le dissimulent. Mâchonnant mon stylo, je repense à samedi soir et à ce baiser manqué. Les paroles de Caroline me reviennent en mémoire. *Il y a deux options qui s'offrent à toi. Soit tu lui plais mais tu l'impressionnes, dans ce cas, c'est plutôt une bonne nouvelle. Soit il ne veut pas sacrifier votre amitié, et là… ce n'est pas terrible du tout, c'est carrément une voie sans issue.* D'après son attitude, il s'agirait donc de la seconde option. Il est grand temps de reprendre ma vie en main et d'exclure Luke de mes plans une bonne fois pour toutes.

Je soupire, blasée, mais la sonnerie me tire de ma rêverie.

Je quitte le cours de droit constitutionnel pour me rendre à celui sur les droits de l'homme. La journée défile à un rythme fou, c'est déjà l'heure de mon dernier cours de la journée quand j'entre dans la salle de droit international. Je suis l'une des premières à m'installer et choisis un siège placé devant dans l'amphithéâtre. Luke entre à son tour dans la salle, fait un rapide tour d'horizon et décide de s'installer près de moi. *Mais à quoi joue-t-il, là ?* Mon cœur, qui n'a toujours pas compris la leçon, s'emballe et ma respiration ne tarde pas à suivre le même chemin. On a à peine le temps d'échanger un sourire que le cours commence. Ma concentration n'était déjà pas optimale, mais en plus, Luke n'a eu de cesse pendant tout le cours de tapoter son crayon contre son cahier, et ce bruit régulier a mis mes nerfs à rude épreuve. Quand la sonnerie retentit, je suis soulagée que mon supplice prenne fin et quitte l'auditorium le plus vite possible. *Je dois passer à autre chose !* Je me répète ce nouveau mantra en espérant qu'à la longue ça finisse par rentrer. J'ai besoin de garder mes distances, de ne plus m'approcher de Luke, je perds mon temps et la raison par la même occasion.

Forte de toutes ces bonnes résolutions, j'entre dans ma chambre et je découvre Caroline en train de travailler. Je sors mes livres sans attendre et fais de même. Je suis plongée dans mes devoirs quand mon téléphone vibre sur la table.

Je suis désolé pour aujourd'hui.

Je lis le message et retourne vivement mon téléphone dans la foulée. Je poursuis ma lecture en essayant de retrouver ma concentration, mais quelques minutes plus tard, mon téléphone vibre à nouveau. J'essaie de résister à l'envie de regarder : si je ne le fais pas, je ne pourrai pas continuer à bûcher sereinement. Je n'attends pas une seconde de plus et ouvre le message.

Je sais que je me suis mal comporté avec toi samedi soir, et aujourd'hui, je te demande pardon.

J'ai très envie de le laisser sans nouvelles mais je ne peux m'y résoudre. J'opte pour une réponse courte mais limpide.

Aucune importance. Ce n'est pas grave.

Mon téléphone retentit aussitôt.

Ça te dirait une pizza chez Ernie, ce soir ?

Même si mon estomac me crie d'y aller, il n'en est pas question. Il est temps de tuer cette idée dans l'œuf.

J'ai autre chose de prévu.

Une autre fois ?

Cette fois, je ne réponds pas et efface tout de suite le message. Tout ça ne mènera nulle part alors plutôt y mettre un terme tout de suite. Je reste là, sur ma chaise, le regard totalement perdu, à fixer mon écran comme s'il était capable de m'apporter les réponses que je cherche. Caroline remarque mon désarroi.

– Est-ce que ça va ?

– Oui… Oui… Il y a une salle de sport sur le campus, tu sais où elle se trouve ?

Elle m'explique alors comment m'y rendre.

– Mais tu es sûre que tout va bien ? Depuis que ton téléphone a sonné, tu es toute pâle.

– Oui, ne t'en fais pas. Je reviens dans une heure, j'ai simplement besoin de me défouler un peu.

– Comme tu veux… Si tu le dis. Je ne te pensais pas sportive.

– Sportive ? C'est un bien grand mot.

Caroline me sourit et j'enfile sans attendre un jogging, mon débardeur, attrape une serviette éponge, et surtout je n'oublie pas mon iPod et mes écouteurs.

J'arrive dans l'immense salle de sport et me dirige tout de suite vers l'accueil. Je demande à une fille plutôt fluette derrière la guichet si des salles de danse sont disponibles. Elle m'indique où me rendre et m'informe que je dois juste patienter le temps que le cours de zumba s'achève, la salle est disponible pendant une heure.

Même si je ne suis pas une grande danseuse, j'adore ça. Je pratique depuis que je suis toute petite, mais en grandissant, la peur de monter sur scène est devenue trop grande alors j'ai finalement abandonné. Ça m'aide à canaliser mes émotions quand je n'arrive plus à les gérer, quand j'ai besoin de me vider l'esprit. Les films comme *Dirty Dancing, Flashdance, Footloose, Honey* ou encore *Save the Last Dance* ont contribué à alimenter ma passion. Je choisis *Dangerous* de Cascada pour me défouler, ça colle tellement avec tout ce que je souhaite chasser de mon esprit. Puis les musiques s'enchaînent, mon corps se couvre peu à peu de sueur, proche de l'épuisement.

Lorsque j'ai terminé ma séance, je me dirige vers les douches mixtes de la salle. Luke est là, une serviette enroulée autour des hanches. Je ne l'ai jamais vu aussi dévêtu. Bien malgré moi, je ne peux détacher le regard de ce spectacle qui s'offre à ma vue. Des gouttes d'eau ruissellent encore sur son torse parfaitement sculpté. Je reste là, éblouie comme un amateur d'art qui découvrirait le *David* de Michel-Ange. Au bout de quelques secondes, se sentant sans doute épié, il se tourne dans ma direction. Plus moyen de me cacher, il m'a repérée.

– Yale ! s'exclame-t-il, surpris de me voir. Toi aussi tu fais du sport ? Je l'ignorais.

– Je danse de temps en temps.

Je ne sais pas si c'est l'heure de danse intensive ou bien si c'est le fait de le découvrir en petite tenue, mais j'ai chaud. Quand je prends conscience de quoi j'ai l'air, couverte de sueur, les cheveux hirsutes, on est à des lieues de l'incarnation d'Aphrodite. Gênée qu'il puisse me voir ainsi, j'esquisse un sourire et me réfugie rapidement dans une des douches. Quand j'en sors, il n'est déjà plus là. Je m'habille tranquillement et en quittant la salle, je l'aperçois, adossé au mur, une jambe repliée, les mains dans les poches. Il m'attend, pensé-je un instant, mais je secoue aussitôt la tête pour chasser cette idée de mon esprit. Il regarde un instant dans ma direction, je lui souris bêtement avant de tourner les talons sans mot dire.

– Yale ! Où vas-tu ?

– À la résidence ! crié-je par-dessus mon épaule.

– Alors ce n'est pas par là. Je t'attendais pour rentrer, justement, suis-moi.

Il m'attendait ! Sur le trajet, nous échangeons des banalités sur notre première journée. Je pensais qu'il m'en dirait davantage sur son attitude étrange de ce week-end, mais au lieu de ça il parle sans interruption comme s'il souhaitait ne pas me laisser le temps de lui poser la question. Curieux… Lorsque nous arrivons devant mon bâtiment, il m'embrasse simplement sur la joue sans aucune hésitation cette fois, et s'en va. Alors voilà, c'est tout ? Les gestes valent mieux que des mots, à moi de l'accepter.

★ ★ ★

Une semaine s'est écoulée et je commence peu à peu à me familiariser avec le campus, les bâtiments et les salles de cours. Même en peu de temps, nous sommes submergés de boulot et il n'est pas question de me laisser dépasser, alors chaque jour après la fin des cours, je me réfugie à la bibliothèque. Mais ce soir, j'ai besoin de décompresser, de me divertir. Je suis passée à la supérette pour me ravitailler en pop-corn au chocolat et je prévois une soirée DVD pour mon vendredi soir, j'en ai déjà l'eau à la bouche. Quand je rentre dans la chambre, Caroline, toute pimpante, est en train de se maquiller en chantonnant devant le miroir. Je m'affale sur mon lit et la regarde finir de se préparer. Elle a bouclé ses cheveux pour l'occasion, enfilé un jean slim qui la moule à la perfection avec un top rose pâle couvert par une jolie veste de tailleur noire, simple, efficace mais surtout sublime.

– Tu es sûre de ne pas vouloir m'accompagner ? C'est une juste une soirée sur le campus et puis… Je serai là.

– Nope ! J'ai prévu de m'empiffrer devant un bon film, rien ne pourra me faire changer d'avis.

– Comme tu veux… Mamie ! À demain, donc.

Alors que je la crois définitivement partie, elle repasse la tête par la porte.

– Tu n'oublies pas, demain matin, neuf heures au garde-à-vous !

Je fronce les sourcils, me demandant où elle veut en venir.

– Demain… Notre journée « nanas » ! pouffe-t-elle en claquant la porte.

Ah oui ! La fameuse ! Dans quels beaux draps me suis-je encore fourrée ? Je pourrais être aux abonnés absents mais si ces conseils sont un moyen de me sentir plus à l'aise dans mon corps, un peu comme elle, je me dois d'honorer ma promesse.

Mon film commence à peine que je sens déjà mes paupières se fermer. Je lutte mais c'est un combat perdu d'avance car mon esprit est bien plus fort, il sait qu'il a le pouvoir de m'emmener toujours vers lui, qu'il peut m'offrir cette proximité illusoire. Alors je ne résiste pas et je laisse mon doux rêve m'embarquer là où Luke est à demi-nu rien que pour moi, où il me sourit et s'approche lentement de moi, prend une mèche de mes cheveux entre ses doigts, l'enroule autour des siens et finit par se pencher pour coller ses lèvres aux miennes. J'avance ma bouche pour aller à la rencontre de la sienne quand soudain un bruit sourd me fait sursauter et brise mon baiser imaginaire avant qu'il ne se produise. Mon cœur tambourine dans ma poitrine, je me redresse, haletante, pour allumer la lampe de chevet, et je découvre Luke adossé à la porte de ma chambre. *Je rêve encore ?* Je cligne des yeux à plusieurs reprises pour m'assurer que je suis bel et bien réveillée, me pince le bras pour vérifier. *Aïe !* Aucun doute possible.

– Salut ! dit-il d'une voix terriblement sexy.

– Tu m'as fichu une de ces trouilles ! Qu'est-ce que tu fais là ?

– J'ai passé une bonne soirée, je voulais que le reste le soit aussi.

– Mais comment es-tu entré ?

– Je me suis faufilé par une issue de secours mal verrouillée. Pas très sûr, comme endroit…

– Tu es vigile de nuit, maintenant ? Tu t'assures que toutes les portes soient bien fermées ? Un peu flippant comme passe-temps, rétorqué-je, encore sous l'effet de la surprise.

– Seulement la tienne…

Trois petits mots totalement anodins mais qui suffisent à loger mon cœur dans ma gorge. *À quoi joue-t-il ?* Il avance vers moi ; des effluves d'alcool le précèdent. Luke s'assied au bord de mon lit, à quelques centimètres à peine, il plonge ses yeux dans les miens, son regard est indéchiffrable. Sans un mot, il prend une mèche de mes cheveux entre ses doigts, un sourire fugace étire ses lèvres avant qu'il s'approche des miennes. Naturellement, je ferme les yeux pour les accueillir et avance légèrement ma bouche comme me l'ont si bien appris les comédies romantiques. Et puis vient le moment que j'ai imaginé des centaines de fois, cet instant suspendu qui n'aura jamais d'égal. Il y aura un avant et un après mais la magie de ce baiser est comme une goutte d'eau, parfait, unique, et aucun autre n'aura jamais sa beauté. Mon corps s'abandonne entièrement à cette caresse, mon cœur sort de sa chrysalide et s'envole si haut que je n'ai qu'un seul souhait : ne plus jamais redescendre. Cette seconde, minute, peu importe, se fige dans le temps pour l'éternité. Nos corps s'allongent sur mon lit et nos bouches s'accrochent l'une à l'autre. L'envoûtement de ce premier baiser se dissipe peu à peu et laisse place à la passion, sa main se presse durement sur ma nuque pour éviter que je ne m'échappe. Mais je n'en ai nulle intention. Son autre main se balade le long de mon dos et finit par m'ôter mon pyjama. Un pyjama en pilou pour notre premier baiser n'a jamais fait partie de mes fantasmes. Luke n'a pas l'air de s'en offusquer, il poursuit son assaut et dépose des baisers, des caresses sur mon menton, puis ma gorge, mon cou, et lorsqu'il s'approche dangereusement de mes seins, machinalement, j'éteins la lumière. J'étais loin de me douter que nous plonger dans l'obscurité jetterait également un seau d'eau glacée sur ce moment enflammé. Luke rallume aussitôt la lumière, son air enjôleur a totalement disparu. Il se lève, reste une seconde au bout de mon lit, interdit.

– Il faut que j'y aille.

– Quoi ? Maintenant ? demandé-je, décontenancée.

– Je suis… Je suis désolé.

– C'est tout ce que t'as trouvé à dire ? « Je suis désolé » ?

– Je… C'est juste que…

– Tu sais que « je suis désolé », c'est la pire phrase que tu peux dire à une fille ? Est-ce que tu peux au moins me dire ce que j'ai fait de mal ?

– Toi ? Rien…

Luke préfère contempler le sol plutôt qu'accrocher mon regard désespéré. Je fixe la porte qui se referme derrière lui et je reste là, désenchantée. Je ne sais plus quoi penser, sur quel pied danser. Je crois que c'était plus simple quand j'étais convaincue que je ne l'intéressais pas. Après l'effet de surprise vient la tempête du ressentiment. J'étais tellement absorbée par l'intensité du moment que j'ai laissé mon cerveau au placard enfermé à double tour. Comment peut-il souffler le chaud et le froid de façon si déconcertante ? Que cherche-t-il au juste ? C'est ensevelie sous un amas de questions sans réponses que je finis par tomber dans un sommeil agité. Lorsque Caroline me secoue, j'ai l'impression d'avoir fermé les yeux à peine cinq minutes.

– Allez marmotte, il est neuf heures ! On devrait déjà être prêtes !

– Laisse-moi dormir ! grogné-je.

– Ah, ce n'est pas une option !

– Je ne viens pas, dis-je en me retournant brusquement.

– Ça non plus, ce n'est pas envisageable, me taquine-t-elle gentiment.

Quand elle voit que je ne bouge pas d'un iota, Caroline ne s'avoue pas vaincue pour autant et décide d'arracher ma couverture, puis mes draps, et les jette au pied de mon lit.

– Allez, debout ! On ne va pas y passer la journée !

Je la fusille du regard mais ça ne semble pas l'impressionner du tout.

– Tu ne vas pas lâcher l'affaire ?

– On dirait que tu commences à me cerner.

Je peste, lève les yeux au ciel, exaspérée par mon manque de sommeil et son acharnement, et je finis par m'arracher à mon lit à contrecœur. Une fois prête mais toujours de mauvaise humeur, je suis Caroline. Nous prenons la direction du parking, où Peyton nous attend. Caroline me prend par l'épaule.

– On va bien se marrer, tu vas voir…

– Hum…

– Oh, arrête de faire ta mauvaise tête ! Ce n'est pas bon pour le teint, ça donne des rides.

En voiture, les filles passent notre programme en revue, je les écoute distraitement.

– On va aller chez *Golden Nail & Spa*. C'est un salon de coiffure, mais aussi de manucure.

Pour seule réponse, je hausse les sourcils. *Ça ne peut pas faire de mal…*

Lorsque nous arrivons à l'institut, Caroline et Peyton saluent les gens qu'elles croisent, j'en déduis rapidement qu'elles sont des habituées du lieu. Je les suis, un peu à la traîne, quand, tout à coup, Caroline s'arrête et se retourne vers moi :

– Alors nous, on va sagement t'attendre ici en faisant bichonner nos ongles tandis que toi tu vas laisser Haley redonner vie à tes cheveux.

– Qu'est-ce qui cloche avec mes cheveux ? demandé-je surprise.

– Rien. Il faut juste les couper un peu, leur donner du volume, un peu de couleur… Enfin tu vois, quoi ! Détends-toi, profite, Haley est la meilleure, tu n'as rien à craindre, juste laisser son talent opérer.

Avant que je puisse dire le moindre mot, Haley me tend une blouse et m'emmène vers son fauteuil. Mon angoisse monte d'un cran, j'avance, méfiante. Je m'installe et Haley me sourit dans le miroir. J'essaie de lui rendre la pareille mais ça s'apparente à une grimace. Je l'observe un instant pendant qu'elle met son matériel en place. C'est un petit bout de femme, les cheveux très courts mais surtout très rouges, avec des boucles d'oreilles tout le long de ses lobes. Seule une croix en argent pend à celle de droite. Quand tout est prêt, c'est elle qui m'étudie. Elle attrape la pointe de mes cheveux.

– À quand remonte ta dernière coupe ?

Je réfléchis et essaie de m'en souvenir mais Haley m'interrompt.

– Je m'en doutais… Une éternité.

Je ne tente pas de la contredire, on ne doit pas en être loin.

– Bien. On va laisser poser la couleur et puis on leur fera un soin parce qu'ils en ont grand besoin.

– Une couleur ? Quelle couleur ?

– Fais-moi confiance, je sais ce qu'il te faut, s'évertue-t-elle à me rassurer.

Je ferme les yeux une seconde et maudis Caroline en silence.

Quand Haley a fini de poser la couleur, une autre femme la rejoint.

– Alyssa, je te présente Chloé, une des esthéticiennes de l'institut. Je te laisse entre ses mains pour une épilation des sourcils et je reviens dès que vous aurez terminé.

Je me redresse aussitôt.

– Une épilation des sourcils ? Mais je n'ai rien demandé !

Haley m'attrape alors par les épaules et me chuchote à l'oreille.

– Caroline nous a prévenues qu'il fallait te faire belle, alors on va tout mettre en œuvre pour ça, et ça passe par une épilation des sourcils, dit-elle en me faisant un clin d'œil.

Je la regarde partir, mais très vite Chloé s'assied en face de moi et me ramène à la réalité.

– Bien. Est-ce que tu as déjà fait ça ?

Je fais non de la tête.

– Ça risque de faire un peu mal mais ce n'est pas bien méchant.

Effectivement ça pique un peu, mais le plus compliqué à gérer, ce sont les éternuements à chaque coup de pince à épiler.

Chloé termine non sans mal et recule pour admirer le résultat.

– Ça change ton regard, vraiment.

Mais je n'ai pas le temps de m'admirer, Haley revient et laisse parler son talent. Je vois des cheveux, beaucoup trop de cheveux éparpillés sur le sol autour de mon fauteuil. *Oh mon Dieu ! Mais que va-t-il me rester ?* Une demi-heure plus tard, Haley met fin à ma torture mentale.

– C'est le moment de se découvrir. Caroliiiiinnneee !!!

Elle arrive, accompagnée de Peyton, pressée de constater les changements. L'expression livide sur leur visage dès qu'elles m'aperçoivent ne me rassure pas du tout, bien au contraire.

– C'est un désastre, c'est ça ?

– Alyssa, tu n'y es pas du tout. Tu es à tomber ! Cette coupe, cette couleur te vont à ravir. Le résultat est renversant, Haley, tu es une cheffe ! s'extasie Caroline.

Haley retourne le siège pour que je puisse enfin me voir. Je reste un long moment à m'observer comme si le miroir ne me renvoyait pas le bon reflet. Je me touche le visage, fais bouger mes cheveux et apprivoise peu à peu cette nouvelle image face à moi. À cet instant, je me trouve belle, et c'est la première fois que ça m'arrive. *C'est fou comme ça fait du bien !* Haley a choisi une couleur châtain et le vert de mes yeux ressort davantage. Mes cheveux m'arrivent désormais à la poitrine dans un joli dégradé. Mes sourcils sont fins et la peau encore rougie par l'épilation, mais ils sont si beaux. Le silence s'étire et Caroline s'en inquiète.

– Ça te plaît, hein ?

– Bien sûr que ça me plaît. Tu avais tellement raison, merci de m'avoir poussée à sauter le pas, je n'ai pas de mots…

Les filles m'entraînent ensuite faire du shopping. Au détour d'une conversation, Caroline nous apprend qu'elle a rencontré un garçon. Il vient tout juste d'arriver à New Haven mais ils ont déjà échangé un baiser qui l'a totalement électrisée. Rien qu'à sa façon de nous en parler, je comprends qu'elle est déjà sous son charme. L'écouter parler de sa soirée me renvoie à la mienne, j'ai réussi jusque-là à laisser mes pensées dans un coin de mon esprit mais me voilà en train de caresser mes lèvres encore marquées par ce merveilleux baiser. *Est-ce que c'était aussi intense pour lui que pour moi ?* Je suis totalement absorbée par mes élucubrations quand Caroline me ramène à la réalité.

– Hé, tu as entendu ce que je viens de te dire ?

– Pas vraiment…

– Ce soir, on a un rencard !

– On ? m'époumoné-je.

– Parfaitement. Mon copain prend son coloc et vient nous chercher. Eux aussi, ils sont en résidence universitaire, si ce n'est pas un signe, ça…

– Euh…

– Ne commence pas à paniquer, je serai là, et puis de toute façon tu ne peux pas me laisser tomber, ajoute-t-elle en me prenant par le bras. Allez, viens ! On va choisir nos robes pour ce soir !

Caroline ne me laisse pas le temps de digérer l'information et me tire vers un magasin. Tout semble tellement simple avec cette fille. Dès mon arrivée, elle m'a prise sous son aile sans même me connaître. Ça fait à peine quelques jours que l'on se côtoie et je sens déjà un lien fort se créer entre elle et moi ; plus le temps passe et plus mes barrières tombent. Je crois que j'ai vraiment trouvé une amie.

Nous sommes arrivées chez BCBG Max Azria depuis quelques minutes à peine que déjà Caroline choisit plusieurs tenues, les met sur son épaule et m'attire jusqu'à la cabine d'essayage.

– Maintenant, essaie ça.

Elle a jeté son dévolu sur une robe bustier noire avec un jupon en tulle qui arrive juste au-dessus du genou. Je la passe, détaille le résultat sous toutes les coutures devant le miroir. C'est vrai qu'elle est belle, peut-être un peu trop courte sur moi. La dernière fois que j'ai porté une robe au-dessus du genou, c'était pour le mariage de mon cousin Todd, il y a maintenant cinq ans. Je sors tout de même de la cabine pour demander l'avis aux filles. Caroline claque sa langue dès qu'elle m'aperçoit tandis que Peyton arbore un large sourire. *Est-ce bon signe ?*

– Pas de doute, c'est celle-là ! Effet garanti ! Il suffit de l'accessoiriser avec un masque et on est dans le thème, se réjouit mon amie.

En sortant de la boutique, chacune les bras chargés de plusieurs sacs, nous nous arrêtons une dernière fois pour une séance de maquillage sans oublier nos masques pour la fête et il est temps d'aller se préparer pour le soirée du bal masqué.

Dans la chambre, lorsque j'ai fini de m'habiller et que je m'approche du miroir, une légère appréhension m'envahit. Je m'approche lentement de mon reflet comme si j'avais peur qu'il ne me saute au visage. Je tourne sur moi-même, simplement impressionnée par ce que je vois. Je m'avance pour contempler mon maquillage de plus près et je souris bêtement. Caroline se place juste derrière moi et me saisit par l'épaule.

– Alors, comment te sens-tu ?

– J'ai le sentiment que rien ne pourra venir décrocher mon sourire.

– La beauté se cache toujours derrière un sourire…

Je rougis aussitôt.

– Tu es très belle, Alyssa, me dit-elle en approchant son visage du mien.

– Merci Caroline, merci pour tout, réponds-je, mon regard rivé au sien dans le miroir.

Ce bref instant de complicité est interrompu par des coups frappés à la porte.

– Ce doit être lui, affirme-t-elle, guillerette.

Elle se redresse, se dirige vers l'entrée et me dit, en se retournant vers moi :

– Mets ton masque, dépêche-toi !

J'obéis sans un mot et me lève pour la rejoindre. Quand elle ouvre enfin la porte, deux garçons apparaissent dans l'encadrement. Eux aussi portent leur loup. Ils entrent, mais même ainsi, je le reconnaîtrais entre tous. C'est Luke ! En une nanoseconde, je comprends, et naïvement, je prie pour que le nouveau petit ami de Caroline soit l'autre. Mais quand elle s'approche de lui et l'embrasse, mon cœur tombe à mes pieds, mon sang se glace. Je reste en retrait, battant des cils nerveusement pour empêcher mes larmes de couler. Ce simple baiser me percute aussi violemment qu'une voiture à vive allure. *Respire, Yale ! Respire !* Il semble tout à fait à l'aise jusqu'à ce que ses yeux cernés de noir rencontrent les miens. Il me dévisage un instant et son expression indéchiffrable me déstabilise. *Pourquoi me regarde-t-il ainsi ?* Puis je comprends soudain que c'est ma « métamorphose » qui le laisse médusé. *Les minuits de Cendrillon sonnent avant l'heure, mon carrosse s'est déjà transformé en citrouille !* Plus aucun doute, il m'a reconnue mais choisit de ne rien dire. Sans qu'il le sache, sa réaction est une allumette qui vient d'allumer un feu sournois, lent mais d'une rare intensité dans mon corps. J'essaie de trouver un moyen de me ressaisir pendant que Caroline s'accroche à son bras, un sourire radieux sur les lèvres.

– Luke, je te présente mon amie Alyssa.

Il sourit à peine.

– Eh bien, tu ne nous présentes pas ? poursuit-elle en lui donnant un léger coup de coude.

– Si... Si... bégaie-t-il, sortant de sa stupeur. Je vous présente Chad, mon coloc.

Luke cherche mon regard pendant que je fixe le sol. En l'absence de réaction, dans un silence qui s'étire, Caroline prend les devants :

– Enchantée, Chad, minaude-t-elle.

Il lui sourit galamment et garde ses mains dans les poches.

– J'attrape ma veste et on y va.

Luke et Caroline ouvrent la marche et je prends soin de laisser de la distance entre eux et moi, oubliant presque le coloc de Luke. *Comment s'appelle-t-il, déjà ?*

– Il paraît que je suis ton chevalier servant, ce soir, lance-t-il.

Je lui souris poliment mais mon esprit est bien trop occupé à panser les plaies de mon cœur.

Après une marche qui me paraît interminable, nous arrivons enfin au stade de foot. Avant de monter les escaliers, Luke se risque à me prendre la main mais je la retire violemment sans même un regard dans sa direction. À peine sommes-nous arrivés que le coloc de Luke s'approche de mon oreille.

– Je vais nous chercher à boire.

Il tourne les talons et mes yeux sont attirés malgré moi par Caroline et Luke en plein moment de complicité. C'en est trop pour moi !

– Attends, je t'accompagne.

– C'est sympa de venir avec moi, dit-il en prenant la direction du bar.

– Je suis désolée mais je n'ai pas retenu ton prénom, avoué-je, embarrassée.

– Effectivement, j'ai remarqué que tu avais l'air ailleurs. Si je te promets le secret, il y a peut-être une chance pour que tu acceptes de me confier ce qui te met dans cet état.

– Aucune chance.

– Vraiment aucune ?

Je hoche la tête, bien déterminée à ne pas changer d'avis.

– Bien. J'aurai au moins eu le mérite d'essayer.

Il me tend alors la main.

– Chad.

– Enchantée, Chad.

– C'est un plaisir partagé.

Nous revenons vers le groupe, des bières dans chaque main. Peyton et Joey sont arrivés ainsi que certains de leurs amis que j'ai rencontrés lors de notre virée au kart. Dès que Luke m'aperçoit, il s'écarte légèrement de Caroline, ce qui ne manque pas de la faire réagir.

Très vite, des bouteilles de vodka dissimulées dans des sacs en papier tournent de l'un à l'autre. Prête à tout pour faire disparaître cette douleur qui me consume, je m'en saisis en espérant que la brûlure de l'alcool ensevelira mes émotions. Le temps s'égrène et l'ambiance devient de plus en plus euphorique, les rires fusent et la musique hurle dans les haut-parleurs. Luke profite d'un moment d'euphorie pour me prendre par le bras et m'attirer à l'écart.

– Ne me touche pas ! lui crié-je entre les dents.

– Je veux juste te parler une minute, t'expliquer, Yale.

– Tu sais ce que je veux, moi ? J'aimerais que tu sois un vulgaire cafard, un abominable, un énorme cafard. Tellement gros que lorsque je t'écraserais, j'entendrais ton corps se broyer morceau par morceau sous ma semelle.

Et puis tu vois... T'es là... toujours toi, comme quoi on n'a pas toujours ce que l'on veut dans la vie !

– Yale...

– Ne m'appelle plus comme ça ! Je voudrais ne jamais t'avoir connu, je me suis lourdement trompée sur toi. Et si je continue de sourire, c'est pour que personne ne se doute de rien.

Il réagit comme si je lui avais collé une gifle... et il ne l'aurait pas volée.

Sans attendre, je retourne auprès des autres. L'alcool m'a sans doute donné le courage qu'il me manquait. Joey et Chad sont en grande conversation, je n'hésite pas à me joindre à eux, tournant volontairement le dos à Luke. La soirée se poursuit et les effets dévastateurs de l'alcool également, à tel point que j'ai du mal à garder les yeux ouverts. Ce nouvel état n'est pas pour me déplaire, j'ai l'impression que mon corps se libère de toutes les pressions que je lui inflige et j'aime ça. Je ne réfléchis plus, ne me contrôle plus, je ne fais que vivre en laissant mon cœur meurtri et mon esprit sur la touche. Quand Peyton et Caroline m'attrapent par le bras pour aller danser, je n'hésite pas une seconde. On se déhanche sur une musique de David Guetta, nos éclats de rire nous enivrent et je m'en délecte, peu importe si ma façon de danser ne correspond pas aux normes. Je sens le regard de Luke braqué sur moi mais je l'ignore, et quand je choisis de lui tourner le dos, je croise les yeux insistants de Chad. Je me plais à croire que je ne le laisse pas indifférent et je me balance au son des différentes musiques au point que mon corps finit par se couvrir d'un voile de sueur.

Complètement épuisée, je décide de rejoindre le groupe. Dès que j'arrive près de Chad, il me tend un verre que j'accepte avec joie. À peine l'ai-je porté à mes lèvres que Luke intervient sèchement :

– Tu as assez bu, Yale !

Je lui lance aussitôt un regard noir et lorsque je suis sur le point de lui répliquer sèchement, Chad m'interrompt dans mon élan.

– Yale ?

– Ne fais pas attention.

Chad ne dit rien mais son regard qui va et vient entre Luke et moi montre bien qu'il n'est pas dupe.

– Chad, je suis fatiguée, tu veux bien me raccompagner ?

– Avec plaisir.

Chad passe son bras sur mon épaule, sous le regard de Luke sidéré. Luke, jaloux ? Si c'est le cas, il ne manque pas d'air.

Pendant le trajet, Chad me fait beaucoup rire. Il me raconte son arrivée sur le campus et la façon dont ses parents ont insisté pour l'accompagner ; ils ne se sont pas gênés pour le mettre plusieurs fois dans l'embarras. Il met tellement de vie dans sa manière de me narrer ses histoires que je ris aux éclats, comme s'il savait que c'est exactement ce qu'il me fallait. Plus on avance vers mon bâtiment et plus mes talons sont un véritable outil de torture ; je décide de les retirer et de continuer pieds nus. Galamment, Chad insiste pour les porter.

Lorsqu'on arrive enfin à la résidence, Chad m'embrasse chastement sur la joue et je me laisse envelopper instinctivement par son parfum. Puis il finit par déposer un doux baiser au creux de mon poignet.

– Tu as quelque chose de prévu demain ?

– Non.

– On pourrait aller faire un tour en ville dans l'après-midi ?

– Pourquoi pas.

Je le salue d'un hochement de tête et regagne ma chambre, exténuée par cette soirée. Je me débarrasse de ma tenue, me démaquille rapidement, je veux retrouver mon moi d'avant, je ne veux garder aucun souvenir de ce fiasco. Lorsque je m'allonge enfin sur mon lit, mes frasques avec l'alcool me rattrapent. Ma tête tourne atrocement, mais après une lutte sans merci pour trouver la position idéale, je finis par m'endormir.

Je suis réveillée par un mal de crâne alors que j'ai encore les paupières fermées. Je ne boirai plus jamais ! Quand j'ai enfin le courage d'ouvrir les yeux, je découvre que le lit de Caroline est intact. Je me lève péniblement et me dirige vers mon armoire à la recherche d'aspirine ou de n'importe quel médicament susceptible de faire taire la fanfare dans ma tête. Note à moi-même : penser à faire une trousse à pharmacie « lendemain de fêtes ». Je regarde dans celle de Caroline et trouve enfin mon bonheur. Tandis que je reviens m'asseoir sur mon lit, machinalement je consulte mon téléphone. J'ai un message :

Je suis désolé. Luke.

Je soupire, incrédule, pose mon téléphone avant de me raviser. Je bénis alors le créateur du smiley et je lui envoie simplement un « fuck » qui résume bien mieux que des mots ce que je fais de ses excuses.

Satisfaite, je me prépare pour ma sortie avec Chad. J'enfile un chemisier que je fais blouser sur un jean, l'accessoirise avec une ceinture et chausse des escarpins noirs. Je lisse mes cheveux et me maquille légèrement. Quand j'entends frapper à la porte, mon cœur s'arrête. *Est-ce que c'est lui ?* J'ouvre et découvre Chad sur le pas de la porte. J'en veux aussitôt à mon cœur d'avoir encore de l'espoir et de crier à la déception lorsque ce n'est pas Luke qui le fait palpiter. Je secoue la tête brièvement pour chasser Luke de mon esprit et tout ce qui s'y rapporte. Il faut passer à autre chose, ma vieille ! À force de me répéter ces mots, je finirai par y croire et par tourner la page.

– Tu es prête ? me demande Chad, me sortant ainsi de mes pensées.

– Oui, j'attrape mon sac et on peut y aller.

Nous marchons jusqu'au parking et au moment où je m'apprête à monter dans sa voiture, Chad me regarde avec insistance.

– Tu es très belle, Alyssa.

Mon cœur fait un raté. D'aussi loin que je me souvienne, la seule personne à m'avoir dit que j'étais belle, c'est mon père. Je rougis aussitôt de la racine de mes cheveux jusqu'à la pointe des orteils. Je bredouille un rapide merci et m'installe, confuse, dans son 4x4 Infinity marron. Il monte à son tour et démarre tout en me jetant un coup d'œil furtif.

– Comment va ta tête ?

Je suis ravie qu'il ait changé de sujet.

– Le réveil a été plutôt difficile mais j'ai pris de l'aspirine, ça va beaucoup mieux. Plus jamais ça !

Il se met à rire.

– Tu sais… Tu vas devoir t'y faire, c'est monnaie courante par ici.

– Non merci. Hier, je me suis laissée embarquer mais ça n'arrivera plus. Je ne suis pas venue à Yale pour courir les soirées. Si c'était le cas, j'aurais choisi une université près de chez moi.

– Oh ! Pourtant, hier, tu avais l'air de bien t'amuser.

– Disons que c'était une exception.

– Je vois… Ravi que tu aies fait cette exception, dans ce cas.

Je hausse les sourcils, incapable de comprendre où il veut en venir. Devant ma surprise manifeste, il se reprend :

– Si tu n'avais pas enfreint ton « code de bonne conduite », je ne t'aurais pas rencontrée.

Je me liquéfie sur mon siège. Je pense un instant à ouvrir la portière en marche ou bien à attendre le prochain feu rouge pour fuir face à autant de gentillesse. Attend-il une réponse de ma part ? Je me sens gagnée par la panique et Chad le remarque aussitôt.

– Je ne voulais pas te mettre mal à l'aise, Alyssa.

Je n'ose pas le regarder, au lieu de ça je triture mes doigts nerveusement.

– C'est juste que je ne suis pas habituée à autant d'égards de la part d'un garçon.

– Eh bien, il va falloir t'y faire. Je te trouve belle et je suis content de te connaître. Il n'y a pas de raison d'être gênée, tu n'as rien à dire, simplement accepter le compliment. Je pourrais bien t'en faire d'autres.

Qu'est-ce qu'il est gentil ! Dieu existe ! C'est Lui qui me l'envoie. Je ne vois que ça.

– Bon, je te propose de commencer par un déjeuner suivi d'une petite balade, et si d'ici là tu veux encore de moi, on pourrait terminer par un ciné ? Qu'en dis-tu ?

– Très bon programme. En revanche, on ne rentre pas trop tard. Je voudrais travailler un peu pour demain.

– Très bien, Madame !

Chad décide de m'emmener chez *Caseus*. C'est une fromagerie qui fait aussi bistrot ; tous les produits proposés sont régionaux. Nous nous installons dans un box et consultons le menu déjà disposé sur la table. Lorsque le serveur vient prendre notre commande, nous entamons une discussion, quand nous sommes interrompus par la sonnerie de son portable.

– Oui, nous sommes chez *Caseus*.

Sa façon de répondre m'interpelle. À qui parle-t-il ?

– OK. On se rejoint après le resto ? À plus, mec.

Il regarde dans ma direction, un sourire détendu sur les lèvres.

– C'était Luke. Ils nous rejoignent avec Caroline dès qu'on aura fini de manger. On ira faire un tour ensemble et ils se joindront sans doute à nous au ciné. Qu'en penses-tu ?

C'est fou, il y a quelques semaines à peine, ces quatre lettres renfermaient ma définition du grand amour, de l'homme idéal et de mes rêves les plus fous. Elles étaient capables de faire naître sur mes lèvres un sourire unique, rien que pour lui. *Aujourd'hui, elles le font disparaître !* J'essaie de rester impassible mais Chad a remarqué mon malaise. Ressaisis-toi !

– Oui, parfait ! Ce sera parfait.

– Ça va, toi ? Tu as l'air bizarre tout à coup.

– Oui… Oui… Tout va très bien.

Je laisse le silence remplacer les mots que je préfère taire.

Mais Chad, convaincu d'avoir fait une gaffe, poursuit :

– J'ai supposé que ça te ferait plaisir, Caroline et toi êtes amies, n'est-ce pas ?

Le serveur choisit ce moment pour nous apporter nos plats et je bondis sur l'occasion.

– Absolument. Il y a méprise, je suis ravie de les voir, c'est juste que je meurs de faim ! Tu verras, une fois mon assiette vide, j'aurai repris des couleurs.

Il faut à tout prix que je réussisse à gérer mes émotions, je n'ai plus l'aide de l'alcool pour me défendre, plus de masque derrière me cacher. Comment vais-je supporter leurs baisers sans rien laisser paraître ? Et si Caroline devinait mes secrets derrière mon expression de façade ? Plus la fin du repas approche et plus la tension monte. J'aimerais que tout cela me soit égal mais on dirait que mon cœur et mon esprit se liguent contre moi. Chad interrompt mon combat intérieur.

– On y va ?

Déjà ? Je soupire et me lève, sans enthousiasme. Chad est déjà à la caisse, je le rejoins mais je comprends rapidement qu'il a payé la note. Dois-je en déduire que c'est un rendez-vous galant ? En tout cas, son geste me redonne le sourire et je le remercie en déposant un baiser sur sa joue. Lorsque nous regagnons sa voiture, Chad me prend par la main, je le regarde aussitôt, surprise par ce geste si… intime, mais il continue de marcher l'air de rien, alors j'en fais autant.

– Je t'emmène dans le parc d'East Rock. Tu verras, le point de vue sur la ville est grandiose !

– J'ai hâte de voir ça.

C'est vrai que du sommet de la crête le panorama est fantastique, la vue est dégagée jusqu'au détroit de Long Island. J'aime beaucoup cet endroit. Chad profite de ma fascination pour ce décor naturel et glisse ses bras autour de ma taille. Je me retourne d'instinct et il m'embrasse. Notre premier baiser ! Je laisse nos langues se découvrir mais mon corps ne réagit pas, ne frémit pas, comme s'il était insensible à son charme. J'attends la fureur, la passion, l'électricité, l'incandescence, mais il faut croire que tout cela est réservé à Luke. Pourquoi est-il encore au centre de l'attention ? Concentre-toi !

– Je peux recommencer ?

J'éclate de rire.

– Tu ne m'as pas demandé la permission, la première fois, me semble-t-il ?

Je le fixe un instant. J'ai besoin de ce second baiser, il faut que je succombe à son charme. Chad est séduisant, ses cheveux bruns impeccablement coiffés, ses yeux noisette parlent un langage que j'aimerais comprendre, ses lèvres inspirent la douceur. Tout est là devant moi, il me suffit juste de me laisser aller et de le laisser m'emporter où il voudra. Je décide donc de me hisser sur la pointe des pieds à la recherche du contact avec sa bouche.

Je suis sûre que je peux le faire, je dois laisser à Chad une chance d'être celui qu'il me faut. Le temps lui fera une place et Luke ne sera plus qu'un lointain souvenir. Ça peut marcher.

– On rejoint les autres ? propose-t-il.

– S'il le faut…

Avant d'aller au ciné, nous nous sommes donné rendez-vous dans un café. Dès que Caroline m'aperçoit, elle me serre dans ses bras. Luke reste en retrait et se contente de hocher la tête pour me saluer et je l'en remercie. Caroline me prend alors par le bras et nous distançons les garçons de quelques mètres.

– Alors ? Toi et le coloc de Luke, vous…

– On s'est embrassés pour la première fois, il y a quelques minutes à peine.

– Géniaaaallll ! Je suis contente pour toi.

À l'inverse, j'évite les questions. Je préfère ne rien savoir, mais cela n'empêche pas Caroline de se confier. Malheureusement.

– J'ai passé ma première nuit avec Luke et…

Les mots s'échappent avant même que je m'en rende compte.

– Quoi ? Déjà ?

– Chuuuttt ! Ils pourraient nous entendre ! Et puis ce n'est pas ce que tu crois. Il ne s'est rien passé. Je n'aurais pas été contre mais je présume qu'il a préféré jouer le gentleman. Je me console en me disant que ce n'est que partie remise. J'espère qu'il n'attendra pas trop longtemps.

Cette simple idée me noue l'estomac mais je souris malgré tout.

Les garçons finissent par se rapprocher de nous et mettent fin par la même occasion à cette conversation quelque peu déplaisante. Chad nous ouvre la porte du *Bookstore Café* et nous fait signe d'entrer d'un geste élégant. *Lui, c'est un vrai gentleman !*

Dès que je pénètre à l'intérieur, je suis tout de suite attirée par la bibliothèque en guise de décor au fond du café. Il y a des milliers de bouquins à disposition des clients. *J'adore !* Des dizaines de mugs blancs sont alignés sur trois étages près de la grande machine à café, des baguettes de pain encore fumantes et dégageant une délicieuse odeur sont rangées juste derrière le bar, ce qui confère à cet endroit un côté très chaleureux.

Nous choisissons de nous installer au fond près de la bibliothèque. Caroline s'assied à côté de moi et les garçons en face de nous. Luke n'arrête pas de me fixer et pour éviter de croiser son regard, je baisse les yeux.

La serveuse arrive avec la carte. Nous demeurons silencieux pendant que nous faisons notre choix. Une fois la commande passée, un silence de plomb s'installe à nouveau. Je commence à croire que Caroline est nerveuse dans ce genre de situation. On est deux !

– Alors, comme ça, vous êtes inscrits tous les deux en droit ?

Cette simple question fait grimper ma tension et je relève la tête aussitôt. Luke semble tellement détaché… Nous finissons par hocher la tête de concert.

– Et vous ne vous êtes jamais croisés ?

Sans trop réfléchir, je prends les devants et réponds dans le seul objectif de ne pas laisser Luke intervenir.

– Je l'ai déjà aperçu mais les cours ont commencé depuis une semaine seulement, et puis je ne suis pas du genre très sociable, je crois que tu l'as déjà remarqué.

– Pas faux. Mais ça vous plaît ?

– Pour ma part, je suis convaincue d'avoir pris la bonne voie, l'avenir nous le dira. Monsieur Smith, notre prof de droit constitutionnel, nous a parlé d'un stage pour le second semestre dans son cabinet. Trois places sont réservées aux meilleurs d'entre nous et j'aimerais en faire partie.

– Il me tente bien, moi aussi, je pense que je pourrais l'obtenir, coupe Luke.

Bien sûr que tu peux…

Luke a toujours eu de très bons résultats, sans fournir trop de travail, j'ai l'impression. Je fais tout mon possible pour ne pas le retrouver sur mon chemin et il semblerait qu'il redouble d'efforts pour rester dans les parages. « *Suis-le, il te fuit. Fuis-le, il suit* », comme on dit.

Caroline, toujours dans ce besoin de combler le silence, commence un monologue sur ses études universitaires. Elle a déjà établi son parcours, elle souhaite se spécialiser après sa première année en histoire de l'art. Elle ne tarit pas d'éloges sur l'Italie, le pays de l'art par excellence, d'après elle. Dans un avenir proche, elle projette d'aller visiter

Rome, Florence ou encore Venise afin de découvrir les grands hommes de la Renaissance : Michel-Ange, Botticelli, sans oublier Léonard de Vinci. Elle se voit déjà allongée sur la mythique place Saint-Marc, peuplée par les pigeons qui font la renommée de cet endroit. Son enthousiasme est communicatif et nous rions tous les trois de bon cœur. Notre réaction la fait rougir. *Caroline, gênée ?* Je viens d'entrevoir une nouvelle facette de sa personnalité et je la trouve touchante. Grâce à elle, l'atmosphère se détend. Chad se livre à son tour ; son avenir semble établi. Il souhaite se spécialiser en pédiatrie, soigner les enfants, c'est la raison qui l'a poussé à devenir médecin. Qui ne succomberait pas à ses paroles ? Le visage entre mes mains, je suis littéralement captivée, mais le regard insistant de Luke me ramène étrangement sur terre. Je me redresse aussitôt. Un peu de tenue, que diable !

Après un long débat devant le cinéma, nous nous sommes enfin décidés pour aller voir le dernier Tarantino. On s'installe au fond de la salle, mon endroit préféré, et Chad part nous chercher du pop-corn. Pendant ce temps, mon esprit divague et me ramène à ma dernière séance de ciné, avec Luke, à sa façon de passer son bras autour de mon épaule. Rien que d'y penser, j'en ai des frissons partout ! Je me frappe mentalement d'avoir ce genre de réaction après tout ce qui s'est passé. *Quelle idiote !* Mais dès que Chad revient, au diable Luke et mes réflexes épidermiques ! *Concentre-toi !*

Les lumières s'éteignent, le film commence et Chad s'empresse de passer son bras autour de mon épaule, j'y pose ma tête et essaie d'oublier mon absence de sensations. Ça viendra.

À la fin de la séance, nous sortons et nous nous quittons sur le trottoir. Caroline chuchote discrètement à mon oreille qu'elle ne compte pas rentrer tard et Chad me reconduit jusqu'à mon bâtiment. On s'embrasse une dernière fois, il me promet avant de partir de venir me chercher demain matin pour m'accompagner jusqu'à mon cours. Je lui souris une dernière fois et monte me coucher.

Vingt minutes plus tard, Caroline ouvre la porte, le regard triste. Elle est déjà là ? J'hésite à lui poser la question mais la voir ainsi me fend le cœur.

– Tout va bien ?

– Pas vraiment… En fait, je suis perdue ! J'imaginais finir la soirée avec Luke mais apparemment il avait d'autres projets…

– D'accord…

– C'est dingue l'effet que ce mec a sur moi !

À qui le dis-tu !

– Je ferais mieux de me coucher. Je manque de sommeil, donc de discernement, je crois que je ne me suis pas remise de la cuite d'hier, et demain, il faut que je sois fraîche.

Elle tente de se convaincre à voix haute en enfilant son pyjama.

Je m'apprête à faire la même chose quand mon téléphone émet un bip. Je m'en saisis, persuadée que c'est Chad qui me souhaite une bonne nuit, mais la surprise est de taille lorsque je m'aperçois que, en réalité, il s'agit d'un message de Luke.

Rejoins-moi en bas de l'escalier. Je t'attends. Luke.

Oh putain ! Oh putain ! La panique me submerge, je n'arrive plus à réfléchir. Je me rends compte que je suis toujours debout au milieu de la pièce, complètement immobile devant mon lit. Que dois-je faire ? Ne pas y aller, évidemment. Mon cœur tambourine tellement fort dans ma poitrine que j'ai l'impression qu'il veut sortir de là pour courir le rejoindre. Et puis que dire à Caroline ? Il veut peut-être me parler d'elle, a besoin de l'oreille attentive d'une amie ? J'écarte immédiatement cette idée désagréable de mon esprit. *Je n'irai pas ! Je n'irai pas ! Je n'irai pas !* Je décide de lui répondre juste pour me convaincre que c'est la meilleure solution.

Je ne descendrai pas.

Pas grave. Je resterai là toute la nuit s'il le faut !

Je lis sa réponse et ferme les yeux, complètement perdue. Caroline remarque rapidement que quelque chose ne tourne pas rond.

– Est-ce que ça va ?

– Oui… oui… C'est Chad. Je vais aller prendre une douche ! bredouillé-je.

– Bien. Dans ce cas, bonne nuit.

Elle éteint sa lampe de chevet, remonte sa couette et se tourne vers le mur. Je sors de la chambre sans attendre, bien déterminée à dire à Luke de foutre le camp. Lorsque j'arrive au bas de l'escalier, l'endroit est désert. Si c'est une blague, elle est de mauvais goût. Je suis prête à rebrousser chemin, quand soudain, je sens un bras me tirer sous l'escalier et me plaquer contre le mur. Luke écrase ses lèvres contre les miennes sans me laisser le temps de réagir. Son baiser est empli de désespoir, de passion, de regrets, d'amertume. Mon estomac se noue de plaisir, le désir m'inonde, mais ma raison s'éveille aussi et ma réaction ne se fait pas attendre. Je le repousse et le gifle violemment. Il pose aussitôt sa main sur sa joue meurtrie et me regarde, totalement abasourdi.

– Tu m'as prise pour une poupée de chiffon ? Que tu prends et que tu jettes à ta guise ? Si tu as honte d'être vu en public avec moi, soit. Mais je ne serai pas la fille de l'ombre, Luke. Je mérite mieux que ça. Tu m'as humiliée et si je suis descendue, c'est uniquement pour te dire que tu devais arrêter ce petit jeu, ça n'amuse que toi et je n'ai pas envie de jouer.

Ses yeux expriment des mots que sa bouche refuse d'admettre. Je détache mon regard du sien pour cacher une larme naissante et monte une première marche quand Luke me saisit par la main.

– Je ne joue pas, Yale, je te le promets.

– Tu es seulement sincère quand nous ne sommes que tous les deux mais ça ne suffit pas, ça ne suffit plus…

Je le laisse avec son désarroi et je repars, mon chagrin sous le bras. Je pensais que je serais soulagée mais un coup de poignard serait sans doute moins douloureux. Quand je m'endors ce soir-là, mon oreiller est baigné de larmes.

Chapitre 4

L'aube pointe déjà à travers le rideau et je reste là, allongée, à contempler le plafond. Mon crâne me fait atrocement souffrir, une gueule de bois sans alcool, c'est une ivresse d'amour ? Je redoute le moment où je devrai faire face à Caroline, Chad et Luke… Mon âme crie que j'ai fait le bon choix, pourtant mon cœur est en berne. Je regrette le temps où le simple fait de l'apercevoir suffisait à mon bonheur. Dans mon imaginaire, tout était possible, dans tous mes scénarios Luke était un prince charmant, mon prince charmant, et nous avions droit à une fin digne de celle des contes de fées. « Ils vécurent heureux et eurent beaucoup d'enfants. » *Parfois la fiction vaut bien mieux que la réalité !* Et pourtant, malgré la rage et le chagrin qui me désintègrent, une lueur du fin fond de mon désespoir me pousse à y croire, je dois simplement réussir à la faire taire une bonne fois pour toutes. Je rêve de l'aimer, de le serrer contre moi, qu'il me possède jusqu'à mon dernier battement de cœur si seulement il y consentait. *Ce n'est pas toi qu'il a choisie*. Cette voix douce-amère qui résonne dans ma tête est la goutte qui fait déborder le vase. Je ne cours jamais mais j'ai une subite envie de chausser mes baskets. J'enfile un jogging, glisse les écouteurs dans mes oreilles et pars alors que Caroline dort encore. *Never*, de la bande originale du film *Footloose*, à fond, je foule le goudron de plus en plus vite comme si cette simple course était en réalité une fuite, qu'à chaque foulée je quittais mes désillusions, ma peine et ma rancœur. Chaque respiration qui me brûle la poitrine me pousse à poursuivre toujours plus fort jusqu'au moment où des larmes commencent à ruisseler sur mes joues. J'abdique, les mains sur mes genoux, ensevelie par mon chagrin. *On ne part jamais bien loin*... Je reviens à ma chambre, abattue, les yeux rougis. J'empoigne une serviette et file sous la douche en espérant me laver de tout ça. Quelques claques sur mes joues pour me donner un peu de couleur et j'entre dans ma chambre, enroulée d'une serviette. Lorsque j'ouvre la porte, Luke est là, assis sur le lit de Caroline. Sans chercher à comprendre, j'attrape mes affaires et sors de la chambre aussitôt.

– Bonjour Luke... Au revoir Luke ! le salué-je de la main.

Si seulement ça pouvait être aussi simple avec mes sentiments.

Dans deux des trois cours que nous avons en commun, j'ai réussi à l'éviter, mais il est l'heure du droit international, le dernier de la journée, et nous sommes assis côte à côte. Si je pouvais, je m'absenterais de ce cours toute l'année. Quand je regagne ma place, je l'ignore sciemment alors qu'à l'inverse il ne me lâche pas du regard. Je m'assieds avec une certaine appréhension mais dès qu'il s'apprête à ouvrir la bouche, le prof commence son cours. Ouf !

– Bien. Chers futurs avocats, il est temps de passer de la théorie à la pratique. Pour cela, je vais vous demander d'inventer une étude de cas. Vous pouvez choisir le thème qu'il vous plaira !

Un brouhaha s'élève aussitôt dans l'assemblée.

– Je n'ai pas terminé, un peu de calme, s'il vous plaît. J'ai trois consignes qu'il va falloir respecter. La première : le thème doit avoir un rapport avec le cours ; la deuxième : vous allez devoir détailler votre plaidoirie ainsi que les articles de loi qui ont motivé votre choix ; et enfin, la dernière : ce travail devra s'effectuer en équipe de deux, un avocat pour l'accusation et un autre pour la défense.

Les esprits déjà s'échauffent dans la classe mais notre professeur élève la voix pour couvrir le bruit général.

– J'ai gardé le meilleur pour la fin, dit-il, un sourire malicieux sur les lèvres. C'est moi qui vais former les binômes.

J'observe la scène, il est clair qu'il est en train de savourer pleinement le désordre qu'il vient de créer. De mon côté, je ne suis pas enchantée et je préfère prier en silence pour que mon nom ne soit pas associé à celui de Luke. *Mon dernier espoir !*

– Conrad avec Austin !

Évidemment… Je m'affale contre le dossier de ma chaise. Je déteste ce cours. Je pourrais bien demander à changer de partenaire mais je n'ai aucune envie de me faire remarquer. Quelle poisse !

Quand la sonnerie retentit, je ramasse mes affaires à la vitesse de l'éclair et quitte la salle sans attendre. Alors que je marche hâtivement vers la bibliothèque, j'entends Luke me héler. Je ferme les yeux un instant, prends une profonde inspiration et me tourne dans sa direction.

– Écoute, voilà comment nous allons procéder. Tu vas travailler de ton côté et je vais travailler du mien. On se donne rendez-vous jeudi soir à la bibliothèque pour échanger nos idées, mais ça s'arrête là. Je veux une bonne note à ce devoir alors tâche de ne pas me décevoir une fois de plus !

Je ne lui laisse pas le temps de répondre et reprends mon chemin en serrant mes livres contre ma poitrine pour faire taire mon cœur obstiné.

★ ★ ★

Cette semaine, les profs ne nous ont pas épargnés. Je passe tout mon temps libre à étudier et je suis lucide :

avoir mon nez dans les livres m'empêche de réfléchir et me cache de cette réalité que je redoute. Quand Caroline rentre, je dors ou je fais semblant, et le matin, je pars suffisamment tôt pour ne pas la voir. Avec Chad, on s'envoie des messages, mais dès qu'il propose un tête à tête, je sors la carte « j'ai beaucoup de travail ». Luke a été absent cette semaine aux différents cours que nous avons en commun, alors j'espère que ce soir il ne me posera pas un lapin. J'ai beaucoup travaillé sur notre étude de cas, je veux obtenir une bonne note à ce devoir. Il a intérêt à être à la hauteur ! Un peu anxieuse à cause de notre entrevue, j'arrive en avance à la bibliothèque. Je pose soigneusement mes affaires et place stratégiquement mon sac sur la chaise près de moi pour l'obliger à s'installer en face. Bien que nous soyons dans un lieu public, une table entre nous est un gage de sécurité. Je le repère dès qu'il passe la porte, il fait un rapide tour d'horizon et dès que son regard s'accroche au mien, mon cœur tambourine comme à son habitude, mon corps malgré moi s'affole. Pourtant, il est habillé simplement. Une chemise blanche dont les deux premiers boutons sont ouverts sur un jean bleu et son sac sous le bras. Ses cheveux châtain clair sont parfaitement arrangés dans un style coiffé-décoiffé et sa barbe de trois jours me fait un effet dingue. *C'est un crime d'être aussi sexy*. Je déglutis avec peine et quand il arrive à ma hauteur, le bruit d'une chaise qui grince me ramène à la raison. *Alyssa respire !* Luke retire mon sac et s'assied naturellement à côté de moi. Adieu le gage de sécurité !

– Bien. Mettons-nous au travail.

– Avant de commencer, j'ai un deal à te proposer, lance-t-il.

– Pourquoi je savais que travailler avec toi allait être compliqué ?

– Attends avant de t'énerver, tu ne sais même pas de quoi il s'agit.

– Mais je ne veux pas le savoir. Tu as pris tes notes ?

Luke les sort de son sac mais les garde fermement dans la main. J'essaie de les lui prendre mais il recule, ce qui provoque un « silence » des autres étudiants présents. Je me replace sur mon siège, agacée.

– Luke, s'il te plaît…

– Je veux juste que tu m'accordes cinq minutes quand on sortira d'ici. Cinq minutes, soit juste trois cents secondes, et après je te laisse tranquille.

– Luke…

– S'il te plaît, m'implore-t-il, d'un ton solennel.

– OK, juste cinq minutes.

Il me tend ses notes et nous nous mettons enfin au travail. Au bout de deux heures, satisfaits de ce que nous venons de faire, nous sortons de la bibliothèque, qui est sur le point de fermer ses portes. Luke me montre un banc sous un réverbère éclairé près du parking.

– On va s'asseoir ?

Je le suis sans un mot et il me fait signe de m'installer alors que lui préfère rester debout.

– Je ne vais pas tourner autour du pot, Yale. Je suis profondément désolé pour ce que je t'ai fait subir. Je n'ai jamais voulu te faire de mal, bien au contraire, ça n'a jamais été dans mes intentions. Un jour, tu comprendras mes agissements.

– Et ce jour pourrait être aujourd'hui ?

– Il viendra bien assez tôt, tu peux me croire.

Quelque chose dans sa voix, dans le ton qu'il emploie, me noue la gorge sans que j'arrive à comprendre vraiment pourquoi.

– C'est encore une parade pour essayer de t'en sortir.

Il me lève soudain du banc, m'attrape par les bras et m'oblige à le regarder dans les yeux.

– Je te promets, Yale. Cette fois, je ne joue pas et je ne jouerai jamais… jamais avec toi. J'ai fait le con mais la situation m'a échappé, je ne contrôlais plus rien et ça n'arrivera plus. Te blesser est la dernière chose que je désire au monde. Prends le temps qu'il te faut pour me pardonner mais je t'en supplie, laisse-moi revenir dans ta vie, c'est tout ce que je te demande.

Sa sincérité me prend aux tripes, sa bouche n'est qu'à quelques centimètres de la mienne, je sens son souffle sur mon visage. Je lis la sincérité dans ses yeux et ça me désarçonne complètement. Je souris timidement et hoche simplement la tête. Il semble soulagé par ma réaction et me prend aussitôt dans ses bras. Je me laisse envelopper par son odeur qui m'enivre, puis nous reculons, laissant cette distance s'installer entre nous, celle que nous nous sommes promise.

Cette drôle de conversation apaise un peu ma colère, pourtant des questions restent en suspens. Alors je choisis délibérément de les chasser de mon esprit, sinon je vais être aspirée par la machine infernale de mon imagination. Je préfère retenir que je ne suis pas l'élue, et qu'il le veuille ou non, mon cœur doit désormais faire son deuil.

Je laisse Luke et en rentrant à la résidence m'empare de mon téléphone. J'envoie un SMS à Chad, déterminée à laisser une chance à ce qu'il voudra bien m'offrir. Je dois faire table rase du passé et refermer le livre d'une histoire qui n'existera jamais.

★★★

Chad et moi, on s'offre un resto. Il est charmant, comme à son habitude, et je prends toujours autant de plaisir à être en sa compagnie. J'ai saboté nos débuts mais je vais tout faire pour rectifier la trajectoire de cette histoire que je croyais impossible. Je le laisse tranquillement apprivoiser mon cœur et profite de l'instant sans aucune réserve.

– Cette année, tu as des stages ?

– Non, en première année, c'est de la médecine générale pure. Si je réussis, je choisirai ma spécialité l'année prochaine et, effectivement, j'aurai plusieurs stages à effectuer.

– Toujours sûr de vouloir choisir pédiatrie ?

– Plus que jamais !

– Tu sais que tu vas être un médecin sexy ?

– J'espère bien. Bon, qu'est-ce que tu veux faire ce week-end ?

– Je rentre. Cory, mon meilleur ami, est là et je n'ai jamais été habituée à être séparée de lui aussi longtemps. Donc, ce week-end, ce n'est rien que lui et moi.

– J'ai des raisons d'être jaloux ?

– De Cory ? Absolument aucune.

– Dans ce cas, je compterai les heures, rétorque-t-il, théâtral.

– Ça devrait aller.

– Pas de compassion ?

– Hum… non !

– Tortionnaire…

– Et tu n'as encore rien vu !

Après notre soirée, il me raccompagne à la résidence et m'embrasse tendrement.

– J'attendrai lundi avec impatience.

– Surtout ne te laisse pas dévorer par le désespoir.

– Je vais essayer.

– Je crois en toi.

– Enfin un mot gentil, ironise-t-il.

– Fais attention, je pourrais très vite retrouver mon sarcasme.

– OK. J'y vais avant que ça arrive.

Après mon week-end avec Cory, je rentre à l'université de très bonne humeur. Nous nous sommes retrouvés et avons savouré chaque instant. On est restés enfermés devant nos films et séries préférés à s'empiffrer de pop-corn. C'était génial ! J'ai passé sous silence le fiasco avec Luke. Ne pas en parler est une bonne façon de faire comme si tout cela n'avait jamais existé. En revanche, Chad était au cœur de nos conversations et Cory m'a appris qu'il était sous le charme d'une dénommée Melissa à Princeton. Il fallait voir les étoiles briller dans ses yeux, je ne l'avais jamais vu comme ça et je suis vraiment heureuse pour mon meilleur ami. Ce bref week-end m'a permis de recharger les batteries et je reviens plus forte que jamais. Lorsque j'entre dans ma chambre, Caroline est en train de travailler. Je trouve une rose rouge sur mon bureau.

– Salut Alyssa, ton week-end s'est bien passé ?

– Super. Et toi ?

– Génial aussi. Chad est passé et tu as vu ce qu'il a déposé pour toi ?

– Je vois ça. Je crois que c'est bien la première fois qu'on m'offre des fleurs.

– Aucun doute, ce mec en pince grave pour toi. Il y a un petit mot, promis, je ne l'ai pas lu.

– Mouais… Permets-moi d'en douter.

– Je plaide coupable. Même si j'avoue ne pas avoir tout saisi.

– Si tu veux bien, je voudrais savourer mon moment.

– Je m'en doutais.

Je prends le mot déposé sur la table et l'ouvre. « *J'ai survécu* ». Je ris en comprenant l'allusion et me saisis de mon téléphone.

Merci pour la rose.

Je t'en prie. Je peux enfin cacher les canettes de bière et les cartons de pizzas sous mon lit, me raser la barbe et arrêter le Xanax, tu es enfin de retour.

T'as pas l'impression d'en faire trop ?

Jamais !

À demain.

Bonne nuit.

Le lendemain, Chad me fait la surprise de m'attendre au bas des escaliers, un gobelet de café dans chaque main.

– Tu es mon héros.

– Pour vous servir, gente demoiselle.

– Tu m'accompagnes en cours ?

– Absolument.

Chad m'embrasse devant ma salle de cours quand Luke arrive à son tour. Il nous salue brièvement et entre sans attendre. Un dernier sourire et je lui emboîte le pas. Comme je suis assise au fond, Luke se retourne vers moi.

– On va à la bibliothèque, ce soir, pour terminer notre étude de cas ?

– Ma partie est presque prête.

– J'ai quelques difficultés avec la mienne, je me suis dit que tu pourrais peut-être m'aider.

– Pas de soucis, on se retrouve là-bas.

– Merci.

Je lui souris simplement et Luke se rassoit dès que le prof entre dans la salle. Après mon dernier cours, comme convenu, je rejoins Luke. Nous nous installons, éparpillons nos notes et nos livres autour de nous et nous planchons sur notre étude. J'aide Luke sur les quelques articles avec lesquels il galère un peu. Nous rédigeons nos plaidoiries et finissons par mettre un point final à notre travail commun, à notre grand soulagement.

– Ravi que ce soit terminé.

– Et moi donc !

– Je me disais qu'on pourrait se retrouver ici une ou deux fois par semaine pour bûcher ensemble, tu as l'air plutôt à l'aise en droit international et je pourrais peut-être t'apporter mon aide en droit constitutionnel, qu'est-ce que t'en dis ?

Je vois sa bonne foi dans son regard, il peut considérer mon « oui » comme mon premier pas pour réapprendre à lui faire confiance.

– On peut faire ça, oui.

– Génial !

Nous repartons ensemble vers nos résidences, en discutant en chemin de façon très naturelle, mais je dois encore contraindre mon cœur à garder ses distances.

– Bon… À plus, en cours.

– Je me disais… Demain, on va voir jouer l'équipe de basket universitaire avec Caroline, ça vous dit de vous joindre à nous ?

– Euh… Je ne sais pas… Je vais en parler à Chad. Je te tiens au courant.

– Ça ferait plaisir à Caroline. Elle vient pour moi mais je sais que c'est plutôt une corvée.

– Je vais voir ce que je peux faire.

– Cool.

Il semble un peu intimidé et je dois admettre que je ne suis pas très à l'aise non plus, mais je vois bien qu'il fait tout son possible pour que tout revienne à la « normale ».

Dans un gymnase en totale effervescence, nous voilà tous les quatre assis côte à côte. Yale reçoit l'université de Columbia, notre meilleure ennemie.

– Il y a un sacré enjeu, ce soir, crie Luke pour se faire entendre par-dessus la foule en liesse.

Je l'observe, au comble de l'excitation devant le match qui se déroule sous nos yeux. Je me demande alors pourquoi il n'a pas essayé d'intégrer l'équipe universitaire, il jouait au lycée et je suis bien placée pour savoir qu'il adore ce sport. Il suffit de l'observer. Caroline répond à ma question silencieuse.

– Luke est passionné de basket mais une grosse blessure a brisé ses rêves et mis un terme à une éventuelle carrière.

Une blessure ? Mais quelle blessure ? J'ai suivi assidûment le championnat l'année dernière, et qui plus est je suis sa voisine. Si Luke avait été blessé, je m'en serais aperçue. Je me mords la lèvre pour garder mes interrogations pour moi.

Chad est parti nous chercher des sodas et quand il revient, je l'embrasse naturellement pour le remercier quand le regard de Luke croise le mien. Un bref instant que je conclus par un sourire auquel il répond avant de tourner la tête définitivement.

Après cette soirée, les sorties à « quatre » deviennent nombreuses, un peu « trop » à mon goût. Luke a toujours quelque chose à nous faire découvrir, un nouvel endroit où s'éclater ou bien un restaurant qui vient d'ouvrir. J'essaie de faire mon bonhomme de chemin et je n'ai pas besoin qu'il soit sans arrêt là, à étaler son bonheur sous mes yeux. *Il ne faut peut-être pas pousser.* De plus, les rares fois où je vais dans leur chambre, il a toujours un prétexte pour rester là. Réviser, lire, écrire... Tout est bon pour ne pas nous laisser la moindre intimité. Chad commence doucement à perdre patience. Il ne dit rien mais son regard parfois le trahit, alors avant que cela se termine en véritable pugilat, je décide d'en toucher deux mots à Luke. Nous devons nous retrouver pour réviser et, en sortant, j'ai décidé de me jeter à l'eau.

Je suis en train de lire un livre de Thomas Pogge lorsque Luke m'interrompt :

– Il y a un nouveau bar qui vient d'ouvrir près du centre commercial. Il paraît qu'il est génial, tout le monde ne parle plus que de ça. Ça vous dirait d'y aller un soir ?

Je crois que le temps est venu... Plus vite que ce que j'imaginais.

– Écoute, Luke, c'est gentil de nous proposer de sortir, je t'assure qu'on apprécie, mais à l'occasion...

– En voilà une d'occasion !

– C'est la troisième cette semaine, ce n'est plus une occasion mais une habitude. J'aimerais bien pouvoir me retrouver avec mon petit ami, seule, tu comprends ?

– Bien sûr. Je ne me rendais pas compte que j'étais aussi... envahissant.

– C'est juste que je te vois en cours, puis ici, et maintenant quasi tous les soirs.

– Le message est passé, bredouille-t-il, embarrassé.

– Tu ne m'en veux pas ?

– Non ! Bien sûr que non ! Pourquoi je t'en voudrais ? crache-t-il, faussement détaché.

– Je te remercie.

Je l'embrasse sur la joue amicalement et aussitôt je le sens se raidir. Qu'est-ce qu'il lui prend ?

Je préfère changer de sujet.

– Quand on est allés voir le match, Caroline m'a appris que tu avais eu une grosse blessure. Tu peux m'expliquer à quoi elle faisait allusion, au juste ?

Il pâlit un instant et masque sa gêne derrière un sourire.

– Oh, ce n'était rien ! Tu sais ce que c'est… Il faut toujours un côté dramatique à une histoire pour faire fondre les cœurs.

Je fronce les sourcils, dubitative, mais il ne me laisse pas le temps de creuser davantage.

– Il faut que j'y aille. À plus, Yale.

Il est vraiment bizarre, parfois…

★ ★ ★

Alors que je m'apprête à rejoindre Chad pour le déjeuner, le lendemain, mon téléphone sonne. Le nom de Cory s'affiche sur l'écran.

– Salut !

– Salut, Yale, comment ça va ?

– Je croule un peu sous le travail mais ça va. Et toi ?

– Je sais que tu adores ça ! plaisante-t-il. Mais je ne t'appelle pas pour ça.

– Je t'écoute.

– Je regarde le calendrier et je m'aperçois que nous sommes bientôt le trente et un, et qu'y a-t-il le trente et un ? s'amuse-t-il.

– Mon anniversaire…

Comment oublier ? C'est le jour d'Halloween.

– Gagné !

– Et donc ?

– Eh bien cette année, j'ai envie de te concocter quelque chose d'un peu spécial.

– C'est-à-dire ? Tu m'inquiètes !

– Tu me connais…

– Justement.

– Tu me remercieras, tu verras !

– Pourquoi, déjà ?

– Bien tenté, mais ça ne marche pas. Alors voilà, pour ton anniversaire, je veux que tu me rejoignes à New York.

– New York ? Mais pour quoi faire ?

– Je te demande de venir dans la ville qui ne dort jamais et toi tu me demandes « pour quoi faire », mais on peut TOUT faire à New York !

– OK, alors !

– Une dernière chose, tu dois me promettre de venir seule.

– C'est loufoque comme idée.

– Promets-le-moi, insiste-t-il.

– Bien, comme tu veux. Je te le promets.

– Merci. Dans ce cas, je te dis à jeudi.

– Attends, attends ! Tu vas bien me donner un indice, quand même ?

– Un seul : c'est une surprise pour ton anniversaire.

Et puis il raccroche, me laissant son éclat de rire comme écho.

Je m'assieds près de Chad, la mine contrariée, ce qu'il remarque aussitôt.

– Pourquoi fais-tu cette tête ?

– C'est Cory, mon meilleur ami dont je t'ai parlé. Il vient de m'appeler pour m'annoncer qu'il m'organisait une surprise.

– Une surprise ? Comme ça ? Sans raison ?

– Non, pas sans raison, c'est mon anniversaire, avoué-je à mi-voix.

– Ton anniversaire ? Mais c'est quand ? Quand est-ce que tu comptais m'en parler ?

– Je ne sais pas. J'attendais que le moment s'y prête. Je n'avais pas envie que tu te sentes obligé à quoi que ce soit.

– C'est ce que sont censés faire les petits amis, non ? Ils offrent un cadeau et une soirée exceptionnelle à leur copine.

– Ce ne sera pas possible cette année.

– Je ne peux pas venir avec toi ?

– Nope ! J'ai fait la promesse de me rendre à New York seule. Une promesse est une promesse.

– En effet, c'est dommage. On aurait pu profiter de ce petit week-end pour que je te présente à ma famille. Une prochaine fois…

– Une prochaine fois, promis !

– Fais gaffe, c'est une promesse, plaisante-t-il.

– Et je compte bien la tenir.

Je remercie silencieusement Cory de ne pas avoir invité Chad à ce petit séjour. Je ne suis clairement pas prête à rencontrer sa famille.

– Dans ce cas, on fêtera ça à ton retour ?

– Ça marche. Excellent compromis.

Il m'embrasse sur le bout du nez avant de retourner en cours, et moi, je reste là à m'imaginer tout un tas de scénarios. Mercredi me semble être dans une éternité !

Chapitre 5

Excitée par ce qui m'attend, je me gare et rejoins Manhattan en métro. Cory m'a donné rendez-vous devant Planet Hollywood, sur Times Square, et j'ai hâte de découvrir ce qu'il m'a préparé. J'en ai marre du mystère, je suis impatiente.

Quand j'arrive enfin, je le cherche désespérément au milieu de la foule qui se presse déjà sur l'avenue. Une main sur mon épaule me fait sursauter et je me retourne immédiatement pour voir mon meilleur ami un sourire géant sur les lèvres. Je le serre aussitôt dans mes bras.

– Joyeux anniversaire, Yale.

– Merci.

– J'ai le plaisir de te présenter ma petite amie, Melissa.

Une charmante fille plutôt petite, métisse, avec de longs cheveux bruns qui lui tombent magnifiquement sur la poitrine s'avance timidement vers nous. Je la prends elle aussi dans mes bras pour la saluer.

– Ravie de te connaître. J'ai beaucoup entendu parler de toi.

– Yale, n'exagère pas, m'interrompt mon ami, un peu mal à l'aise.

– En bien j'espère…

– Oh oui !

Cory rougit et sa réaction m'amuse, je ne l'avais jamais vu comme ça. Je surprends leur regard complice et leur sourire qui en dit long. Je suis heureuse de vivre cet instant. *Cory amoureux.*

– Bon… Les amis, qu'est-ce qu'on fait ? Où va-t-on ? dis-je en tapant des mains.

– Serais-tu pressée ? s'amuse mon meilleur ami.

– Continue de faire le malin mais la roue tourne. Garde-le à l'esprit…

– On n'est plus très loin. Suis-nous.

– Tu peux m'en dire plus, maintenant que je suis là, non ?

– Non.

– Tu vas me le payer !

– Je sais, rit-il, en passant son bras autour des épaules de Melissa.

Nous marchons pendant plusieurs minutes tout en discutant, puis ils s'arrêtent enfin devant le Madison Square Garden. On regarde un instant la salle de spectacle et je me tourne vers Cory.

– OK. Que fait-on là ?

Il me saisit par les épaules et m'invite à me retourner. Il pointe son doigt dans une direction.

– Regarde bien.

J'observe sans comprendre quand mes yeux se posent sur lui. Luke. Il s'avance vers moi, un large sourire sur les lèvres.

– Cory, qu'est-ce que tu as fait ? chuchoté-je.

Cory m'a entendue, même si j'ai parlé très doucement, et il se penche à mon oreille.

– Je ne suis que le messager, elle est là, ta surprise.

Luke est à présent à notre hauteur, il salue mes amis et s'avance devant moi.

– Joyeux anniversaire, Yale.

Son regard chaleureux me bouleverse, je suis incapable de réagir.

– Luke, c'est bon, mission accomplie ?

– Avec brio, mon ami ! répond-il en lui tapant dans la main.

Depuis quand sont-ils amis ?

– Prends bien soin d'elle, je te la confie.

– Tu peux compter sur moi.

– Comment ça ? Vous ne restez pas ? demandé-je alors que Cory dépose un baiser sur mon front.

– Les parents de Melissa nous attendent, on est de corvée de baby-sitting et nous sommes déjà en retard. Mais n'oublie pas, Yale, tu me dois un week-end ! crie-t-il, en disparaissant dans la foule.

Je regarde un instant, complètement abasourdie, cette masse de gens qui vient d'emporter mon ami, quand la voix de Luke me rappelle qu'il est vraiment là, devant moi.

– Bien.

– Luke, tu peux me dire ce qu'on fait là ?

– J'ai pas mal réfléchi… On s'était promis de passer plus de temps ensemble à l'université, de rattraper ce passé qu'on a perdu. Tu te souviens de cette discussion dans ta chambre, la veille de la rentrée ?

– Oui, bien sûr.

– C'est en y repensant que je me suis souvenu de la promesse que je t'avais faite ce soir-là.

– Une promesse ?

– Parfaitement.

Il sort alors deux billets de sa poche qu'il me tend.

– Ce soir, toi… moi et Bruno Mars.

La joie et l'appréhension se disputent le contrôle de mes émotions. Je me réjouis d'aller à ce concert mais une petite voix dans ma tête sonne l'alerte. Encore trop fragile à propos de mes sentiments à son égard, j'ai peur d'une rechute. Je garde en mémoire ces mots : il souhaite juste avoir une place dans ma vie. *Accroche-toi à ça !* Avant que mon esprit succombe à mes pensées les plus insensées, Luke me prend par la main.

– Mais avant ça, on va s'amuser ! Suis-moi.

Nous visitons le *Merchant's House Museum*, cette maison est la plus inquiétante de Manhattan. Huit membres d'une même famille y sont morts et on raconte qu'ils y habitent encore. Cela fait froid dans le dos et Luke s'amuse de l'angoisse que cette maison m'inspire. En sortant, nous nous rendons ensuite à l'*Abracadabra Superstore* pour choisir un déguisement. Un moment que je ne suis pas près d'oublier. Plus Luke essaie de costumes, plus mes appréhensions se dissipent. J'oublie tout et je ris aux éclats. Ça me fait un bien fou. Il ne m'épargne rien, footballeur américain, Joker, Hulk, même le masque de Donald Trump ! À mon tour, j'entre dans la cabine d'essayage et après avoir enfilé un déguisement de bonne sœur, de sorcière, de *Scream* et même de fantôme, je prends le cintre que Luke me tend. Je l'enfile et sors lui montrer le résultat.

– C'est celui-là. Il n'y a pas de doute, tu es un ange, lâche-t-il avant de se mordre la lèvre comme s'il regrettait d'avoir laissé échapper ces mots.

Juste quatre mots et mon cœur fait une embardée. J'essaie de ne pas y prêter trop attention et me dirige vers la caisse, l'air de rien, laissant cette curieuse sensation dans la cabine. Luke paie à son tour son costume de Jack Sparrow puis nous partons en direction de Carroll Gardens. Ce quartier est l'un des mieux décorés pour l'occasion, des citrouilles à perte de vue, des fantômes suspendus çà et là, des toiles d'araignées dans tous les coins, certains ont même mis sur leur balcon des ballots de paille avec une brouette et un épouvantail habillé dans le thème. Les enfants, ou devrais-je dire des chats, des zombies ou encore des squelettes grouillent dans tous les sens. On s'amuse nous aussi à frapper aux portes et à remplir notre seau de friandises. Nous donnons notre récolte à un groupe d'enfants que nous croisons sur le chemin. Il est temps de retourner au Madison Square Garden. La 7e Avenue est bien plus bondée que tout à l'heure, l'affluence du concert, sans doute. Après une file d'attente interminable, nous entrons enfin dans cette salle immense, c'est impressionnant.

Nous sommes à quelques mètres de la scène, prêts à en prendre plein les yeux et les oreilles. Bruno Mars joue ses morceaux les uns après les autres et met le feu à l'auditoire. Luke et moi sommes totalement électrisés et emportés par cette ambiance hors norme. Puis vient le moment de cette chanson que je chéris tant, *Rest of My Life*. Dès les premières notes, Luke m'observe, me souris, attrape ma main et m'attire contre lui. Sans un mot, il pose sa tête contre mon épaule, me serre contre lui et nous commençons à danser lentement sur les paroles où Bruno Mars décrit l'amour de sa vie. C'est un instant suspendu dans le temps, les gens autour de nous disparaissent, je sens seulement nos cœurs battre et se confier ce que nos bouches refusent d'admettre. La chanson se termine et Luke perd son regard dans le mien, je cherche à déchiffrer ce qui lui passe par la tête, mais un battement de cils balaie ce moment insensé. Il m'embrasse tendrement sur le bout du nez tandis que la guitare électrique joue les premières notes de *Locked Out of Heaven*. Le public est à nouveau en délire et je me laisse enivrer à mon tour sans me poser de questions. On sort du concert, transportés, et on décide d'aller boire un verre avant de rentrer. L'ambiance est légère et nous rions beaucoup, puis la fatigue de cette longue journée finit par nous rattraper.

– On rentre ?

– À Yale ?

– Non, je serais incapable de conduire ce soir.

À dire vrai, moi aussi.

– J'ai réservé une chambre au *Park Lane Hotel*.

Luke remarque ma mine déconfite.

– Yale, ne t'en fais pas, ce sont des lits doubles.

– Mais je ne m'inquiète pas, bredouillé-je.

Son sourire montre qu'il n'est pas dupe.

Dès que nous arrivons à la chambre, je pose mes affaires et file à la douche. Puis vient le tour de Luke. Quand il sort, seulement enroulé dans une serviette, je détourne le regard. *Aucune tentation.* Il programme une chanson sur le iPod posé sur le meuble TV et se couche dans son lit. *You Found Me* de The Fray résonne dans la pièce et Luke reste là à contempler le plafond comme si seul Isaac Slade comprenait ce qu'il est en train de traverser. J'ai envie de lui poser la question mais j'ai peur de connaître la réponse. La chanson se termine et Luke éteint la lumière. Rassurée par l'obscurité, je finis par dire :

– Merci pour cette journée.

– Bonne nuit, Yale.

– Bonne nuit.

Je me tourne et je l'entends m'imiter, puis je laisse le sommeil me promettre de beaux rêves.

Je me réveille en sursaut au milieu de la nuit. Je me tourne et entrevois Luke grâce à la lumière de la rue, juste là, près de moi, les yeux rivés au plafond.

– Est-ce que ça va ?

– Non, répond-il simplement.

– Tu ne te sens pas bien ?

– On peut dire ça…

Je l'observe, et dans un souffle, il finit par se confier sans jamais me regarder :

– Je ne peux pas, je n'y arrive pas, j'en suis incapable.

– De quoi parles-tu au juste ?

Il se tourne enfin vers moi.

– De toi. Je ne peux pas garder mes distances, je ne peux pas être loin de toi. Quand je ne te vois pas, je deviens complètement fou. J'essaie de garder mes distances mais ma place est là, près toi, à t'écouter respirer, la plus belle mélodie qu'il m'ait été donné d'entendre. « Les règles sont fixées mais les dés sont pipés.[1] » Je dicte la loi à ma raison mais mon cœur

---

1. Extrait de *Envole-moi* de Jean-Jacques Goldman

est un électron libre. Cette journée… T'entendre rire, te sentir, te toucher, c'est la seule chose qui me rend vivant. Yale, j'te jure que j'ai lutté mais je suis épuisé… Épuisé de devoir me battre contre quelque chose d'ancré en moi. Je dépose les armes… Ce que je voulais c'était te protéger, c'est tout…

– Me protéger de quoi ?

– De moi… et du danger de laisser libre cours à ce qu'on ressent, on ne contrôlera plus rien. L'amour amène la douleur, la tristesse et le chagrin. Je ne veux pas t'infliger ça…

– Et si c'était la plus belle chose à vivre ?

– Et si c'était la pire ?

– Et si je voulais courir ce risque ?

– Et si tu regrettais ?

– Et si je t'aimais ?

Il ferme les yeux un instant comme si cet aveu était trop douloureux à entendre, comme s'il était écrasé par cette douce réalité qu'il refusait d'affronter jusqu'à maintenant, et je cède à mon tour, laissant ces sentiments trop longtemps réprimés me submerger. À quoi bon, c'est lui et ça a toujours été lui, je le veux avec ses souffrances, ses doutes. À coup d'amour je panserai ses blessures. Je suis prête à tout, à mettre mon âme à nu et mon cœur entre ses mains, du moment où je peux l'aimer sans détour ni aucune retenue.

Luke plonge ses yeux dans les miens, je le vois encore peser le pour et le contre. Je pose mes mains sur ses joues pour tenter d'apaiser ses peurs.

– Je suis à toi si c'est ce que tu désires.

Il souffle sa frustration une seconde et finit par dire.

– Et puis merde !

Ses lèvres se pressent contre les miennes dans une urgence inouïe. Ce n'est pas un simple baiser, c'est une connexion, un cœur qui retrouve sa moitié, une passion libérée de ses chaînes. Nos langues entrent en fusion, ses mains s'agrippent à moi comme s'il n'avait qu'une seule crainte, me voir m'enfuir.

– Je te veux, Yale, je te veux plus que tout, chuchote-t-il entre deux baisers.

Je voudrais que ce moment dure pour l'éternité. Luke commence à balader sa bouche sur mon visage, mon cou et descend lentement vers ma poitrine. Ma peau s'embrase littéralement, plus rien n'a d'importance, juste la rencontre tant attendue entre nos deux corps. Luke retire mon tee-shirt, et quand son torse chaud se presse contre mes seins, j'ai le sentiment que sa place a toujours été là.

– J'ai envie de toi…

– Moi aussi, mais avant il faut que je t'avoue quelque chose… Je n'ai jamais…

– Tu n'as jamais… quoi ?

– Je n'ai jamais fait… l'amour…

– Moi non plus, ça n'a toujours été que l'assouvissement d'un besoin primaire…

– Même ça, je ne connais pas.

– Tu veux dire que c'est ta première fois ?

Je hoche la tête et il reste au-dessus de moi en silence pendant ce qui me semble être une éternité avant de se lever du lit d'un bond. Il s'affaire dans l'obscurité avant que je le repère grâce à la luminosité du iPod et qu'il finisse par allumer la lampe de chevet. Il revient s'allonger près de moi alors que *A Thousand Years* de Christina Perri commence à s'élever dans la chambre.

Il se place entre mes jambes, dépose un doux baiser sur mes lèvres.

– Alors faisons en sorte que cette nuit soit inoubliable.

– Je te fais confiance…

– Je vais faire attention, d'accord ? C'est un peu ma première fois à moi aussi, je sais déjà que ce qu'on s'apprête à vivre va être une véritable explosion de sentiments totalement inédits, et ça me rend nerveux.

Il m'embrasse tendrement, puis le rythme de nos baisers s'intensifie et fait disparaître peu à peu les craintes qui m'animaient. Il me déshabille et du regard balaie mon corps maintenant entièrement nu.

– Ton corps devrait être sculpté dans la pierre.

Luke arrive à me donner chaud même dans le plus simple appareil. Il continue de me caresser avec son index et chaque partie de mon corps frissonne après son passage. Lorsqu'il remonte jusqu'à mes tétons, ils sont déjà au garde-à-vous, prêts à lui obéir, mais il ne s'attarde pas et descend jusqu'à mon nombril, puis plus bas, effleure mon pubis puis s'arrête pour me laisser savourer les sensations incroyables qu'il me procure.

– Je veux embrasser chaque partie de ton corps jusqu'à ce que mort s'ensuive.

Je l'attrape aussitôt par la nuque, pour attirer ses lèvres contre les miennes.

– Je suis un peu trop vêtu, remarque-t-il. Glisse-toi sous les draps, ce serait dommage que tu aies froid.

Je m'exécute mais ne le quitte pas des yeux, profitant du spectacle qu'il m'offre à chaque vêtement qu'il retire. Il sort de sa poche arrière de pantalon un étui doré qu'il pose soigneusement sur la table de chevet. Quand il enlève son caleçon, mes yeux s'écarquillent de surprise. J'ai encore du mal à croire qu'il se tient là, devant moi, si vulnérable, et que nous sommes sur le point de franchir un cap. Luke me rejoint enfin sous la couette, son corps brûlant contre le mien. Il prend mon visage en coupe.

– Si je ne devais revivre qu'un seul instant pour le restant de mes jours, ce serait celui-là.

Mon cœur chavire complètement, les gestes valent parfois bien plus que des mots alors je dépose un baiser sur ses lèvres et ce simple contact fait grimper la température de quelques degrés. Il prend place au-dessus de moi, m'embrasse avec fougue et commence lentement à caresser mon menton du bout de sa langue avant de s'aventurer sur ma gorge et enfin ma poitrine. Il saisit l'un de mes seins dans une main et commence à le sucer délicatement. De l'autre, il titille mon téton entre son pouce et son index, mon corps se cambre aussitôt en réaction à son assaut. Il poursuit sa descente infernale tout en me couvrant de baisers. J'essaie de contrôler toutes ces nouvelles sensations qui m'assaillent mais Luke n'en a pas fini, il écarte mes cuisses et se place entre mes jambes. Sa bouche caresse mon entrecuisse et lorsque sa langue atteint mon clitoris, je ne maîtrise plus rien. Un cri guttural m'échappe mais ça n'a plus aucune importance. Alors que je pense avoir atteint le summum du plaisir, il glisse un doigt en moi, puis deux. Waouh ! Je me redresse pour me donner un peu de contenance mais le regarder à l'œuvre me pousse encore plus haut, plus loin. Je bascule la tête en arrière, appuyée sur mes coudes, tandis que Luke accentue la cadence. Je m'agrippe aux draps et laisse cette sensation inconnue naître entre mes jambes, remonter et inonder chaque cellule de mon corps avant de terminer en véritable déflagration. Je presse tellement fort mes paupières que je vois des étoiles et finis au bord de l'évanouissement. J'évacue cette tension dans un râle avant de retomber sur l'oreiller. Je me laisse envelopper quelques instants par ce sentiment de bien-être avant de rouvrir les yeux et de découvrir Luke au-dessus de moi, un sourire victorieux sur les lèvres.

– Ça t'a plu ? demande-t-il, brisant le silence.

– Mieux que ça.

– Tant mieux, parce que ce n'est qu'un début, dit-il d'un air malicieux.

La musique s'est arrêtée, sans doute depuis un moment. Luke se lève et choisit une nouvelle chanson, je reconnais tout de suite *Rest of My Life*. Il s'allonge à nouveau près de moi, repousse une mèche de mes cheveux.

– C'est la chanson parfaite. Elle va sceller cette nuit pour l'éternité. Chaque fois que tu l'entendras, je veux que tu repenses à ce moment, à ce que tu as ressenti, que tu sois capable de te souvenir de mon cœur battant à l'unisson du tien, du premier regard que j'ai posé sur ton corps nu, du cri que tu as poussé quand je t'ai donné ton premier orgasme. Je veux que cette chanson devienne la bande originale de notre première nuit et surtout garde à l'esprit qu'elle résume en trois minutes tout ce que tu représentes à mes yeux.

Je sais que ce moment restera gravé dans ma mémoire pour le restant de mes jours, c'est une étape qu'une fille n'oublie jamais. Ma première fois sera un moment parfait, le plus magique et le plus merveilleux qu'il m'ait été donné de vivre.

Luke m'embrasse longuement et recommence à me caresser tout en douceur. Je laisse moi aussi ma main se balader, mon index descend lentement sur son torse, son ventre et hésite un instant à la limite de son sexe, mais je suis résolue à lui donner du plaisir, j'empoigne son sexe et commence de longs va-et-vient. Luke ferme les yeux et sa respiration devient sifflante. Je suis fière de lui faire autant d'effet. Moi ! Grisée par le moment, j'accélère le mouvement. Luke accuse le coup et pose sa main sur la mienne, l'attrape et la place sur son cœur.

Son cœur bat si vite !

– Viens là.

Il m'attire contre lui, m'embrasse et m'allonge sur le lit. Il vient entre mes jambes et prend l'étui doré sur la table de chevet. L'excitation et l'angoisse me gagnent, deviennent un mélange doux-amer.

– Tu as peur ? s'inquiète Luke.

– Un peu…

– Si tu ne te sens pas prête, on n'est pas obligés de…

Je pose mes lèvres sur les siennes pour l'empêcher de poursuivre. Je n'ai jamais été aussi sûre de moi qu'en cet instant. Il n'y aura ni remords, ni regrets, juste le souvenir d'une passion partagée.

– Tu es très belle, chuchote-t-il à mon oreille.

Nos bouches se retrouvent et nos mains explorent, Luke descend et enfonce un doigt en moi, insiste délicieusement. Je ferme les yeux, totalement abandonnée aux sensations qu'il éveille, puis il se glisse entre mes jambes, déroule le préservatif sur son sexe et revient se placer au-dessus de moi. Il passe ses bras autour de ma nuque et me serre fort contre lui. Il me couvre de baisers et déplace discrètement une main pour diriger son pénis à l'entrée de mon vagin, sans jamais arrêter de m'embrasser. Au moment où je m'y attends le moins, je sens un déchirement suivi d'une décharge électrique paralyser mon bas-ventre. J'aspire un maximum d'air pour tenter d'atténuer la douleur qui m'envahit.

– Est-ce que ça va ?

Luke ne cache pas son inquiétude.

– S'il te plaît, continue.

Il obéit, sans attendre. Plus il poursuit ses va-et-vient, plus la douleur s'atténue. Luke continue jusqu'à perdre le contrôle et répéter mon prénom comme une litanie. Je ne peux retenir un sourire en le découvrant si dominé par le plaisir. Puis il s'allonge près de moi, épuisé. Il reprend lentement ses esprits et se tourne vers moi.

– Comment tu te sens ?

– Très bien. Tu as fait de cette première fois un moment exceptionnel. Je ne suis pas certaine que toutes les filles puissent en dire autant. C'était sensuel, romantique et pas si douloureux que ça, en fin de compte. Tu as été doux, attentionné et délicat, à la hauteur de mes espérances, en somme.

***

Le soleil new-yorkais m'éblouit et me tire de mon sommeil. Dans la précipitation, il faut bien admettre que tirer les rideaux n'était pas une priorité. Je me lève en silence pendant que Luke dort toujours, file sous la douche avant de m'asseoir dans le fauteuil club près de la fenêtre donnant sur la rue. Je me repasse cette nuit fabuleuse en boucle, toutes ces paroles échangées et la beauté de ces moments qui ont peut-être une durée de vie limitée. Qu'est-ce que je vais dire à Chad ? Et à Caroline ? Est-ce que l'amour que je lui porte suffit à pardonner une trahison aussi terrible ? Alors que je suis complètement perdue dans mes pensées, Luke me fait sursauter en passant ses bras autour de mes épaules, il dépose un baiser dans mon cou.

– Bien dormi ?

– Oui, merci.

– Alors qu'est-ce qui ne va pas ?

– Rien du tout.

– J'ai une idée. Si on se faisait monter le petit déjeuner ?

J'acquiesce mais mon sourire reste crispé.

Luke va prendre une douche pendant que je me laisse envahir par mes angoisses. Dix minutes plus tard, un garçon d'étage arrive avec notre commande. Tout semble appétissant mais j'ai l'estomac noué. Je me sers un jus d'orange au moment où Luke sort de la salle de bains et vient s'asseoir en face de moi. Il dévore un bol de céréales, les gaufres et une brioche et remarque mon regard perdu dans les gratte-ciel.

– Yale, dis-moi ce qui te contrarie.

– Je n'ai aucune envie que ce moment s'arrête, tu dois t'en douter.

– Je sais très bien à quoi tu fais allusion. Il va falloir affronter la réalité, j'en ai conscience, je ne vais pas te mentir, ça va être difficile, mais nous sommes deux à présent.

– On va faire du mal…

– Incontestablement, mais le secret est bien pire. Avec du temps et des explications, ils finiront par comprendre.

– Tu en es sûr ?

– Non, mais ce dont je suis sûr, c'est ce que je ressens pour toi. C'est l'histoire de deux âmes sœurs qui se sont trouvées, Caroline et Chad trouveront la leur, eux aussi.

– Tu dis ça pour te rassurer…

– Absolument pas. Je ne veux pas leur faire de la peine gratuitement, ils ne devaient pas faire partie de l'équation, c'est un dommage collatéral. C'est ma faute, si j'avais fait les choses correctement, tout ça ne serait pas arrivé. Bien sûr qu'aujourd'hui je m'en veux que les choses se passent ainsi, mais je m'accroche à ce que tu représentes, à la douleur que j'ai éprouvée loin de toi, et je ne veux plus jamais revivre ça. Je suis prêt à recevoir une gifle lorsque Caroline apprendra la nouvelle, je traverserai cette tempête si je sais que tu m'attends sur le rivage.

– Je t'attendrai, dis-je émue.

– Et si maintenant nous profitions encore un peu de la magie de New York ?

– On reste encore une nuit ? demandé-je étonnée. Je pensais qu'on rentrait…

– Tu veux rentrer ?

– Si je m'écoutais, je resterais ici pour toujours…

– Je te propose un « toujours » qui dure vingt-quatre heures de plus, ça te va ?

– Je prends !

Nous passons la journée à visiter les sites touristiques : la statue de la Liberté, monter au sommet de l'Empire State Building, le quartier de Wall Street… Au détour d'une rue, on prend le temps de grignoter un hot-dog. On immortalise chaque moment en prenant des selfies. Tout est si naturel, sa main dans la mienne, ces instants à un carrefour où le temps s'arrête dans un long baiser. J'aime chaque minute et mes sentiments grandissent à son égard. Le soir, pour conclure cette magnifique journée, nous allons voir la comédie musicale *Le Roi lion*. Nous regagnons notre chambre complètement épuisés. Machinalement, je jette un regard à mon téléphone laissé sur le meuble TV. J'ai un message de Chad ; mon cœur se serre.

J'espère que tu t'amuses bien. Tu me manques.

Je pâlis et Luke le remarque aussitôt.

– Qu'est-ce qu'il y a ?

– J'ai un message de Chad.

– Et ?

– Rien de particulier, il dit simplement que je lui manque. Mais ça me renvoie inévitablement à ce que nous sommes en train de faire et je me sens mal.

– Je comprends mais on ne laissera pas cette situation perdurer. Dès qu'on rentre, on y met un terme.

– Luke, tu sais très bien que ce ne sera pas si facile. Même une fois que nous aurons rompu, nous ne serons jamais libres de nous embrasser ou même de nous prendre la main en public. Chad et Caroline ne comprendraient pas…

– Laisse le temps faire son travail, inutile d'imaginer des tas de scénarios affreux, on avisera le moment venu…

Il s'avance vers moi et me prend dans ses bras.

– Ne gâchons pas cette dernière nuit !

Pendant que Luke est dans la salle de bains, je choisis un film pour essayer de divertir mon esprit préoccupé. Quand il revient, il s'allonge près de moi, me prend la télécommande des mains et éteint la télé. Il saisit mon menton entre son pouce et son index et tourne mon visage dans sa direction.

– Ça va bien se passer, d'accord ? Arrête de te flageller mentalement. Allez, viens là.

Il m'attire contre lui, je pose ma tête sur son torse et j'écoute son cœur me crier qu'il bat pour moi. Cette pensée apaise un peu mon mal-être. Puis sa bouche trouve la mienne et nos corps réagissent aussitôt. Je m'installe à califourchon sur lui et ses mains me parcourent avidement. Chaque caresse, chaque baiser me réconforte et je m'abandonne totalement.

L'ivresse de ce moment nous fait basculer sur le sol, la couette amortissant notre chute. On s'esclaffe, d'un rire totalement libérateur. Son sourire disparaît lorsqu'il me dévisage.

– Tu es tellement belle. Je crois que je ne me lasserai jamais de te le dire. T'es belle, t'es belle, t'es belle… poursuit-il entre chaque baiser.

Il durcit contre moi et je me laisse envahir par ce plaisir ardent. Il déroule un préservatif sur son sexe, se penche vers moi. Quand je le sens enfin, c'est bien moins désagréable que la veille. À chaque va-et-vient, je sens le désir grimper de plus en plus jusqu'à un orgasme incroyable qui envoie mon esprit dans les étoiles. Il ne tarde pas à me rejoindre et s'écroule sur moi, repu.

Il s'allonge près de moi, me serre dans ses bras et dépose un dernier baiser sur mon épaule avant de s'endormir.

⋆ ⋆ ⋆

Au réveil, il est toujours accroché à moi comme s'il craignait que je ne m'en aille. Cette simple idée me fait sourire. Je me défais de ses bras pour aller dans la salle de bains. Alors que je suis sous la douche, je l'entends entrer en sifflotant. Il est devant la glace, il s'apprête à se raser. J'appréhende de sortir de la douche. Tout ce que nous avons partagé n'a rien à voir avec le fait de voir mon corps nu à la lumière du jour. *Je sors ou pas ?* Au bout de quelques minutes, sachant qu'il prendra tout son temps, je finis par me décider à bouger. Je prends une profonde inspiration, ferme les yeux quelques secondes et ouvre enfin la porte de la douche. Quand je pose mon pied sur le tapis et que je relève la tête, je le trouve figé, son regard rivé au mien dans le miroir. La moitié de son visage est couverte de mousse à raser. Il fait volte-face et me reluque de la tête aux pieds. Je me sens très embarrassée sur le moment. Je ne sais pas où regarder, quoi faire de mes mains. Pour détendre l'atmosphère, il prend de la mousse et m'en étale sur le nez, puis il s'approche et m'embrasse pour m'en mettre partout. J'essaie de le repousser mais il est trop fort et je me retrouve couverte de savon à barbe, jusque dans les cheveux. Nous sommes en plein délire tous les deux, je ne peux pas m'arrêter de rire et lui non plus. J'aime cette complicité qui se crée, j'aime nos moments de rigolade à en avoir mal au ventre. Je me sens de plus en plus à l'aise à ses côtés, il parvient à me faire oublier que je suis nue, tellement je ris. Mais l'heure de rentrer sonne le glas de ces deux jours magnifiques. L'ambiance s'alourdit de minute en minute et quand nous sommes enfin dans la voiture sur le chemin du retour, le silence est de plomb. Mais je m'accroche férocement à la main de Luke, posée sur mon genou, en essayant de garder à l'esprit que, pour lui, je suis prête à tout.

Chapitre 6

Dès que nous passons le panneau de New Haven, l'ambiance devient maussade dans la voiture. Nous ne disons mot. Je suis concentrée sur le paysage qui défile sous mes yeux et Luke est attentif à la route, mais si je suis honnête, nous sommes simplement anxieux de rentrer et de provoquer un véritable séisme. *Magnitude 4 sur l'échelle de Richter.* Il est plus de vingt heures quand nous arrivons sur le parking de Yale. Quelques étudiants traînent encore mais l'endroit est quasi désert. Nous marchons en silence vers la résidence ; l'effervescence de ces derniers jours est restée à New York, laissant maintenant place à l'inquiétude. Près des escaliers qui mènent à ma chambre, Luke me saisit par le bras et m'attire entre deux bâtiments. Il me plaque contre le mur et pose les mains au-dessus de ma tête.

– Cette fois-ci, je ne te laisserai pas tomber, tu me crois ?

Je le fixe mais les mots restent coincés dans ma gorge. J'ai perdu mes certitudes en chemin. J'ai peur de ce qu'il peut advenir, mais le dire à voix haute, ce serait l'admettre, et je m'y refuse, alors je préfère hocher la tête.

– Laisse-moi le temps de trouver le bon moment pour annoncer ma décision à Caroline et j'en ferai autant pour toi, d'accord ?

J'acquiesce à nouveau. On reste un instant les yeux dans les yeux, comme si nous voulions immortaliser ce moment, le dernier avant que tout bascule. Puis Luke m'embrasse et j'ai l'impression que ça fait un siècle que je n'ai pas senti sa bouche contre la mienne. Je m'abandonne totalement pour emmagasiner cet oxygène qui va bientôt me manquer. Après ce long baiser, il est maintenant temps de se séparer, mon cœur se serre. Je m'octroie un dernier regard dans sa direction avant de m'éloigner.

Je regagne ma chambre, reste une minute devant la porte et finis par prendre une profonde inspiration avant de tourner la poignée et de retrouver mon amie. Caroline est là, assise à son bureau. Dès qu'elle me voit, son expression change. Juste une seconde pendant laquelle mon cœur s'arrête et j'ai un sursaut de panique. Elle sait ? Mais un grand sourire se dessine sur son visage et je peux à nouveau respirer. Elle se lève rapidement, vient vers moi et me serre dans ses bras, ravie de me revoir. Je lui adresse un sourire faussement joyeux.

– Alyssa, tu m'as manqué ! Ces deux jours m'ont semblé durer une éternité. Tu n'étais pas là, Luke non plus, il est allé rendre visite à ses parents. C'était d'un ennui… Heureusement, Peyton et Joey m'ont tenu compagnie. Alors, New York, c'était comment ?

Elle s'assied sur le lit, impatiente de connaître tous les détails.

– C'était bien, dis-je d'une voix plate.

– Bien ? Cache ta joie ! C'était quoi ta surprise ?

– Tu étais au courant de cette surprise ?

Pourtant, je n'ai pas souvenir de lui en avoir parlé.

– J'ai croisé Chad hier à la cafèt', c'est lui qui m'a raconté. Il était sacrément déçu de ne pas pouvoir t'accompagner.

Heureusement… Je n'imagine même pas le scénario catastrophe s'il était venu avec moi.

– Allez, raconte !

– En fait, mon meilleur ami Cory m'a donné rendez-vous sur Times Square, et la surprise, c'était le concert de Bruno Mars au Madison Square Garden.

J'essaie de ne pas m'étouffer avec mon mensonge.

– Ton meilleur ami a vraiment mis les petits plats dans les grands, tu te souviendras de ton dix-neuvième anniversaire !

Tu n'as pas idée ! Rien que d'y penser mon cœur se serre.

– Toute cette agitation m'a crevée. Je n'ai qu'une seule envie : me coucher.

Et surtout, tenter d'apaiser ce sentiment de trahison qui me consume.

– Tu ne vas pas voir Chad ?

– Je suis à bout de forces, j'irai demain.

Reculer pour mieux sauter… dans le vide.

Je range rapidement mes affaires et me glisse entre les draps sans attendre. Mon téléphone vibre au même moment.

Bonne nuit mon ange.

Juste un message de sa part et j'oublie mes remords. Je souris niaisement, planquée sous ma couette. Heureusement Caroline n'y prête pas attention, le nez plongé dans ses bouquins. Je me tourne vers le mur pour ne pas éveiller les soupçons.

Bonne nuit. M'endormir sans pouvoir te sentir contre moi va être un vrai supplice.

Tu veux que je te donne mon astuce pour compenser ?

Je rougis aussitôt à l'idée qui se cache derrière ce message.

J'ai peur de dire oui…

Espèce de petite effrontée, je ne pensais pas du tout à ça !

Je n'ai rien dit du tout.

Non, mais tu l'as souhaité tellement fort que ça résonne jusqu'ici.

Et si on revenait à ton fameux subterfuge ?

Je repense en boucle à chaque moment passé à tes côtés dans ma tête et ça m'aide à gérer les neuf heures, trente-deux minutes et dix-huit secondes qui restent avant de te revoir.

Chaque minute compte, on dirait...
Chaque minute...
Fais de beaux rêves.

★★★

Un réveil aux abonnés absents, une culpabilité trop lourde à porter, voilà ce qui explique ma grise mine ce matin. Heureusement, Caroline n'est déjà plus là quand j'ouvre les yeux, j'ai le sentiment que les lettres TRAHISON sont imprimées à l'encre noire sur mon front. Quelques coups à la porte me sortent de ma torpeur, mon cœur palpite quand je m'en approche, convaincue de trouver Luke sur le seuil, mais mes épaules s'affaissent aussitôt quand je découvre Chad à sa place. Grand sourire sur les lèvres, il s'avance vers moi et je tourne légèrement la tête pour lui tendre ma joue plutôt que mes lèvres. Ce choix le surprend indubitablement mais il ne dit rien.

– Tu as le temps pour un petit déjeuner ? me demande-t-il en m'enlaçant.

– Oui, si tu veux... réponds-je timidement.

Je prétexte avoir oublié mon sac pour me détacher de lui et me contente simplement de lui prendre la main, le seul témoignage d'affection dont je suis capable pour l'instant. Pendant ces longues minutes, je me convaincs que cette entrevue inopinée sera l'opportunité parfaite pour rompre.

Nous entrons au *Bookstore Café* et nous nous asseyons à notre table habituelle. Je reste silencieuse. Chad le remarque très vite.

– Il y a quelque chose qui ne va pas ?

– Non... Enfin oui... Euh... comment dire... bégayé-je.

Une voix féminine interrompt alors ma pitoyable entrée en matière.

Une jolie jeune fille aux longs cheveux bruns s'avance vers nous ; ou plutôt vers Chad. On dirait qu'elle sort tout droit d'une pub pour un shampoing. Dès qu'il la reconnaît, Chad lui sourit.

– Nataly !

– Salut, je suis contente de te voir.

– Nataly, je te présente Alyssa, ma petite amie.

Elle se tourne enfin vers moi, le regard dédaigneux, je lui souris légèrement et elle reporte tout de suite son attention sur Chad. Elle minaude sans aucun scrupule tandis que Chad semble totalement insensible à son charme. Quant à moi, spectatrice de la scène, je réalise à cet instant que Chad était un simple placebo, un moyen d'anesthésier ce que je ressens pour Luke, mais surtout, je sais maintenant que rien ne pourra annihiler mes sentiments.

– Est-ce que tu pourrais me passer tes notes du cours d'anatomie, s'il te plaît ?

– Oui, bien sûr. Tu les veux quand ?

– Demain ce serait parfait. Comme ça, je me mets à jour pour lundi.

– Demain soir ? Je dois emmener Alyssa quelque part…

Il me lance un regard complice et je me raidis sur mon siège. Mon cœur se met en alerte pendant que mon esprit cherche un moyen de me sortir de là. Ils continuent de discuter quelques minutes, peut-être plus, mais je suis à nouveau perdue dans mes préoccupations. Lorsque Nataly rejoint son groupe d'amis, Chad me fait face à nouveau, mon inquiétude ne le laisse pas de marbre. Il se sent obligé de se justifier.

– Nataly et moi avons pas mal de cours en commun, nous avons fini par sympathiser.

Je continue à touiller mon café sans relever la tête.

– Tu n'es pas jalouse au moins ?

– Ce n'est pas mon genre.

– Tu n'as rien à me dire ?

Je me redresse aussitôt sur ma chaise, me triture les mains nerveusement, j'ouvre à peine la bouche que Chad m'interrompt.

– Tu ne veux pas savoir où nous allons ?

– Si… Si… balbutié-je.

Dégonflée !

– J'espère que tu aimes les surprises parce que j'ai la ferme intention de garder le silence même en présence de mon avocat, plaisante-t-il.

Mon sourire s'apparente à une grimace… Très vilaine.

– On y va ?

– Chad, je n'ai même pas d'affaires.

– Et alors ? Ça n'a pas d'importance. On achètera les produits de première nécessité sur place, ne t'en fais pas.

Il me prend par la main et je suis sa cadence soutenue pour rejoindre sa voiture. Sur le chemin, Chad semble tellement heureux de m'offrir ce moment loin des autres que l'idée de le faire souffrir me fend le cœur.

– Tu vas voir, cet endroit est magnifique. Je suis sûr que ta surprise va te plaire. Nous ne sommes plus très loin.

Je feins un sourire. Il pose sa main sur mon genou, un geste simple, mais je me fige instinctivement. Chad le remarque et son visage s'assombrit.

– Qu'est-ce qui ne va pas ?

– Rien, je suis juste tombée et tu viens de poser ta main sur le bleu encore frais.

– Oh, excuse-moi.

Ne sois pas gentil, je ne le mérite pas. Je me déteste de jouer cette comédie.

Chad arrête la voiture dans le charmant village de Stonington, un endroit pittoresque au bord de l'eau. Nous marchons jusqu'à un ponton qui surplombe la Mystic River. Je dois admettre que c'est un coin particulièrement romantique, mais ça sonne tellement faux. Alors quand Chad passe ses bras autour de ma taille, c'en est trop. Je m'écarte de lui sans réussir à le regarder dans les yeux.

– Chad… Je suis désolée… Je ne peux pas…

– Tu ne peux pas quoi ? Je ne comprends pas.

Je trouve le courage de lui faire face, je lui dois bien ça. Je plonge mes yeux dans les siens en espérant qu'il y trouve toute ma sincérité et mon désarroi.

– Chad, tu es vraiment un garçon génial, peut-être que si je t'avais connu dans d'autres circonstances tout aurait été différent...

– Sois plus claire !

– Avant de te connaître, j'ai donné mon cœur à quelqu'un, j'ai cru que j'étais suffisamment forte pour le reprendre et te l'offrir mais je me suis rendu compte qu'il en était le gardien et que personne d'autre ne l'aura jamais... Je suis vraiment désolée. Je n'ai pas joué avec toi. Je t'en supplie, crois-moi !

– Qu'est-ce qui s'est passé à New York ?

– Rien... bégayé-je.

– Avant que tu partes, tout allait bien, et puis tu reviens... et tu me largues, putain !

Magnitude 6 sur l'échelle de Richter.

– Disons que ces quelques jours m'ont permis de prendre du recul, et quand je suis revenue, j'ai compris que mes sentiments n'étaient pas à la hauteur des tiens, alors avant de te faire du mal...

– Parce que tu crois que ce que tu me dis ne me blesse pas ?

– Si, bien sûr que si... Ce n'est pas ce que je voulais dire. Je voulais juste que tu comprennes que ce n'est pas ta faute, j'ai été sincère avec toi, mais j'ai compris que je ne pouvais pas lutter contre mes sentiments et que c'est impossible de continuer.

Je pose ma main tendrement sur son bras mais Chad le retire violemment. Il passe nerveusement ses mains dans ses cheveux, le regard vers le ciel, comme s'il l'implorait. Puis l'instant d'après, il s'élance vers moi et prend mes mains dans les siennes.

– Laisse-moi essayer ! me supplie-t-il l'air désespéré.

– De quoi parles-tu ?

– Laisse-moi te montrer que je peux être celui qu'il te faut.

Je pose ma main sur sa joue.

– Chad, tu mérites une fille qui t'aime de toutes ses forces et qui ne t'accorde pas que les miettes que tu voudrais bien accepter.

Dépité, il me vole un dernier baiser que je lui rends dans l'espoir d'apaiser la douleur que je lui inflige.

– Dans ces circonstances, il est inutile de rester ici. Rentrons.

– Je peux prendre le bus, si tu préfères…

– Ne dis pas de bêtises. Grimpe !

Dans la voiture, le silence est de plomb jusqu'à New Haven. J'ai dû me répéter la moitié du temps que le bus aurait été la meilleure option. Chad garde le regard rivé sur la route et j'essaye à plusieurs reprises de percer ce qui peut bien se passer dans sa tête, puis je me ravise, réalisant qu'il préfère sans doute me voir disparaître. Je garde alors les mains crispées sur mes genoux, la tête tournée vers la vitre, priant mentalement pour que le temps avale ce malaise rapidement. C'est ma pénitence !

Quand Chad arrête la voiture devant ma résidence, je saute de mon siège sans attendre. Je cherche son regard mais il fixe l'horizon droit devant. Je n'insiste pas et claque la portière. Les pneus crissent sur l'asphalte, je ne peux retenir un long soupir de soulagement. Je marche un peu plus légère jusqu'aux escaliers de ma résidence quand je suis happée par une main que je reconnais aussitôt. Luke me plaque contre le mur, sa bouche se presse contre la mienne et je chancelle sous l'effet que lui seul arrive à me procurer.

– Tu m'as manqué, dit-il entre deux baisers.

– Toi aussi.

Il appuie son front contre le mien, le temps de retrouver ses esprits.

– Je lui ai dit.

Ses yeux se perdent dans les miens.

– Tu lui as dit que c'était fini ?

– Je ne pouvais pas faire semblant.

– Moi non plus. J'étais sur le point de tout avouer à Caroline mais sa mère l'a appelée pour lui annoncer que son père était malade alors elle prépare son sac et part pour le Texas demain. Tu comprends que le moment était mal choisi.

– La pauvre ! Je vais monter la voir et passer du temps avec elle.

Il me retient lorsque j'amorce un geste pour m'éloigner.

– Juste un dernier…

Je souris et l'embrasse furtivement avant de filer.

Quand j'entre dans la chambre, Caroline est assise sur son lit, le regard vide.

– Salut, toi, ça n'a pas l'air d'aller, dis-je, l'air de rien.

– C'est mon père. Il a fait une sorte d'attaque, le médecin dit qu'il faut interpréter ça comme une alerte, et donc qu'il doit à présent se ménager.

– Viens, on va manger un morceau, cela te changera les idées.

– Hmm, tu sais ce qui pourrait me divertir ?

– Je t'écoute…

– Que tu me racontes tes dernières aventures avec Chad.

– Tu n'en perds pas une, toi ! Allons-y ! dis-je en la tirant par le bras.

Elle se lève, un pauvre sourire aux lèvres, et cette force qu'elle dégage me laisse pantoise.

Je l'emmène chez *Louis*. Rien de mieux que manger gras quand on n'a pas le moral. Quand nos hamburgers-frites arrivent, on ne se fait pas prier. Entre deux bouchées, je décide de me confier.

– J'ai rompu avec Chad cet après-midi.

– Mais pourquoi ?

– Disons que… nous ne jouions pas la même partition et que ça sonnait faux.

– En d'autres termes ?

– Il n'y avait pas cette étincelle, tu sais… celle qui te fait vibrer chaque fois qu'il t'embrasse… te sourit… te prend dans ses bras, enfin tu vois, quoi ! J'ai préféré mettre un terme à tout ça avant de lui faire plus de mal.

Caroline baisse les yeux et trace des cercles distraitement sur la table.

– J'ai dit quelque chose qu'il ne fallait pas ?

– C'est juste que… Je ne sais pas… Ce que tu dis fait écho en moi. J'apprécie Luke, j'aime passer du temps avec lui, mais l'étincelle dont tu parles ne met toujours pas le feu à mon corps. Et puis, il est assez mystérieux, parfois distant, j'ai encore du mal à le cerner. Je crois que ces quelques jours au Texas vont nous permettre de faire le point, j'ai besoin de savoir s'il va me manquer. Mais tout ça n'est pas ma priorité, à vrai dire…

– Tu as tout le temps. Concentre-toi sur ton père.

Même si j'en ai honte, sa confession me met du baume au cœur. Je suis folle amoureuse de Luke mais Caroline reste mon amie, malgré tout, et je voudrais tant la protéger du chagrin. Dans ce scénario cauchemardesque, j'aimerais que tout se termine bien. *Tu es trop naïve !*

Nous rentrons à la résidence, j'ai l'impression que cette soirée improvisée lui a fait du bien. *Enfin quelque chose de positif !*

Le lendemain, lorsque je me réveille, je vois que le lit de Caroline est vide, ses affaires ont disparu. Je ne m'attarde pas, il est temps de reprendre le chemin des cours. Lorsque j'arrive à la fac, Luke est déjà là. Je lui souris et vais m'asseoir à ma place. Il se lève sans attendre et me rejoint.

– Salut petit ange.

– Salut toi.

– On se voit après les cours ?

– Grâce à notre petit week-end improvisé, j'ai accumulé énormément de retard. L'heure est venue de redevenir l'élève sérieuse que je suis et d'aller à la bibliothèque pour essayer de le rattraper.

– Tu es sûre que…

– Ne termine pas ta phrase et retourne à ta place avant que je change d'avis !

– Je te sens indécise…

– Luke ! le grondé-je en lui montrant sa place du doigt.

Il lève les mains en guise d'excuse et s'exécute.

★ ★ ★

J'ai passé ma journée à demander à mes camarades tous les cours que j'ai loupés cette semaine. Quand j'arrive à la bibliothèque, je sais que je vais y rester jusqu'à la fermeture. Sans perdre une minute, je m'installe à une table, m'entoure de mes livres et commence à bûcher. Plongée dans un de mes cours de droit institutionnel, j'entends quelqu'un s'asseoir en face de moi, mais pressée de rattraper mon retard, je n'y prête pas attention. La personne gigote, fait grincer sa chaise, et quand elle finit par se racler la gorge, alors que je m'apprête à la remettre à sa place, je découvre Luke.

– Qu'est-ce que tu fais là ?

– Comme toi, je suis venu bosser !

– Ah oui ? Toi, tu viens étudier mais sans tes affaires, c'est un sacré tour de force !

– Maintenant que tu en parles, j'ai besoin d'un livre en particulier. Tu peux m'aider à le trouver ?

Il se lève et me tend la main.

– Vraiment ?!

– Je t'assure, suis-moi.

Il me tire par le bras, me fait monter les escaliers à la hâte jusqu'au deuxième étage. Quand j'arrive en haut, je suis à bout de souffle. Je m'arrête pour poser mes deux mains sur mes genoux et retrouver ma respiration mais il ne m'en laisse pas le temps. Il reprend mon bras et m'attire tout au fond du rayon « philosophie, parapsychologie et occultisme ».

– Qu'est-ce qu'on vient faire là ?

– On finit ce qu'on a commencé.

Il attrape mes jambes, les enroule autour de ses hanches.

– Tu m'as trop manqué ! souffle-t-il à mon oreille.

Il m'embrasse mais ne s'attarde pas. *Il faut faire vite !* Il retire mon chemisier puis détache mon soutien-gorge. Il remonte ma jupe et me caresse par-dessus ma culotte avant de glisser son doigt sous ma lingerie.

– Toujours prête à l'action, mademoiselle Conrad !

Il retire ma culotte et déboutonne sa braguette. Il enfile rapidement un préservatif et s'introduit en moi sans attendre. *Dieu que c'est bon !* L'idée que nous puissions être pris en flagrant délit fait encore grimper mon excitation d'un cran. Il embrasse fiévreusement mes seins puis remonte vers mes lèvres. Tout est rapide et confus. Il me pénètre de plus en plus fort, c'est très brutal, inattendu, et ce n'est pas pour me déplaire. Il ne nous faut pas très longtemps pour atteindre l'orgasme. Nous nous embrassons et nous rhabillons rapidement. Luke part devant pour ne pas éveiller les soupçons et je reste quelques secondes à me remettre de mes émotions. J'essaie de paraître le plus naturelle possible quand je le rejoins mais j'ai l'impression d'avoir écrit «Vient de prendre un pied d'enfer» sur le front. Nous reprenons nos places comme si de rien n'était, échangeons un regard complice, et je me remets au travail. Luke reste là, silencieux, me souriant parfois. Ses yeux me fixent comme si j'étais la plus belle chose au monde. Je fonds !

★★★

Cette semaine, entre le retard à rattraper et le travail demandé par nos profs, Luke et moi avons été très studieux. Il a tout de même tenté de dormir dans ma chambre, profitant de l'absence de Caroline, mais j'ai refusé. Ce que nous faisons est suffisamment moche pour ne pas en rajouter. On s'est contentés de baisers volés entre deux couloirs et j'avoue que la frustration a créé une certaine tension sexuelle entre nous. Elle menace, gronde et est prête à exploser à tout moment.

Assise sur mon lit, un livre sur les genoux, j'essaie de me concentrer. C'est difficile, avec tout ce raffut que j'entends sur le palier. Les étudiantes de ma résidence ont décidé d'improviser une fête dans les couloirs et les bruits s'invitent jusqu'ici. Je peste contre le vacarme quand j'entends frapper à la porte. Je ne réponds pas, volontairement, car je n'ai aucune envie de faire la fête. Mais les coups sur la porte deviennent insistants jusqu'à ce que je reconnaisse sa voix.

– Ouvre, c'est moi !

Je me lève aussitôt et déverrouille la porte. Luke se tient devant moi.

– Tu ne me laisses pas entrer ?

– Tu te souviens que ce n'est pas une bonne idée ?

– Je veux juste être avec toi.

– Luke…

– Je ne tenterai rien, promis, dit-il en levant les mains.

Je le fixe une seconde et cède lamentablement. Il ne se fait pas prier et se dirige aussitôt vers l'étagère où sont rangés mes DVD. Luke choisit *Love Actually* et, sans un mot, nous nous installons tous les deux sur mon lit. Le film commence, mais je sens toujours le regard de Luke posé sur moi.

– Qu'est-ce qu'il y a ? finis-je par demander.

– Rien…

– Alors pourquoi me regardes-tu comme ça ?

– Est-ce que je t'ai déjà dit à quel point je te trouvais belle ?

Je rougis aussitôt.

– Même quand tu rougis, ajoute-t-il en riant.

Je lui balance mon coussin à la figure sans réfléchir.

– Oh, ça va te coûter cher !

Il me chatouille et je ris de bon cœur jusqu'à ce qu'il grimpe sur moi et me saisisse par les poignets. Son regard se voile, mon cœur bondit dans ma poitrine. Son souffle caresse mes lèvres et mon corps frissonne. Sa bouche s'écrase sur la mienne, faisant naître une explosion d'émotions.

– Les promesses sont faites pour ne pas être respectées, chuchote-t-il entre deux baisers enflammés.

J'ai tellement endigué mes pulsions ces derniers jours que notre proximité fait sauter le barrage. Je le veux en moi, je veux le sentir, sa peau contre la mienne, j'en ai viscéralement besoin au point que le reste n'a plus d'importance à cet instant précis.

Je lui retire son tee-shirt et mes mains posées sur son torse chaud m'apaisent. Sa bouche parcourt mon corps et le parsème de doux baisers comme si ma peau était une bénédiction. Les vêtements volent, nos bouches se déchaînent, nos respirations s'affolent dans un seul objectif: la quête du plaisir. Quand Luke enroule un préservatif autour de son sexe, je suis au summum de l'impatience. Il se place enfin entre mes jambes et le sentir en moi est une vraie libération. Alors que je me consume à chacun de ses va-et-vient, un bruit sourd nous interrompt.

– Ça doit être un étudiant bourré, dit-il pour me rassurer avant de m'embrasser.

Nous essayons de reprendre là où nous nous étions arrêtés, mais le bruit d'une clé dans la serrure nous tétanise instantanément. Luke saute du lit précipitamment, je remonte le drap difficilement, mais Caroline est déjà sur le seuil.

Magnitude 9 sur l'échelle de Richter.

Chapitre 7

Caroline reste pétrifiée sur le pas de la porte, le visage figé par la stupeur. Puis des larmes commencent à rouler sur ses jolies joues. Le temps s'est arrêté et le silence devient de plus en plus pesant. Alors que je m'apprête à ouvrir la bouche, elle semble revenir à la raison, prend son sac et s'enfuit en courant sans dire un mot. Luke s'habille en quatrième vitesse et la poursuit. Quant à moi, je reste plantée là, totalement perdue dans ce marasme dont nous sommes responsables. Que dois-je faire ? Existe-t-il les bons mots pour obtenir son absolution ? *Peut-on pardonner l'impardonnable ?* Je m'en veux terriblement pour le mal qu'elle doit ressentir. J'allume la radio afin de m'empêcher de penser et replie mes jambes contre ma poitrine. *I Was Made For Loving You* de Tori Kelly réconforte mon cœur désemparé.

***

Plus d'une heure après, j'entends la poignée de la porte. Mon cœur s'arrête. *Parle-lui avec ton cœur et laisse le temps faire le reste.* Je prends une profonde inspiration, m'arme de courage, mais c'est Luke qui entre, la mine contrite.

– Tu l'as retrouvée ?

– Je l'ai cherchée partout, mais rien.

– Tu es allé chez Joey ?

– Oui, mais il ne l'a pas vue et n'a aucune idée d'où elle pourrait être.

– Et Peyton ?

– Pareil… Les choses ne devaient pas se passer comme ça ! Je n'ai jamais eu envie de faire du mal à qui que ce soit. Quel con ! s'agite-t-il devant moi.

Je me lève et m'approche lentement. Je me tiens face à lui, capte son regard et pose mes mains sur ses joues.

– On ne joue pas, n'est-ce pas ?

L'espace d'une seconde, il essaie de lire en moi.

– Non, on ne joue pas.

– Alors je le sais et Caroline finira par le comprendre, elle aussi. Ça ne veut pas dire qu'elle nous pardonnera, mais elle admettra qu'on ne pouvait pas lutter.

Luke me serre dans ses bras, niche sa tête dans mon cou et reste là un instant pour tenter de retrouver ses esprits.

Nous passons la nuit à attendre, à appeler à maintes reprises sur le téléphone de Caroline qui est toujours sur messagerie. En vain. À l'aube, épuisés, on s'assoupit sur mon lit quand la voix de Luke me réveille. Il est au téléphone au milieu de ma chambre.

– Je veux juste t'expliquer, je te laisserai tranquille après, je te le promets… Très bien, on se retrouve dans une heure au *Bookstore Café*.

Il raccroche et viens s'asseoir près de moi.

– Tu sais que tu es belle, même quand tu n'as dormi que trois heures ?

Je lui souris, mais ma curiosité prend le dessus.

– C'était qui au téléphone ?

– Caroline, on s'est donné rendez-vous dans une heure.

– Oh, dis-je avec bien peu d'éloquence.

– Je tiens à lui donner des explications. Si tu veux, je te retrouve juste après ?

Je hoche la tête. Il m'embrasse sur le bout du nez. Je le regarde s'habiller puis il se retourne, un léger sourire sur les lèvres, avant de franchir la porte.

Je m'allonge sur le lit en soupirant, contemple le plafond quelques secondes, et je comprends rapidement que si je reste enfermée ici, je vais finir par me taper la tête contre le mur.

***

Je me rends à la bibliothèque. Tout est bon pour faire taire les élucubrations de mon cerveau. Mais je ne peux m'empêcher de regarder mon téléphone toutes les dix minutes, de vérifier l'heure, de regarder si j'ai un message. Toujours rien. Vers seize heures, quand mon anxiété devient trop grande, je rentre à la résidence. Quelques minutes plus tard, Luke me rejoint. À peine a-t-il passé le pas de la porte que je bondis du lit.

– Alors ? Comment ça s'est passé ?

– Je lui ai tout raconté et elle a beaucoup pleuré. Je n'ai pas l'impression que mes paroles l'aient beaucoup réconfortée.

– Tout ? Ça veut dire quoi, « tout » ?

– Eh bien, tout depuis le début.

Il dit ça d'un air navré.

– Je lui ai tout révélé, que nous nous connaissons depuis toujours et que nous sommes voisins à Madison. Je lui ai ensuite expliqué notre rapprochement avant même que je la rencontre et enfin que nous avions essayé de ne pas succomber mais que c'était plus fort que nous.

– Et comment a-t-elle réagi ?

– Mal, évidemment. Elle m'a hurlé dessus en disant que ce n'était pas une excuse. Que j'aurais dû tout faire pour que cela n'arrive pas, que je n'aurais pas dû sortir avec elle en sachant tout ça, ou bien qu'il aurait fallu rompre avant. Et là, je n'ai rien trouvé à répondre si ce n'est que j'étais désolé, que je ne voulais vraiment pas lui faire de mal.

– Vous avez parlé de moi ?

– Évidemment.

– Mais encore ?

– Elle ne veut plus jamais entendre parler de toi.

– Je dois la voir ! Je dois lui expliquer que ce n'est pas une histoire en l'air, que je n'ai jamais voulu lui faire du mal gratuitement…

– Pas maintenant, Yale, elle est trop blessée pour entendre ce que tu as à lui dire.

– Je me déteste, finis-je par avouer, en prenant mon visage entre mes mains.

– Allez, viens là.

Luke me serre dans ses bras et m'embrasse sur la tête.

J'essaie de puiser du réconfort dans son étreinte. Nous nous allongeons alors sur mon lit et Luke me caresse les cheveux. Nous restons là sans un mot, jusqu'à nous assoupir.

★ ★ ★

En cours, le prof parle, fait de grands gestes, mais mon esprit est ailleurs. Je n'arrête pas de penser à Caroline, à ce qu'elle doit ressentir en ce moment, et cette idée ne me quitte pas de la journée. Quand je passe le pas de ma chambre, totalement démoralisée, Caroline est là, en train de faire ses cartons. Dès qu'elle m'aperçoit, ses yeux se chargent de colère et de mépris. J'hésite une seconde, puis j'entre et la regarde rassembler ses affaires.

– Caroline…

Elle ne lève même pas les yeux.

– Te dire que je suis désolée ne suffira sans doute pas mais je le suis vraiment. Peut-être qu'il n'existe aucune manière de pardonner ce que j'ai fait, pourtant je n'ai jamais voulu te faire de peine. Au contraire, j'ai essayé de lutter contre mes sentiments, mais Luke… C'est… Je l'aime depuis que mon cœur bat. Je l'ai dans la peau, je pourrais bien aller brûler en enfer pour l'éternité s'il me laissait l'aimer rien qu'une minute. Quand je l'ai vu avec toi, j'ai voulu respecter votre histoire, j'ai essayé d'oublier ce que je ressentais, dans les bras de Chad, je te jure que j'ai essayé ! Mais je l'aime, si fort… soufflé-je.

– Eh bien, félicitations, tu as ce que tu veux ! ironise-t-elle.

– Je ne voulais pas que les choses se passent ainsi… Dis-moi ce qu'il faut que je fasse pour que tu me pardonnes.

– Comment voir quelque chose qui n'existe plus, s'exclame-t-elle en prenant ses trois cartons et en les déposant devant l'entrée.

Je m'approche d'elle, désespérée.

– Tu as dit que tu ne ressentais pas cette étincelle pour Luke et…

Caroline ne me laisse pas terminer ma phrase et m'assène une gifle magistrale.

– Je t'interdis d'utiliser ce que j'ai pu confier à celle que je croyais être mon amie pour te donner le beau rôle !

Je pose une main sur ma joue, une larme m'échappe.

– Mais je suis ton amie…

– Une véritable amie ne m'aurait pas fait ça, crache-t-elle avant de franchir le seuil d'un pas déterminé.

Je m'allonge sur mon lit, me recroqueville et pleure tout mon saoul.

⋆⋆⋆

Les soirs suivants, après les cours, Luke vient réviser dans ma chambre. Je l'invite même à rester dormir. Être dans ses bras est la seule façon pour moi de me rassurer d'avoir fait le bon choix, que ce que je ressens pour lui mérite vraiment de traverser cette tempête. En sortant du cours de droit international, j'envoie un message à Luke pour lui dire de me rejoindre à ma chambre comme nous en avons pris l'habitude, mais lorsque je franchis le seuil, je découvre ma nouvelle coloc en train de s'installer. Elle a déjà affiché des posters de chats un peu partout. *Je préférais largement les goûts de Caroline.* Ses cheveux longs, couleur ébène, font ressortir son teint de porcelaine, et sa façon de me regarder entrer dans la pièce me fait froid dans le dos. *Elle a de faux airs de The Ring.* J'essaie de passer au-delà de ma première impression.

– Salut, moi, c'est Alyssa ! dis-je afin de briser la glace.

– Pauleen, répond-elle sèchement sans même me jeter un coup d'œil.

Je feins un sourire et retourne de mon côté. Ce seront les seuls mots que nous échangerons. Je m'assieds sur mon lit et m'empresse d'envoyer un message à Luke pour lui annoncer la nouvelle. La façon dont je lui décris ma nouvelle coloc le fait rire ; il préfère cependant s'abstenir de venir faire sa connaissance.

★★★

Le lendemain, Luke m'attend au bas des escaliers avec deux cafés. Je vérifie qu'il n'y ait personne aux alentours et l'embrasse tendrement pour le remercier de cette délicate attention. Nous prenons la direction de la fac, je le trouve bizarrement très nerveux et son silence commence à m'inquiéter.

– Il y a quelque chose qui ne va pas ?

Il se racle la gorge pour s'éclaircir la voix.

– Eh bien…

Il enfonce ses mains dans ses poches d'un air gêné.

Je m'immobilise en le voyant s'enfermer dans son mutisme et l'oblige à me faire face. Il devient vraiment flippant.

– La semaine prochaine, c'est Thanksgiving.

– Et ?

– Tu voudrais m'accompagner chez mes parents ?

Je ris nerveusement parce que je m'attendais à tout sauf à ça. Visiblement, ma réaction n'est pas celle qu'il attendait.

– Excuse-moi, Luke, mais tu devrais voir ta tête ! Tu m'as demandé ça avec un air si solennel… Mais c'est moi, Yale, tes parents me connaissent depuis une éternité.

– Oui, mais cette fois c'est différent, avoue-t-il en rougissant.

– Si l'idée de leur dire que nous sommes ensemble t'inquiète, nous pouvons leur expliquer simplement que nous suivons les mêmes cours. Ce n'est pas plus compliqué que ça !

Son visage se fige. *Merde !* Qu'est-ce que j'ai dit ?

– Eh bien… justement, j'aimerais profiter de l'occasion pour officialiser notre relation.

Cette fois, c'est moi qui rougis jusqu'aux oreilles. J'ignorais que nous en étions déjà arrivés à ce stade. Passer du statut de voisine à celui de petite amie me déconcerte.

– Tu ne trouves pas que c'est un peu rapide ?

Son corps se raidit, sa mâchoire se serre. Ma réaction l'a vexé, son corps parle pour lui.

– Laisse tomber.

Il tourne les talons et me laisse en plan. Je reste plantée là, totalement médusée par son attitude. Je n'ai rien dit de mal, si ? Je n'imaginais pas Luke prêt un jour à me présenter à ses parents et qu'il soit capable de le faire aussi vite me désarçonne complètement. On a le temps devant nous, pourquoi est-il aussi pressé ? Pourquoi ne veut-il pas comprendre que c'est un sacré cap à franchir ?

Quand j'entre dans ma chambre, ce soir-là, The Ring est sur son lit en train de lire, elle ne prend même pas la peine de relever la tête et je ne suis pas d'humeur à faire des efforts. Exaspérée, je me jette sur mon lit et me perds dans mes pensées. Luke ne m'a toujours pas donné de nouvelles. Il est plutôt du genre coriace quand il fait la tête. Je décide de laisser ma fierté de côté et de lui envoyer un message. Après tout, si ça compte vraiment pour lui, ma réaction était sans doute inappropriée.

Je suis désolée. Yale.

Luke ne répond pas et reste muré dans son silence. Qu'est-ce qu'il peut m'énerver, parfois !

À mon réveil, toujours sans nouvelles, je me lève contrariée. Je lui envoie un dernier message avant de quitter ma chambre.

Si tu crois que tu vas me trouver devant ta porte à genoux, te suppliant de me pardonner, tu peux toujours rêver !

Cette fois, sa réponse est immédiate.

Je t'attends.

Ces trois mots suffisent à me redonner le sourire. Mon téléphone bipe à nouveau.

On déjeune ensemble aujourd'hui ?

Entendu.

Depuis ce jour, manger ensemble tous les mercredis midi est devenu notre petit rituel.

★★★

Le vendredi, quand je sors de mon cours de droit des droits de l'homme, je trouve Chad appuyé sur la rambarde en face de ma classe, qui m'attend. Son regard noir est un mauvais présage. *Contre moi ?* Il me saisit aussitôt par le coude et m'emmène d'un pas rapide entre deux bâtiments très hauts.

– Alors c'est vrai ce que l'on raconte ?

Je le fixe sans comprendre à quoi il fait allusion.

– C'est vrai, tu sors avec Luke, maintenant ?

– Oui, soufflé-je, les yeux baissés.

– Et c'est vrai aussi que vous couchiez déjà ensemble quand nous étions tous les deux ?

– Pourquoi me demandes-tu ça ?

– Réponds-moi ! hurle-t-il, l'air désespéré.

Je perds mon regard dans le sien, incapable de répondre.

– Alors c'est vrai…

Je baisse les yeux piteusement. Je refuse de mentir plus longtemps. À quoi bon ? De rage, il frappe sa main contre le mur à hauteur de ma joue, ce qui me fait sursauter.

– Je suis vraiment désolée, Chad. Rien n'était prémédité. Je n'ai jamais voulu te faire de mal.

– Quand j'ai croisé Caroline à la cafèt' et qu'elle m'a tout balancé, j'ai refusé de la croire. L'image que j'avais de toi m'empêchait de croire une seule seconde que tu étais capable d'un truc pareil ! Je pensais te connaître, tu vois…

Je tente de poser une main apaisante sur son bras mais il recule brusquement.

– Ton laïus sur ton cœur, c'était à cause de lui ? me crache-t-il au visage.

– Ça a toujours été lui, chuchoté-je sans jamais oser croiser son regard.

Furieux, il tourne les talons sans dire un mot. Je soupire de soulagement mais il revient sur ses pas, se penche à quelques centimètres de moi, son nez touche presque le mien.

– Je regrette amèrement d'avoir croisé ton chemin. Tu sais ce que tu es, Alyssa ? Tu n'es qu'une traînée !

Il s'en va pour de bon, cette fois, ses derniers mots me faisant l'effet d'une bombe dévastatrice. Je glisse contre le mur et laisse couler, avec mes larmes, la douleur qui me ronge. Ses paroles impitoyables tournent en boucle dans mon esprit. Alors c'est ça ? Choisir le grand amour envers et contre tout signifie maintenant être une traînée aux yeux de tous ? Je voulais juste être libre d'aimer, c'est si difficile à comprendre ? Je rentre chez moi, abattue. Tant pis pour le reste de mes cours. Ma coloc brille par son absence et je la remercie mentalement de me laisser pleurer mon chagrin sans réserve. J'enfouis ma tête dans l'oreiller, hurle ma peine, inconsolable. Soudain, la porte de ma chambre s'ouvre en laissant entrer un rayon de lumière. Je pense d'abord qu'il s'agit de Pauleen, j'essuie rapidement mes larmes, me frotte les yeux pour y voir plus clair et découvre Luke dans l'encadrement de la porte, inquiet. Il s'assied près de moi.

– Qu'est-ce qu'il t'arrive ? Je ne t'ai pas vue au dernier cours, ce n'est pas dans tes habitudes. J'ai essayé de t'appeler plusieurs fois mais tu ne répondais pas, alors je t'ai cherchée partout. Dis-moi ce qui t'a mise dans cet état ?

Je sanglote toujours, incapable de dire un mot. Je me rends compte que j'ai surtout honte. Luke me prend dans ses bras, plaquant mon visage contre son torse, le temps que je me calme. Je finis enfin par articuler :

– Chad est venu me voir tout à l'heure à la sortie d'un de mes cours. Caroline lui a tout raconté. Il l'a très mal pris et a fini par me traiter de traînée.

– Je vais lui parler.

– Surtout pas ! Je crois qu'on en a assez fait tous les deux. Essayons plutôt de nous faire oublier pour le moment…

– Comme tu veux, en tout cas, garde à l'esprit qu'il a dit ça sous le coup de la colère et qu'il n'en pensait pas un mot. Yale, tu es loin d'être ce genre de fille, il le sait, je le sais et toi aussi.

– Peut-être… Mais ça fait tellement mal, si tu avais vu la haine dans ses yeux !

– Il voulait te blesser autant qu'il peut l'être.

– Il a réussi, sangloté-je à nouveau.

– Allez, viens là, dit-il en me prenant dans ses bras. Maintenant, on est libres d'être ensemble. À partir d'aujourd'hui, c'est toi et moi contre le reste du monde.

Je me blottis un peu plus contre lui et laisse sa présence panser mes blessures.

– Je sais ce qui pourrait te changer les idées.

– Ah oui ? hoqueté-je.

– Ouais, demain, on va aller à une fête.

– Une fête ? Je ne suis pas vraiment sûre que ce soit ce qu'il me faut…

– Mais si ! Fais-moi confiance.

Je ne suis pas convaincue mais devant sa détermination, j'accepte tout de même.

Pauleen choisit ce moment pour faire son apparition. Dès que Luke l'aperçoit, il se retourne vers moi et hausse les sourcils. *Je t'avais prévenu !* Sa présence le met aussitôt mal à l'aise, il se rassure sur mon état et m'embrasse sur le front.

– Demain, je viendrai te chercher vers vingt heures, tiens-toi prête.

J'acquiesce et le regarde quitter la pièce, en laissant cette petite voix en moi me convaincre qu'il en vaut la peine.

⋆⋆⋆

Le lendemain, après avoir passé la matinée à la bibliothèque, je décide de courir les magasins pour trouver une tenue pour cette fameuse fête. Je rentre sur les coups de dix-sept heures pour me préparer tranquillement. J'enfile un jean slim bleu foncé, un haut bustier noir avec un bandeau de strass sur la poitrine et chausse des talons assortis. Puis je fais l'effort de me lisser les cheveux, de cacher sous mon maquillage les frasques de la veille. J'ajoute ma dernière touche, mes créoles en argent. Quand Luke me découvre, une étincelle brille dans son regard.

– Yale, tu es… magnifique ! Je ne sais pas si je vais réussir à rester sage toute la soirée.

La fête a lieu dans une fraternité, une grande maison avec le sigle bien en vue sur le perron. Lorsque nous arrivons, il y a déjà du monde un peu partout. Luke se dirige immédiatement vers un groupe de garçons et n'hésite pas à me présenter comme sa petite amie, ce qui me fait rougir aussitôt. Certains sont des connaissances de la salle de sport, d'autres de cours qu'ils ont en commun. L'un de ses amis, Ben, me tend un verre que j'accepte avec plaisir. Nous discutons des spécialités que nous avons choisies pendant que Luke rit avec trois d'entre eux sans jamais me lâcher du regard. Je lui souris, tout en gardant une oreille attentive sur ce que me raconte Ben. Luke est très prévenant, jamais loin, avec toujours un geste tendre. Je commence doucement à admettre qu'il avait raison, rencontrer de nouvelles personnes, parler, rire, me fait un bien fou. Luke s'absente un instant alors que je suis en pleine conversation avec Derek, son ami de la salle de sport, et sa petite amie Robin.

– Ça va aller ? me chuchote-il à l'oreille.

– Bien sûr que oui, je ne suis pas en sucre, tu sais.

Il me surprend alors en me mordillant l'oreille.

– Hum, t'es sûre ?

Je ris de bon cœur, il m'embrasse alors sur la joue, je le regarde se fondre dans la foule, puis mon intérêt se reporte sur le couple qui m'accompagne. Nous poursuivons notre discussion jusqu'au moment où je sens une main se poser sur mon épaule. Je fais volte-face et découvre Caroline, à mon grand désarroi.

– Hé !

Elle empeste l'alcool, je comprends tout de suite qu'elle est ivre, sur le point de trébucher. Je l'attrape par le bras.

– Caroline, est-ce que ça va ?

– Comme si tu t'en souciais ! lâche-t-elle, la voix embrouillée par l'alcool.

– Tu veux que je te ramène ?

Elle ignore ma question, me saisit par l'épaule et grimpe non sans mal sur la table basse du salon.

– Hé tout le monde ! Votre attention s'il vous plaît, écoutez-moi ! crie-t-elle au milieu de l'assemblée.

La pièce est bondée et malgré la musique, beaucoup de personnes se tournent dans notre direction.

– Vous voyez cette fille, poursuit-elle en me montrant du doigt. C'était ma colocataire, elle s'appelle Alyssa. Et vous savez quoi ? Je l'ai trouvée au lit avec mon mec en rentrant de chez mes parents. Alors, d'après vous, comment appelle-t-on ce genre de filles ? Hé ! Les mecs ! Si vous êtes en couple, elle adore ça ! Je vous donne son numéro, si vous…

Luke l'attrape brutalement par le bras pour l'empêcher de continuer et la faire redescendre pendant que je reste plantée là, assommée par ce qui est en train de se passer. Caroline arrache furieusement son bras des mains de Luke et titube vers moi, le regard chargé de haine.

– Maintenant, je me sens drôlement mieux ! me crache-t-elle au visage.

Des larmes se forment au coin de mes yeux.

– Oh, ce sont des larmes que je vois ?

Luke s'interpose entre nous.

– Caroline, maintenant ça suffit ! Dégage !

Je regarde autour de moi, personne n'a perdu une miette de la scène. Certains me pointent du doigt et ne se gênent pas pour rire ouvertement. Je suis devenue la risée de la soirée. Je m'enfuis sans réfléchir, sans même savoir où aller. Je cours pour essayer de faire taire cette colère qui gronde au fond de moi, mais lorsque j'arrive au bout de l'allée, je pose les mains sur mes genoux, essoufflée et vaincue. Luke m'a suivie et met la main sur mon bras.

– Lâche-moi ! hurlé-je.

Ma réaction le surprend et il fait un pas en arrière.

– Tu ne vois pas ce qui se passe ? C'est de moi dont on s'est foutu devant tout le monde ! Aux yeux de tous, je suis la garce qui a brisé votre histoire ! Mais je n'étais pas toute seule, il me semble. Je suis une traînée, et toi, tu es quoi ? Un gentleman, c'est ça ? Tu poursuis ta vie tranquillement alors que je me fais insulter de toute part, ce n'est pas juste !

Je sanglote de plus belle.

– Laisse-moi, Luke, je veux rester seule, s'il te plaît, le supplié-je.

L'air abattu, il me tend ses clés.

– Prends ma voiture, je me ferai ramener.

Je les attrape sans même le regarder et m'en vais sans attendre. Une fois arrivée sur le parking de la résidence, je me rends compte que je n'ai aucune envie de rentrer. Je me contente de déposer les clés de voiture de Luke et de prendre les miennes. Je roule pour fuir cette ville. Ma soif de bitume me conduit jusqu'à chez moi. Ma maison, cet endroit familier dont j'ai besoin, là, tout de suite. Je gare la voiture dans l'allée, il est presque quatre heures du matin. J'entre sans faire de bruit pour ne pas réveiller Mamita, monte jusqu'à ma chambre. Je n'ai jamais été aussi heureuse de la retrouver qu'à cet instant. Je me jette sur mon lit, renifle mon oreiller et respire cette odeur qui m'avait tant manqué et qui me réconforte un peu. J'envoie un message à Luke avant de m'endormir.

Tes clés sont sur mon bureau.

Mon téléphone bipe immédiatement.

Tu n'es pas dans ta chambre ?

Je préfère ne pas répondre. Épuisée par toute cette agitation, je m'endors.

À mon réveil, je me sens un peu reposée mais toujours brisée par le choc émotionnel. Je descends et rejoins Mamita dans la cuisine. Dès qu'elle m'aperçoit, elle m'adresse un large sourire.

– J'ai vu ta voiture dans l'allée. Ta venue n'était pas prévue, si ?

– Non, j'avais juste besoin d'être là.

À mon air grave, elle comprend que quelque chose ne va pas. Lasse, je vide mon sac. Je lui raconte toute l'histoire sans rien omettre et dès que j'ai terminé, Mamita me prend dans ses bras. Ils ont toujours été une grande source de réconfort.

– Qu'est-ce que tu comptes faire, maintenant ?

– Je n'en sais rien. J'avais juste besoin de prendre du recul. Tu sais, j'en ai essuyé des moqueries au lycée, mais ce n'était rien à côté de ça.

– Tu sais, ma chérie, il y a au moins dix mille étudiants dans ton université et combien étaient à cette fête hier soir ? Cent ? Peut-être deux cents ?

– Oui, au moins.

– Alors, ça fait moins de dix pour cent qui vont se souvenir de ce qui s'est passé. Si tu retires tous ceux qui avaient bu, il ne reste plus grand monde.

Mamita a le don pour remonter le moral. Sa façon de voir les choses me rassure quelque peu. Je me force même à sourire quand elle me tend mon chocolat chaud favori. Nous restons là à discuter un moment et la sérénité que je ressens m'incite à repousser mon retour à New Haven au lendemain. Je passe le reste de l'après-midi à jouer les commis en cuisine avec Mamita, comme j'en avais l'habitude lorsque j'étais enfant. Quand notre gâteau est au four, je remonte dans ma chambre. Je prends mon téléphone, que j'avais abandonné là ; quinze appels manqués et cinq messages non lus.

Je suis passé à ta chambre ce matin, où es-tu ?

Réponds-moi !

Bordel ! Donne-moi de tes nouvelles, je deviens fou !

?

Je finirai bien par te trouver.

Je souris en lisant son dernier message. Je commence à composer une réponse quand j'entends des voix qui résonnent au bas de l'escalier. Curieuse, je sors sur le palier et me penche pour essayer de voir avec qui discute Mamita. Luke m'a retrouvée. Je les rejoins sans attendre. Luke est un peu gêné mais soulagé de me revoir. Son regard me fait fondre. Mamita s'éclipse pour nous laisser seuls.

– J'ai fini par te trouver. Ce n'était pas très difficile, j'ai écumé tous les endroits où tu aurais pu te réfugier, donc, par élimination, il ne me restait plus que ta maison.

Il m'adresse un adorable sourire victorieux, que je lui rends bien.

– Comment te sens-tu ? demande-t-il en me prenant dans ses bras.

– Ça va…

– Je suis tellement désolé. Tout ça, c'est ma faute.

– Je n'aurais pas dû m'en prendre à toi hier, mais j'ai trouvé ça tellement injuste. Je sais que ce que nous avons fait est loin d'être honorable, mais j'ai quand même le sentiment qu'on s'acharne sur moi.

– Ça n'arrivera plus, je te le promets.

– Tu ne pourras pas empêcher les gens de parler.

– En tout cas, plus personne ne dira quoi que ce soit devant moi, je peux te le jurer.

Je me blottis contre lui, le serre fort pour le remercier silencieusement d'être ma source de réconfort.

– Tu as prévu de rentrer quand ?

– Demain matin.

– Je peux rester avec toi ?

– Bien sûr.

Il m'embrasse le bout du nez. On monte dans ma chambre main dans la main. Quand il entre dans la pièce, il observe tout autour de lui comme pour s'assurer que rien n'a changé puis il se tourne vers moi.

– J'ai toujours voulu te sauter dans cette chambre !

J'éclate d'un rire libérateur qui se transforme en véritable fou rire.

– On va se calmer Don Juan. Ça va bientôt être l'heure de dîner. Et si Mamita choisissait ce moment pour entrer ?

– Très bien, mais je te saute après le repas.

Nous rions de plus belle et je me délecte assurément de ce délicieux moment. Mamita finit par nous monter à manger et nous dégustons les plats, assis l'un en face de l'autre. Ensuite, nous nous installons dehors pour regarder les étoiles au télescope avant que la fraîcheur à la nuit tombée ne nous incite à regagner ma chambre. Luke s'approche de mon enceinte Bluetooth et lance *Rest of My*

Life. Les premières notes me replongent dans cette nuit merveilleuse que nous avons passée et j'oublie tout, comme par magie. Il s'avance lentement vers moi, me prend dans ses bras et commence à me faire danser. Je me blottis contre lui, ferme les yeux et respire son parfum, la meilleure chose au monde ! Je savoure cet instant suspendu et me laisse aller pleinement. Luke attrape mon menton et relève mon visage vers lui.

– Je tiens à toi. Te sentir contre moi, t'embrasser, te toucher, ce sont des sensations merveilleuses. T'avoir près de moi est mon bien le plus précieux. J'ai beaucoup de chance, Yale.

Il caresse mon visage de son index, pose tendrement ses lèvres contre les miennes, et ce baiser différent bien que passionné panse toutes mes blessures. Je déverse à mon tour mon chagrin, mon amertume et mon désespoir dans notre étreinte afin de faire table rase du passé et de me tourner pour de bon vers notre avenir. Après tous ses efforts pour me faire oublier ces derniers jours, c'est à mon tour de faire quelque chose pour lui.

– Tu sais, j'ai réfléchi, je n'ai pas réagi comme il le fallait quand tu m'as proposé de venir chez tes parents et d'officialiser notre relation, mais c'est toi qui as raison, allons-y et disons-leur que nous sommes ensemble, désormais.

Luke m'adresse un grand sourire lumineux comme j'en ai rarement vu jusqu'à présent. Sa satisfaction me réchauffe le cœur. J'ai fait ce qu'il fallait. Il prend mon visage en coupe et dépose des dizaines de baisers sur ma bouche. Le désir s'intensifie à chaque caresse, nos vêtements deviennent très vite trop lourds à porter. Je m'allonge sur le lit en sous-vêtements sans aucune crainte qu'il me voie aussi vulnérable. Luke me dévore du regard.

– Tu sais que c'est inutile de les garder parce que je vais finir par te les enlever.

– Je sais… C'est pour ça que je ne les ôte pas. Pour te voir à l'œuvre !

Une lueur pleine de malice brille dans ses yeux. Il achève de retirer son pantalon et me rejoint sur le lit. Il s'arrête dans son élan et me contemple une minute.

– Tu es comme une sirène et je ne peux résister à ton chant.

Je rougis jusqu'à la racine de mes cheveux en entendant ces mots et des frissons me parcourent de toute part. J'hésite un instant mais les mots qui illustrent mes sentiments deviennent impossibles à taire et franchissent la barrière de mes lèvres :

– Luke... Luke... Je... Je t'aime.

Il serre les paupières comme si mes paroles étaient un coup fatal porté à son cœur. Je ne comprends pas sa réaction. *Il panique ?* Au bout de ce qui me semble être une éternité, il s'allonge sur moi et dit, l'air grave :

– Moi aussi, je t'aime, Yale.

C'est si bon de l'entendre. Les frissons ont laissé place à un véritable feu d'artifice du 4 juillet. Après nos aveux respectifs, nous nous perdons l'un dans l'autre, dans une atmosphère passionnée et enflammée.

Nous nous levons à l'aube pour rentrer à l'université. Mamita est déjà debout et nous a préparé le petit déjeuner avant de nous raccompagner vers la porte.

J'appréhende mon retour mais je me raccroche à lui. *Luke a dit qu'il m'aimait !* Plus rien ne peut nous arriver !

Effectivement, lorsque je retourne en classe, on dirait que rien ne s'est produit deux jours auparavant. La vie a repris son cours et je serais incapable de reconnaître les gens qui étaient présents ce soir-là. Mamita avait raison et cette idée me rassure indubitablement.

★★★

Je me prépare pour le repas de Thanksgiving mais surtout pour rencontrer les parents de Luke en tant que petite amie. Je suis terriblement stressée, pire que si je ne les connaissais pas. Mais nous sommes en couple, à présent, et j'ai le sentiment que ça change tout. J'enfile une robe bustier sobre qui m'arrive aux genoux, avec un boléro pour couvrir mes épaules. J'ai relevé mes cheveux en chignon, tracé un trait d'eye-liner sur mes paupières et mis un peu de mascara. J'enfile mes talons et cette fois-ci, je porte des perles à mes oreilles. Luke me dévisage dès qu'il entre dans ma chambre et je goûte le plaisir infini de lire sur son visage l'effet que je lui fais.

– Mes parents ne vont pas te reconnaître.

Je lève les yeux au ciel, et sur cette touche d'humour nous partons pour Madison. Dans la voiture, l'ambiance est légère, mais plus nous nous rapprochons de chez lui et plus le stress monte doucement. Dès qu'il se gare dans l'allée, je prends une profonde inspiration.

Sa maison à deux étages ressemble beaucoup à la mienne, même si elle paraît un peu plus petite. Le jardin devant est une grande pelouse ; des colonnes flanquent l'entrée principale et plusieurs fenêtres ornent la façade. Ses parents ont dû voir la voiture garée dans l'allée car ils sont déjà sur le perron. Sa mère, Meredith, me serre dans ses bras, puis c'est au tour de son père. Nous sommes voisins, c'est vrai, mais ça faisait longtemps que je ne les avais pas vus. Une fois les embrassades terminées, ils nous invitent à entrer dans le salon. Son frère Michael et sa femme sont là ainsi que Sarah, sa sœur. Ils m'accueillent tous avec joie. Sarah me prend dans ses bras.

– Ça me fait plaisir de te revoir.

– À moi aussi.

La femme de Michael se lève pour me serrer la main.

– Bonjour, je m'appelle Carrie et j'ai beaucoup entendu parler de toi.

– Enchantée, Carrie.

Nous nous asseyons à côté d'eux et commençons à bavarder. Rapidement, je comprends qu'ils veulent tout savoir.

Luke pose sa main sur la mienne, sans doute sa façon d'annoncer à ses parents que nous sommes ensemble. Rien que de l'imaginer, je rougis. Sa sœur le remarque et m'adresse un sourire rassurant. Je suis devenue le centre de l'attention.

– Tes parents ne sont pas là pour Thanksgiving, Yale ? me demande sa mère.

– Mon père était au Brésil mais il a dû se rendre au Costa Rica pour une urgence et ma mère est à Paris, pour ses œuvres caritatives.

Meredith n'est pas surprise par ma réponse, elle connaît mes parents et elle sait qu'ils sont rarement là.

Nous nous levons pour passer à table. Très vite, Meredith apporte une énorme dinde accompagnée d'une sauce aux airelles. Sa sœur, quant à elle, rapporte un plat de haricots verts et un autre de pommes de terre. Ces merveilleuses odeurs m'ouvrent l'appétit. Pendant le repas, les conversations vont bon train et son frère Michael est de nature plutôt curieuse.

– Alors ça fait combien de temps que vous… enfin je veux dire…

Je sais très bien où il veut en venir ; mon teint rosit aussitôt. Luke prend la parole.

– C'est tout récent, un mois à peine.

Un mois déjà ! Ma relation amoureuse la plus longue. Michael semble satisfait par sa réponse. Quand je croise le regard de la mère de Luke, elle a l'air ravie. La discussion se poursuit, me laissant le temps de les observer chacun leur tour et me rappelant à quel point ils ont de la chance d'être une aussi belle et grande famille. J'ai toujours voulu avoir des frères et sœurs. C'est à mon tour de satisfaire ma curiosité.

– Alors, quand aura lieu votre prochaine réunion de famille ? Pour Noël ?

Ma question totalement anodine leur fait à tous perdre le sourire sans que je comprenne pourquoi. Le silence s'étire et me rend nerveuse.

– C'est parce que Sarah ne pourra pas être là ?

Sarah vit à Paris, peut-être qu'elle ne peut pas se libérer comme elle le souhaiterait. Michael répond à la hâte :

– Eh bien non, cette année nous ne fêterons pas Noël, Luke doit…

Celui-ci donne un violent coup de pied à son frère. Je l'ai senti, toute la table en a tremblé. Quand je le dévisage, il est bien trop occupé à fixer Michael d'un œil mauvais. C'est à mon tour de me rembrunir. Qu'est-ce qu'il me cache ? Luke se tourne vers moi.

– Je ne suis pas là pendant deux semaines et Sarah non plus, donc ils ont décidé de ne pas le fêter cette année.

Il a un sourire maladroit et j'ignore pourquoi, mais ses explications sonnent faux à mon oreille. Pourquoi ne m'en a-t-il pas parlé avant ? Et où va-t-il ? Autant de questions qui se bousculent dans mon esprit et que je compte bien lui poser le moment venu. Son père détourne la conversation en m'interrogeant sur la fac, ce dont je lui sais gré.

Le dîner terminé, j'aide à débarrasser quand mon téléphone sonne.

– Salut Cory.

– Salut poupée.

– Oh, ça fait tellement de bien de t'entendre !

– Je suis rentré à Madison pour Thanksgiving, j'ai supposé que toi aussi.

– Bien vu ! Je suis chez les parents de Luke.

– Luke Austin ?

Je lève les yeux au ciel.

– T'en connais un autre ?

– Ah… Alors c'est sérieux depuis New York, hein ! dit-il, en s'esclaffant.

– Ça en a tout l'air…

– Écoute, je suis venu avec Melissa. On peut se voir demain ?

– Avec plaisir. Nous, on ne repart que samedi, de toute façon.

– Parfait. Alors à demain !

– À demain, Cory.

Quand je retourne dans le salon pour en informer Luke, il est assis sur le canapé en grande conversation avec son père et son frère. Je surprends quelques bribes de leur discussion sans le vouloir.

– Luke, il va bien falloir que tu le lui dises, elle a le droit d'être au courant.

– Je le sais, papa, mais pour l'instant tout est cool entre nous. J'ai envie d'en profiter, mais je compte bien le lui annoncer, quand ce sera le bon moment, je te le jure !

– Tu sais, il n'y a pas de…

Son père m'aperçoit alors et s'arrête net. Luke fait volte-face.

– Excusez-moi de vous avoir interrompus, je reviendrai un peu plus tard, bégayé-je, honteuse d'avoir été surprise en train d'écouter aux portes.

Luke se lève d'un bond du canapé.

– Non, reste ! On parlait, mais rien d'important.

Pourtant j'ai eu l'impression du contraire. *Est-ce qu'il parlait de moi ?* Tout ça m'a mise un peu mal à l'aise. Luke me prend par la main et me guide vers le jardin. On s'allonge sur les chaises longues près de la piscine, l'un en face de l'autre. Revenir ici a un doux parfum de souvenir d'enfance.

– Quand comptais-tu me parler de tes vacances ?

– J'allais le faire mais j'ai pensé qu'il n'y avait pas d'urgence.

– Noël, c'est dans un mois. Tu voulais me le dire quand ? La veille ?

Ma voix est un peu plus aiguë que je ne le voudrais.

– J'attendais le bon moment.

– Admettons. Où vas-tu ?

– À Cancun avec deux potes du lycée. On a programmé ce voyage depuis longtemps.

– Je vois…

C'est tout ce que je trouve à dire.

Mais je n'arrive pas déceler de quoi il s'agit. Je me fais peut-être des films, je secoue la tête pour chasser mes idées noires et reviens sur notre conversation.

– C'est comme une sorte de Spring Break ?

– On peut dire ça. On y va simplement pour faire la fête, profiter de la chaleur et du soleil, tout le contraire d'ici, quoi !

Je soupire en imaginant mon propre scénario. Cette idée ne me plaît pas outre mesure mais je n'ai aucune envie de lui montrer que ça peut m'atteindre.

– Le point positif, c'est que je n'aurai pas à t'acheter de cadeau !

Il se met à rire et se rapproche dangereusement de moi.

– Ce n'est pas gentil, ça !

Avant que je puisse ouvrir la bouche, il m'embrasse comme pour me faire taire. Et ça marche. Sa mère vient à notre rencontre. Elle se racle la gorge pour nous signaler sa présence et je me retourne aussitôt, gênée d'être prise sur le fait.

– Yale, est-ce que tu dors ici ?

– Non, ça va aller, je vais rentrer chez moi, merci.

Lorsque je me retourne, Luke me dévisage.

– Tu ne veux pas dormir avec moi ?

– Dormir avec toi, oui, mais nous savons très bien comment cela va se terminer et c'est hors de question avec ta famille juste à côté.

Il soupire, contraint de reconnaître que j'ai raison.

– Viens, suis-moi, j'ai une idée.

Il m'emmène dans le garage d'un pas très rapide. Le garage ? Il se met à fouiner dans quelques cartons tout poussiéreux. Au bout de plusieurs minutes, il sort deux appareils noirs, qu'il me brandit fièrement.

– Ça y est ! Je les ai trouvés ! s'écrie-t-il fièrement.

– Qu'est-ce que c'est ?

– Tu ne les reconnais pas ? Ce sont nos talkies-walkies ! Bouge pas, je vais chercher des piles dans le bureau de mon père, je suis sûr qu'ils marchent encore.

Il me les dépose dans les mains, me laissant les observer. Je doute qu'ils fonctionnent encore mais il semble tellement heureux d'y croire. Quelques minutes plus tard, il revient avec une boîte de piles, un tournevis et un sourire de gamin aux lèvres. Il les bricole quelques instants, les tapote un peu. Il avait raison, ça marche.

– Prends-en un !

Nous faisons un test et éclatons de rire comme les deux enfants que nous étions.

– Comme ça, j'entendrai ta voix avant de m'endormir.

Je fonds tout de suite ou j'attends un peu ? Je me hisse sur la pointe des pieds pour atteindre sa bouche.

– Je t'aime, Luke Austin.

– Je t'aime, Yale.

Nous rejoignons le reste de sa famille déjà installée autour de la table. Michael et Sarah préparent le plateau d'un jeu de société. Nous nous joignons à eux et jouons au Monopoly. Sarah gagne la première partie et moi la deuxième.

Il se fait tard, je décide alors de rentrer. Je remercie les parents de Luke pour ce magnifique repas, salue Michael, Carrie et Sarah, et Luke décide de me raccompagner jusqu'à ma porte. Il m'embrasse tendrement une fois, deux fois, et à la troisième, je comprends qu'il n'est pas près de partir.

– Luke… Tes parents vont finir par se demander ce que tu fais.

– Je leur ferai un dessin.

– Ah… Ah… Très drôle !

Ses baisers se font plus pressants et la main qu'il glisse sous mon tee-shirt traduit très bien ses intentions.

– Luke, arrête ! Je ne veux pas que tes parents pensent que…

– Qu'on couche ensemble ? Ils se doutent bien qu'on ne joue plus aux Lego !

– Ça m'est égal ! Rentre chez toi, maintenant !

– Qu'est-ce que tu peux être rabat-joie, parfois.

– C'est pour ça que tu m'aimes.

– Entre autres…

J'écourte notre dernière étreinte et le contrains à partir, ce qu'il fait. Non sans râler.

⋆⋆⋆

Lorsque je me glisse entre les draps, je remarque qu'ils ont encore son odeur ! J'y plonge mon nez allègrement avant que Luke ne commence son harcèlement avec son talkie-walkie.

– 1… 2… 1… 2…

Je ris toute seule, parfois on dirait un vrai gamin. Mais j'adore ça !

– Je suis là !

– J'étais à deux doigts de venir m'assurer que tu vas bien.

– Où veux-tu que je sois ? Je sors à peine de la douche !

– T'es toute nue ?

– Tu ne vas pas commencer. Espèce de pervers ! Non, je suis en pyjama.

– Hum… J'aimerais tant te sentir.

– Moi aussi.

– On est si près l'un de l'autre, pourtant, qu'est-ce que tu me manques, sentir ta peau, t'embrasser…

– Toi aussi tu me manques !

– Je vais te laisser, sinon je vais être obligé de te faire l'amour par talkie-walkie.

– Bonne nuit, Luke, fais de beaux rêves.

– Bonne nuit mon ange, rêve de moi et laisse le talkie-walkie près de toi, sur ton oreiller.

– Entendu.

Le lendemain, je me réveille quand j'entends frapper à la porte. Probablement Mamita.

– Entre ! ordonné-je, en me redressant dans mon lit, encore ensommeillée.

Luke débarque alors, avec un grand plateau ; il m'apporte le petit déjeuner au lit. Il a pensé à tout, jusqu'à la rose dans un verre qu'il a certainement volée dans le jardin de la voisine, madame Kelson.

– Bonjour mon ange.

– Salut toi.

Il m'embrasse sur le front avant de s'asseoir près de moi.

– Tu m'as manqué, cette nuit.

– Toi aussi, mais tu vois, ton talkie-walkie est resté avec moi toute la nuit, bien sagement.

Il sourit et nous prenons le petit déjeuner ensemble. J'en profite pour lui dire que Cory souhaitait nous retrouver cet après-midi pour passer un moment avec nous, il n'y voit aucune objection. Je me prépare rapidement pendant que Luke m'attend dans le salon. J'observe une minute mon reflet dans le miroir et je m'aperçois que mon visage n'a jamais été aussi rayonnant. C'est exactement comme ça que j'avais imaginé mon histoire avec Luke, simple et intense ; passionnée et unique. Je flotte sur un petit nuage et j'espère y rester nichée pour l'éternité.

★★★

Nous avons rendez-vous chez Mona en début d'après-midi. À notre arrivée, Cory et Melissa sont déjà installés dans un box au fond de la salle. Luke croise des amis à lui, discute quelques minutes avec eux sans jamais lâcher ma main. Il ne semble pas être dérangé qu'on nous voie ensemble.

Nous passons le reste de la journée à bavarder, Cory et Luke ont même l'air d'avoir plusieurs points en commun. Je profite du moment pour apprendre à connaître Melissa. Elle est vraiment gentille et douce, à l'image de Cory.

Nous enchaînons ensuite par un ciné. C'est étrange de retourner dans ce cinéma avec Luke. Ça me renvoie à il y a peu, quand je passais le plus clair de mon temps à le reluquer en secret. Cette fois, je peux l'admirer ouvertement et tant que je veux. Et je ne vais pas m'en priver. La séance commence, mais Luke et moi passons notre temps à nous embrasser comme de vrais collégiens et cette insouciance n'est pas pour me déplaire. Je ne résiste pas à ses baisers, ses lèvres sont si douces. Nous terminons cette superbe journée par un bowling et une victoire écrasante des filles qu'on ne manque pas de leur faire remarquer. Puis vient le temps de se dire au revoir, je serre Cory longuement dans mes bras, embrasse Melissa, et nous nous promettons de nous revoir très vite. Luke me dépose devant ma porte et rejoue la même scène qu'hier.

***

À mon réveil, pas de petit déjeuner au lit, pas de mot doux au talkie-walkie. Je me lève et rejoins donc Mamita dans la cuisine. Je mange un morceau tout en lui racontant le repas de Thanksgiving chez les Austin. Mais aujourd'hui sonne le retour à l'université, alors je remonte préparer mes affaires afin d'être prête pour le départ, puis je vais sonner chez Luke.

– Bonjour, Yale.

– Bonjour, Meredith.

– Entre, Luke dort encore.

Nous nous installons dans la cuisine.

– Tu veux boire quelque chose ?

– Merci. Mais je viens de prendre mon petit déjeuner.

– Tu sais, je ne veux pas me mêler de ce qui ne me regarde pas mais… Je suis très contente que toi et Luke soyez ensemble.

Je n'ai aucune échappatoire, nous sommes seules. *Que puis-je lui répondre ?* Elle poursuit sans sentir mon malaise pourtant perceptible.

– S'il te plaît, promets-moi quelque chose. Ça restera entre nous.

Je hoche la tête, toujours incapable de dire un mot.

– Prends bien soin de lui.

Elle a l'air si triste quand elle dit ça, comme si cette simple phrase ne révélait pas la réelle portée de sa pensée. Je suis sur le point de lui poser la question quand John surgit et met fin à mes intentions.

– Tu devrais aller réveiller Luke, sinon il va dormir jusqu'à midi.

Je souris et ne me fais pas prier. Je monte à l'étage et frappe doucement à sa porte sans obtenir de réponse. Je recommence sans plus de succès. Je décide alors d'entrer. À peine ai-je passé le pas de la porte que son odeur m'enivre. *Hum ! Je suis dans mon élément.* Il fait nuit noire et je m'approche de son lit à tâtons. Une fois mon but atteint, je pose ma main sur son torse. Luke dort très profondément. C'est seulement lorsque je l'embrasse qu'il ouvre les yeux.

– Yale ?

– Qui veux-tu que ce soit ?

Il m'attrape et m'oblige à m'allonger au-dessus de lui.

– Bonjour, vous. C'était mon tour de te réveiller, ce matin.

– Bonjour mon ange. Tu dois sentir à quel point ton idée était brillante.

Je ne peux m'empêcher de glousser.

– Allez debout, obsédé !

– Il ne fallait pas te jeter dans la gueule du loup si tu n'avais pas envie d'être mangée. Maintenant, c'est trop tard !

– Jamais de la vie ! Tes parents pourraient nous entendre.

– Allez… Je te promets de faire vite et bien.

– Pas question ! En revanche, si tu te lèves et que nous partons suffisamment tôt, nous pourrions faire une halte sur la route, proposé-je d'un air espiègle.

– Vendu !

Je me lève pour ouvrir les rideaux, quant à Luke, il saute du lit pour filer sous la douche. Lorsqu'il sort, seulement couvert d'une serviette, je regrette amèrement d'avoir joué les saintes nitouches. Mais je reprends rapidement mes esprits et nous descendons rejoindre sa famille déjà attablée autour du petit déjeuner. Nous profitons de ces derniers instants avant de reprendre la route.

★ ★ ★

De retour dans ma chambre, que The Ring a une fois de plus désertée, je travaille un peu. Je n'ai aucune nouvelle de Luke ce soir-là ni le dimanche. Ce n'est que lundi, quand je ne le vois pas en cours, que je commence à trouver cela étrange. Mardi, alors que je n'ai toujours aucune réponse à mes appels ni à mes messages, je trouve que tout cela devient inquiétant et je décide de rendre visite à l'un de ses professeurs.

– Bonjour, monsieur.

– Mademoiselle, que puis-je faire pour vous ?

– Luke Austin assiste bien à l'un de vos cours ?

– Il est bien inscrit, en effet, mais je vois une annotation dans la marge qui indique qu'il a une dérogation.

– Une dérogation ? Qu'est-ce que cela signifie ?

– Il est autorisé à ne pas y assister.

– Mais pour quelle raison ?

– Il a un certificat médical.

– Médical ?

Je ne comprends plus rien. Luke est en pleine forme, pourquoi aurait-il besoin d'un certificat médical ? Il n'en a jamais fait mention.

– Désolé, mademoiselle, je ne peux pas vous en dire plus.

– Je vous remercie.

L'angoisse me taraude, à présent. Qu'est-ce qui a bien pu se passer entre samedi, où tout allait bien, et aujourd'hui ?

Je me résous à attendre la fin des cours et à aller directement à sa chambre pour comprendre ce qu'il se passe.

Chapitre 8

La journée n'en finit pas et je ne comprends pas pourquoi je me suis obstinée à aller en cours, je suis distraite et ne fais que consulter ce fichu téléphone qui ne sonne pas. J'ai un nœud à l'estomac qui ne me quitte pas et qui ne présage rien de bon. Ce mauvais pressentiment m'incite à me rendre à la chambre de Luke dès que la sonnerie retentit. Je cours pour ne pas perdre une minute. Lorsque j'arrive, je frappe plusieurs fois, mais de toute évidence, il n'y a personne. *Où peut-il être ?* Je m'assieds dans le couloir, résolue à attendre Chad en espérant qu'il acceptera de m'en dire plus, s'il sait quelque chose. Je me ronge les sangs pendant plus d'une heure et demie avant de voir arriver Chad. Il passe devant moi, m'ignorant sciemment.

– Salut Chad, je…

Il entre dans sa chambre, laissant la porte entrouverte. Je prends une profonde inspiration et lui emboîte le pas.

– Je présume que je suis la dernière personne que tu as envie de voir… Mais je ne serais pas là si je n'étais pas inquiète. Ça fait plusieurs jours que Luke a disparu sans donner de nouvelles, tu ne sais pas où il peut être ?

Il s'allonge sur son lit, les mains derrière la tête, le regard fixé au plafond.

– Si tu crois que je surveille les allées et venues de ton petit ami… Mais… Cela fait plusieurs jours que je ne l'ai pas vu, en effet.

Il insiste volontairement sur les mots « petit ami ».

– Bien. Je suis désolée de t'avoir dérangé.

– Alyssa.

Je pivote sur moi-même, Chad se redresse.

– Si j'apprends quelque chose, je te le ferai savoir.

– Merci.

Je tente de mettre toute ma gratitude dans ces simples mots. Il a sans doute dû percevoir mon angoisse.

Je retourne à ma chambre, totalement abattue. The Ring est là, égale à elle-même. Je m'allonge sur mon lit et repasse ces derniers jours dans mon esprit. J'essaie de comprendre les circonstances de ce revirement, mais je suis intimement convaincue que ça n'a rien à voir avec nous, je le sens au plus profond de moi. Mais alors, c'est quoi ? Les mots de son professeur me reviennent en mémoire. Pourquoi a-t-il un certificat médical ? Pourquoi ne m'en a-t-il pas parlé ? S'il était malade, j'aurais remarqué quelque chose, non ? Je suis perdue, sans l'ombre d'un début de réponse à l'horizon.

En début de soirée, mon téléphone sonne. Désormais, il n'est jamais très loin de moi. Je décroche sans attendre.

– Allô ?

– C'est Chad. Écoute, le père de Luke vient de partir. Il est venu chercher quelques affaires, il m'a simplement dit qu'il ne reviendrait pas avant un petit moment. J'ai cru comprendre qu'il était chez ses parents en ce moment. Voilà, c'est tout ce que je sais.

– Merci beaucoup, Chad, soufflé-je, reconnaissante.

Il reste un instant silencieux au téléphone. Lorsque je suis sur le point de raccrocher, j'entends sa voix hésitante au bout du fil.

– Alyssa… Je suis désolé pour ce que je t'ai dit la dernière fois. Je ne le pensais pas. J'étais juste en colère et…

– Tes mots ont dépassé ta pensée, le coupé-je.

– Exactement.

– C'est vrai que ça m'a fait mal. Mais je l'ai mérité, je me suis mal comportée et tu avais le droit de m'en vouloir. J'accepte tes excuses et j'espère qu'un jour tu accepteras les miennes.

Je raccroche avec le sentiment que Chad et moi avons progressé.

Sans plus attendre, j'attrape mes clés de voiture, ma veste et mon sac, et je cours jusqu'au parking. Dans la voiture, pas de musique, juste mon inquiétude qui me tient compagnie. J'ai du mal à respirer, mes mains sont crispées sur le volant et la route me semble interminable. Une fois sur l'*Interstate 95*, je roule le plus vite que je peux.

J'arrive enfin chez ses parents, presque deux heures après, et me gare devant l'entrée. Je tambourine à la porte, déchaînée. Sa mère ouvre, la mine grave.

– Luke est ici ?

– Oui. Il est là-haut, il se repose.

– Je peux le voir ?

Meredith me fait signe d'entrer. Je cours dans les escaliers jusqu'à sa chambre. J'essaie de retrouver mon calme et frappe doucement à sa porte. Je reconnais sa voix qui m'invite à entrer, mais dès qu'il m'aperçoit, Luke se décompose. Je reste un instant là, à le regarder. Il est allongé sur son lit, le teint jaunâtre, et semble très fatigué. Je ne l'ai jamais vu comme ça. Devant cette vulnérabilité inhabituelle, les larmes me montent aux yeux. Il me fait signe d'approcher, je m'assieds près de lui et prends sa main dans la mienne. Ce simple contact me rassérène.

– Sais-tu à quel point je me suis inquiétée ces derniers jours ?

Instinctivement, je chuchote comme si je voulais que personne d'autre n'entende cet aveu alors que nous sommes seuls dans la pièce.

– Je sais.

Le silence s'étire entre nous, l'atmosphère devient pesante. Luke tente de se redresser tant bien que mal dans son lit. J'ajoute un coussin dans son dos pour qu'il soit plus à l'aise. Il plonge son regard dans le mien, un voile de tristesse assombrit ses beaux yeux noisette.

– Yale, je te dois des explications.

La peur m'étreint, je retiens mon souffle.

– Je suis malade.

Je soupire, soulagée. Luke fronce les sourcils comme si ma réaction n'était pas appropriée.

– Je le sais, j'ai compris. Je me suis tellement inquiétée que je suis allée voir un de tes professeurs, il m'a expliqué que tu avais une dérogation. Je comprends mieux, maintenant. Tu es juste souffrant, quelques jours de repos et puis tu me rejoins à New Haven. Je vais rentrer et t'attendre sagement, promis.

Son air abattu me fait froid dans le dos.

– Yale, tu n'as rien compris, justement. Je suis malade. Cet été, on m'a diagnostiqué un glioblastome de stade quatre.

Je ne comprends pas un traître mot de ce qu'il raconte.

– Tu peux être plus clair ?

– Pour faire simple, j'ai une masse de la taille d'une orange dans le cerveau. Aujourd'hui, on surveille qu'elle ne grossisse pas davantage, mais il y a de grandes chances pour que ce soit le cas.

– Et ?

– Et… Il y a très peu de chance que j'en réchappe.

– Tu vas mourir ?

Il ne répond pas.

– Mais tu ne peux pas mourir ! Tu es trop jeune !

Ses yeux expriment ce que sa bouche refuse d'avouer. La terre s'ouvre littéralement sous mes pieds et m'aspire dans les ténèbres les plus profondes. Je me lève, incrédule, et fais les cent pas dans la pièce. Au bout de quelques minutes, je reviens m'asseoir près de lui.

– Quand comptais-tu m'en parler au juste ?

– J'attendais de trouver le bon moment.

– Et tu crois qu'il existe un moment idéal pour m'annoncer que tu vas…

Je ne réussis pas à terminer ma phrase.

– La situation m'a échappé.

– Mais…

– Je t'en prie, écoute-moi, m'interrompt-il. Je ne t'aime pas depuis hier, pas depuis un mois mais depuis toujours. C'est comme si mon cœur t'avait toujours été destiné, comme si ses battements devaient être au diapason des tiens pour subsister. Ce que je ressens pour toi est si fort, tellement unique et inouï que tu as toujours été mon évidence. Seulement… On était jeunes et je me suis toujours convaincu qu'il nous fallait vivre nos expériences, qu'on avait tout le temps de se retrouver. Je n'ai jamais pu me résoudre à être loin de toi, j'ai toujours gardé un œil sur toi. J'aimais te regarder rire avec Cory, te voir ranger tes bouquins dans ton casier ou débattre avec tes amis du club de journalisme sur un sujet que tu voulais publier. Quand le diagnostic est tombé, cet été, tu es la seule personne à qui j'ai pensé. Vivre chaque minute à tes côtés est devenu ma nécessité. Je souhaitais juste faire partie de ton univers, partager tes sourires, tes chagrins, ta vie. Je voulais partir en ayant un bout de toi. Mais être si près de toi est devenu difficile, le besoin de te toucher, de te sentir, de t'embrasser me rendait complètement fou, alors j'ai essayé d'oublier. C'est là que j'ai fait la connaissance de Caroline. Le fait qu'elle soit ta colocataire est un joli pied de nez quand j'y repense. Je voulais me noyer dans cette histoire pour oublier ce désir viscéral d'être avec toi. Quand Chad est entré dans ta vie, il fallait que je reste en retrait, que je me persuade qu'il allait te rendre heureuse, tout ce dont j'étais incapable. J'te jure que j'ai essayé. J'ai tout fait pour te tenir à l'écart, mais les sentiments que j'éprouve sont tellement inébranlables que c'est comme lutter contre un tsunami. Je sais que je me suis mal comporté, je te demande de m'excuser, mais sache que si j'ai fait tout ça, c'est pour te protéger et uniquement pour ça. La plus belle chose sur cette terre, c'est ton sourire. On devrait t'offrir le monde sur un plateau d'argent et ça me rend dingue que ce ne soit pas moi. Tout ce temps passé avec toi m'a fait oublier la fatalité. J'ai même cru un instant que j'étais guéri. Je prends mon traitement, et à ce jour, la tumeur n'avait pas évolué, je suis sûr que c'est grâce à toi. J'ai conscience que ce n'est pas éternel, mais quand je suis avec toi, je me sens vivant et c'est tout ce qui compte. Plus que jamais ! Ce week-end, quand nous sommes rentrés, la réalité m'a rattrapé. Je n'ai pas pris mes comprimés et les effets ont été immédiats, j'ai fait un malaise.

Les joues baignées de larmes, je le fixe impuissante. C'est à la fois une magnifique déclaration d'amour qui fait écho à mon cœur et la pire réalité capable de détruire mon âme.

Une douleur ardente prend possession de mon corps au point que j'ai du mal à respirer. Ses mots tournent en boucle dans ma tête et une colère incontrôlable monte en moi. Je me lève d'un bond.

– Depuis le début, tu savais ! Depuis le début, tu m'as laissée vivre dans cette insouciance, me faisant croire à un avenir qu'on n'aura jamais ! Mais je ne peux pas te regarder mourir ! C'est au-dessus de mes forces. Tu ne peux pas partir, tu n'as pas le droit de m'abandonner ! Je suis perdue sans toi, si tu meurs, je meurs avec toi. Je t'en supplie, ne me laisse pas, sangloté-je en m'agenouillant près de lui et en serrant sa main contre ma joue.

– Yale…

– Ne dis rien. Ça fait si mal… C'est comme si on extrayait mon cœur pour le poser sur une table pour regarder combien de temps il est encore capable de battre.

Luke se contente de me caresser les cheveux pendant que je nage en plein cauchemar.

– Je dois partir… Faut que je prenne du recul… Que je m'éloigne de toi… de ce que je ressens…

Il n'essaie pas de me retenir, mais lorsque je tourne la poignée, je me tourne une dernière fois.

– Et Cancun, alors ? Ça aussi, c'était un mensonge ?

Il baisse les yeux et je comprends tout de suite.

– Je pars à Paris avec mes parents pour rencontrer un nouveau spécialiste. C'est un très bon neurochirurgien réputé et on aimerait avoir un deuxième avis, la dernière tentative pour raviver l'espoir qui s'éteint peu à peu. Yale, je suis désolé de t'avoir menti.

Je hoche la tête et sors avec une seule envie, courir et partir loin d'ici, mais je réussis seulement à m'écrouler sous le chagrin. Je sanglote en silence alors que mon unique désir est de hurler mon désespoir. Sa mère est en train de monter les escaliers lorsqu'elle m'aperçoit. Elle comprend tout de suite. Elle s'agenouille et pose ses mains sur les miennes. Je sursaute et la regarde un instant sans un mot. Sa tristesse m'accable et me renvoie à cette évidence que je refuse de voir en face pour le moment. Je me relève et m'échappe vers la sortie.

Je m'assieds dans ma voiture, hurle enfin en frappant violemment mon volant. J'ignore comment atténuer la détresse qui m'étreint. Je contemple cette maison et je me rends compte que cet endroit, ce quartier sont chargés de nos souvenirs, de notre passé, alors je démarre la voiture et roule pour tenter de fuir l'inévitable.

Pendant le trajet vers New Haven, Luke occupe toutes mes pensées. Ses mots, nos sentiments, sa révélation, tout se mélange et je suis complètement paumée. J'aurais sans doute dû rester à ses côtés mais il a pris une décision importante à ma place. Il a décidé de m'exclure de sa maladie sans même me concerter, sous prétexte de me protéger, et aujourd'hui me voilà au pied du mur. J'ignore si je peux franchir cet obstacle tout en sachant qu'il ne sera pas à la ligne d'arrivée.

Quelques kilomètres avant d'arriver à Yale, j'aperçois une petite église sur le bord de la route. Je ne l'avais encore jamais remarquée, je décide de m'y arrêter. J'entre dans le bâtiment, un prêtre se trouve près de l'autel. Je m'assieds sur un banc et prie. *Les miracles, ça existe, non ?* Le révérend vient s'asseoir près de moi sans que je l'aie entendu arriver.

– Dites-moi ce qui ne va pas, mon enfant ?

– J'ai la foi, j'ai toujours cru en Dieu et en sa force invisible, mais aujourd'hui… Je crois que tout a changé…

– Qu'est-ce qui vous a fait changer d'avis ?

– Je peux vous poser une question ?

– Je vous écoute.

– Si Dieu existait vraiment, alors pourquoi met-il nos vies à rude épreuve ? Pourquoi prend-il un malin plaisir à nous faire souffrir ? À semer la mort ?

Il semble surpris par la véhémence de mes propos. Il pince les lèvres et cherche les bons mots sur un sujet qui ne les inspire pas.

– C'est une question qu'on me pose bien trop souvent, malheureusement. Il n'existe pas de réponse capable de panser vos blessures. Toutefois, je vais essayer d'y répondre du mieux que je peux. Si l'Homme doit faire face à l'adversité, c'est tout simplement pour ne pas oublier à quel point les valeurs comme l'amour, la bienveillance ou bien le respect sont nos biens les plus précieux. Les épreuves de la vie sont des obstacles, une façon de nous mettre face à la difficulté, si on arrive à se dépasser, alors on en sort grandi, plus fort. La tristesse fait partie de la vie, c'est un sentiment indispensable, quand on traverse des périodes difficiles, on savoure ensuite toute la valeur des moments de joie et de bonheur.

– Vous ne comprenez pas. Luke, c'est la meilleure partie de moi. J'ai le sentiment d'avoir passé le plus clair de mon temps à être spectatrice de ma vie et je tiens enfin les rênes parce qu'il me tient la main, parce qu'il m'insuffle sa force chaque jour, parce que je sais qu'avec lui, rien ne peut m'arriver. Comment puis-je accepter cette fatalité ? Comment puis-je accepter qu'un matin le soleil perdra de son intensité parce qu'il ne sera plus là ? avoué-je, complètement anéantie.

– Il faut prier et garder la foi. Et si je peux me permettre un conseil sans soutane, il faut surtout profiter de tous ces instants de répit que vous offre la vie. Ne gaspillez pas ce temps précieux.

– Voir le seul homme que j'aie jamais aimé rejoindre lentement les cieux alors que le plus beau restait à vivre, construire un nous, je n'y arriverai pas…

– Faites-moi confiance, l'amour sincère et pur que vous portez à ce jeune homme transpire et envahit cette église. Ne sous-estimez pas la force de vos sentiments. Si votre âme ne s'en sent pas capable, votre cœur est prêt à tout pour vivre encore au rythme du sien tant qu'on lui en donne l'occasion.

Je salue l'homme en robe noire et retourne à ma voiture. Je sors de là aussi perdue que lorsque j'y suis entrée. S'il y a un message dans tout ça, il reste crypté pour moi.

Je roule au hasard et me retrouve devant chez Joey. Quand il m'ouvre la porte, il est sur le point de m'envoyer bouler mais mon expression désespérée l'en empêche.

– Salut, Joey. Tu sais où je peux trouver Caroline ?

Il ne pose pas de questions et m'indique où se situe sa chambre désormais. En arrivant, je m'aperçois que son bâtiment n'est pas si loin du mien. Je frappe à sa porte et c'est sa coloc qui m'ouvre. *Elle non plus ne semble pas avoir gagné au change.*

– Est-ce que Caroline est là ?

Caroline lève la tête et dès que je la vois, j'éclate en sanglots. Sans doute par pitié, elle vient vers moi et me prend dans ses bras. Elle m'accompagne jusqu'à son lit, m'aide à m'y asseoir et s'agenouille devant moi. Je mets longtemps à recouvrer mes esprits.

– Je sais tout le mal que je t'ai fait… Je sais aussi que je ne devrais pas être là, mais je ne savais pas où aller. Ma nouvelle colocataire est horrible, Cory est à des centaines de kilomètres, je n'avais personne à qui parler.

– Viens, suis-moi.

Caroline prend sa veste et nous sortons. Elle m'emmène au *JP Dempsey*, un endroit charmant d'après elle, un bar où on ne demande jamais la carte d'identité. Sa particularité étonnante est que les boissons sont accompagnées de cacahuètes dont les coques finissent par joncher le sol.

Il y a très peu de monde, ce soir, quelques hommes sont attablés au bar, buvant leur bière en regardant un match sur l'écran plat, ce qui nous vaut quelques hurlements de temps à autre. Caroline choisit une table à l'écart et on s'installe l'une en face de l'autre.

– Qu'est-ce que tu veux boire ?

– Le truc le plus fort qu'il y ait sur cette carte et j'en veux même deux.

Ses pupilles se dilatent sous le choc mais elle ne dit rien. Lorsque le serveur vient chercher notre commande, Caroline choisit pour moi.

– Une bière blonde pour moi et deux verres de Johnnie Walker Black sans glace pour la demoiselle, s'il vous plaît.

Le serveur semble étonné par son choix mais l'assurance de Caroline le dissuade de poser des questions.

– Qu'est-ce que c'est du Johnnie truc black ?

– Du scotch. C'est le préféré de mon père et il déchire. Tu voulais un truc fort, tu vas être servie !

Nous gardons le silence, jusqu'à ce que nos verres arrivent. Je prends le premier et le bois d'une traite. Dès que l'alcool pénètre ma gorge, il brûle tout sur son passage, je ferme les yeux pour m'obliger à déglutir. C'est exactement ce qu'il me fallait ! Il me laisse un arrière-goût de réglisse mais elle avait raison, c'est extrêmement fort !

Quand je rouvre les yeux, elle me fixe, visiblement surprise. Je lui souris et m'essuie de la manière la moins élégante qui soit, avec le revers de mon chemisier. Je me sens un peu mieux mais décide de boire le second dans la foulée pour me donner un peu plus d'aplomb.

– Alyssa, est-ce que tu vas me dire ce qui t'a mise dans cet état ?

Sa question me ramène à la dure réalité.

– Caroline, je sais que tu n'es pas la personne la mieux placée avec qui je devrais parler de ça, mais je me sens tellement démunie…

– Donc, il s'agit de Luke. Avant que tu dises quoi que ce soit, si on veut donner une nouvelle chance à notre amitié, il faut crever l'abcès. Je me suis sentie blessée, trahie, c'est vrai. Je t'ai détestée mais j'ai aussi fini par comprendre pourquoi tu l'as fait.

– C'est vrai ?

– J'ai dit que je comprenais, pas que j'étais d'accord avec tes choix. Tant de drames auraient pu être évités, si tu m'avais clairement dit dès le début les sentiments que tu éprouvais pour lui. J'aurais tout arrêté. Quoi qu'il en soit, j'ai laissé ma colère m'aveugler et je suis allée trop loin et je te demande pardon. Je n'aurais jamais dû agir de la sorte et je m'en veux de m'être comportée comme ça. Dans ce néant, j'ai rencontré quelqu'un et ça a changé ma façon de voir les choses. J'ai compris ce que tu ressentais pour Luke et pourquoi tu l'as choisi lui, envers et contre tout. J'ai compris que, quand tu aimes vraiment, tu ne peux pas lutter contre tes sentiments.

– Je suis tellement désolée, sangloté-je à nouveau.

– Je le sais… dit-elle en posant sa main sur la mienne. Et si tu me disais maintenant ce qui te rend si triste ?

Le serveur passe près de nous et Caroline commande à nouveau la même chose.

– Luke m'a appris aujourd'hui qu'il allait… mou… qu'il allait mourir ! avoué-je en éclatant en gros sanglots.

Le barman pose à peine le shot sur la table que je l'avale en priant pour qu'il étouffe cette douleur lancinante. Je fais un clin d'œil au serveur pour qu'il le remplisse à nouveau. *Aux grands maux les grands remèdes.*

– Alyssa, je suis tellement triste de l'apprendre. Jamais je ne me serais doutée d'une chose pareille…

– J'ignore si je suis capable d'affronter tout ça, si j'aurai la force de le regarder dépérir jusqu'à…

Je n'arrive pas à finir ma phrase, une nouvelle fois submergée par le chagrin.

– Je sais que c'est terrible de penser une chose pareille, égoïste, sans doute, mais c'est plus fort que moi.

Le serveur revient et dépose à nouveau un shot devant moi.

– Cadeau de la maison !

Je le bois d'une traite. Je dois faire taire ces tergiversations qui m'obsèdent. J'ai juste besoin de m'évader, de laisser mon esprit voguer vers un endroit où la maladie et la mort n'existent pas et où je pourrai vivre mon amour pour Luke sans crainte. Caroline interrompt ma rêverie.

– Alyssa, je pense que tu réagis sous le coup de la nouvelle, mais tu vas puiser une force encore insoupçonnée et tu vas retourner auprès de lui, là où est ta place.

Je regrette amèrement le temps où je me contentais d'avoir des palpitations en le voyant au bout du couloir au lycée, je préférerais mille fois le voir au bras d'une autre fille plutôt que d'admettre qu'un jour il ne sera plus mon horizon. Je vous en supplie ! Ne me le prenez pas !

★ ★ ★

Les verres s'enchaînent, l'alcool annihile ma peine. Caroline change de sujet et dérive sur nos colocataires, un moyen de me préserver, je présume. Leurs attitudes sont passées en revue, on s'amuse même à les imiter, je lui confie comment j'ai surnommé la mienne et on rit aux éclats. Au gré de nos rires partagés, on retrouve doucement notre complicité et cette idée me met du baume au cœur. Je ris à m'en décrocher la mâchoire, les larmes se joignent à cette hilarité, de rire ou de chagrin, je ne sais plus.

Il commence à se faire tard et il faut bien le reconnaître, nous sommes toutes les deux complètement ivres et incapables de rentrer en voiture. Nous marchons bras dessus bras dessous en zigzaguant sur le trottoir, sans trop savoir où nous allons. On finit par s'asseoir sur un banc.

– Je vais appeler Joey pour qu'il vienne nous charcher… chercher, lance soudain Caroline.

Elle a du mal à articuler et à garder les yeux ouverts. Je ne peux m'empêcher de m'esclaffer, pas mieux lotie qu'elle. On rigole tellement qu'on manque de tomber du banc. Au bout d'un moment, alors que les effets de l'alcool se dissipent peu à peu, Caroline prend son téléphone.

– Tu vas vraiment réveiller Joey ? Mais il est trois heures du matin !

– Et alors ? Vous avez une autre idée, Maître Conrad ?

Il est évident que non. Il répond au bout de la troisième sonnerie. Elle n'a pas besoin de discuter bien longtemps pour qu'il comprenne l'état d'ébriété dans lequel nous sommes.

– Il arrive.

Quinze minutes plus tard, la voiture se gare et nous montons sans attendre. Caroline s'assied à l'avant et se penche vers Joey pour l'embrasser. *C'est donc lui !* J'avais saisi cette attraction entre eux. Je me souviens de la première fois que j'ai rencontré Joey, de son regard tendre et de sa façon touchante de parler d'elle lorsque nous étions à la cafet'.

Caroline me propose de venir dormir chez Joey mais je préfère rentrer. Ils me déposent donc devant la résidence.

Je les remercie tous les deux, mais surtout Caroline pour la soirée que nous avons passée, et je descends.

Je crois que je n'ai jamais mis autant de temps pour regagner ma chambre. Je titube et dois m'arrêter tous les trois mètres, tellement je suis prise de nausées. Je reste devant ma porte une éternité, incapable de mettre la clé dans la serrure. Une fois que je parviens à entrer, je vais m'écrouler directement sur mon lit et m'endors sur-le-champ.

Quand j'ouvre les yeux, il est déjà midi. Je reste sous ma couette toute la semaine. Caroline me rend visite plusieurs fois et tente par tous les moyens de me sortir de cette chambre, en vain. *Laissez-moi vivre comme une recluse jusqu'à la fin de mes jours.* Chaque fois qu'elle vient, elle m'apporte de la soupe, une pizza, mais je n'ai pas faim, mon corps tolère seulement du café ou du chocolat. Le reste ne passe pas.

Le lundi suivant, je n'ai toujours pas la force de retourner en cours. Dans l'après-midi, on frappe à la porte. Caroline, probablement.

– Entre !

Quand je relève la tête, la première chose que j'aperçois, ce sont des pieds, et pas ceux d'une femme. Je remonte lentement le long du corps jusqu'au visage. Lorsque je reconnais le père de Luke, je me redresse d'un bond.

– Bonjour, Yale.

– Bonjour, John.

– Je suis passé ici un peu au hasard, je ne pensais pas te trouver là, tu n'es pas en cours aujourd'hui ?

– Si, mais je n'ai pas envie d'y aller.

J'ai du mal à avaler ma salive. *Pourquoi est-il venu jusqu'ici ?*

– Puis-je m'asseoir ?

J'acquiesce et lui fais signe de s'installer sur une chaise près de mon bureau. Je n'ose pas me lever du lit. Je ne me suis pas lavée depuis des jours, mes cheveux sont gras, mes vêtements sentent mauvais et je suis presque sûre qu'une odeur nauséabonde a envahi cette chambre. *La honte !* Il me sourit et s'installe en face de moi.

– Écoute, je sais que Luke t'a mise au courant en ce qui concerne sa maladie. Ça a dû être un vrai choc pour toi. Nous aussi, quand nous l'avons appris, nous étions dévastés, tout comme toi. Il nous a fallu du temps pour essayer de nous faire à l'idée mais je vais être honnête avec toi, nous sommes au courant depuis des mois et nous n'arrivons pas à nous résoudre à… Pourtant on fait avec. D'ailleurs, je ne devrais pas être là, mais depuis que tu es partie, il refuse de s'alimenter. Sa mère et moi sommes très inquiets. On se bat pour lui, tu sais. Je dois reconnaître que je suis impressionné par sa force étonnante et je crois qu'elle t'est due. Quand Luke a appris pour sa maladie, il a mis un point d'honneur à garder ça dans un cercle restreint. Il ne voulait pas que le regard des gens change et d'ailleurs il le cache très bien. On s'est préparés à l'issue, même si on nourrit un secret espoir que le rendez-vous à Paris fasse des miracles. Je sais parfaitement que tu te sens trahie, c'est ce que j'aurais ressenti à ta place, mais je te promets que Luke l'a fait seulement pour te préserver, c'était son unique but. On en a beaucoup discuté tous les deux, je lui ai conseillé des dizaines de fois de t'en parler, mais il avait peur de ta réaction, peur de te faire souffrir. Alors il a usé de différents stratagèmes pour que tu ne te rendes compte de rien, a aménagé son emploi du temps en fonction du tien pour pouvoir aller à ses séances de chimio hebdomadaires. Je sais que ça ne me regarde pas, mais Luke t'aime, d'un amour vraiment sincère. D'abord parce qu'il me l'a dit mais surtout parce qu'il suffit de le voir quand tu es dans les parages, il s'illumine. Si je suis venu aujourd'hui, c'est pour te demander une faveur. Je ne sais pas ce qu'il va advenir par la suite mais il faut mettre toutes les chances de notre côté et tu es SA chance. Prends le temps nécessaire mais reviens-lui, Luke a besoin de toi bien plus que de tout le reste et même bien plus que de nous.

Je reste sans voix après ce discours émouvant d'un père inquiet. Je me demande comment il réussit à être aussi calme et serein face à cette terrible situation.

– John, je dois vous paraître égoïste d'avoir réagi ainsi, mais la nouvelle a été brutale et je me suis sentie démunie.

– Si je peux me permettre, Yale, le compte à rebours a déjà commencé. Tu peux retourner le problème dans tous les sens, il n'y a pas de solution. Tu ne pourras jamais te résoudre à laisser partir les gens que tu aimes même si on te prépare dix ou vingt ans à l'avance, tu peux juste les accompagner, être présente et faire de ton mieux tant qu'ils sont là.

– Mais j'ai si peur ! Peur de ne pas être suffisamment forte, j'ignore comment me comporter avec lui.

– Ça, je peux y répondre. C'est très simple : sois toi-même. Jusqu'à présent ça a très bien fonctionné, alors ne change rien.

– Oui, mais j'ignorais tout de sa maladie.

– Je sais. Mais qu'est-ce que ça change aujourd'hui ?

Touchée ! C'est vrai, il a raison. Il faut que je me raccroche à l'espoir qu'on pourra peut-être le sauver et si je peux y contribuer, je le ferai. Le silence s'installe entre nous. John se lève.

– Écoute, je pense que je t'ai tout dit. Je vais rentrer, maintenant.

– Merci d'être venu me voir, ça m'a fait du bien de discuter.

– J'espère t'avoir fait changer d'avis. Ne gaspille pas le temps qu'il vous reste. En l'occurrence, il est précieux.

Je hoche la tête, il me salue puis s'en va. Je reste là, assise sur mon lit, et je cogite à nouveau. Cette conversation me trotte dans la tête. Je prends une profonde inspiration et fais ce qui me semble être le mieux. Je vais rapidement prendre une douche et tente de reprendre forme humaine. J'attrape un sac, mets quelques affaires, puis je prends mes clés de voiture et ne réfléchis pas une seconde de plus. J'envoie un message à Caroline pour la prévenir, ensuite je démarre.

Quoi qu'il advienne, je veux être avec lui. John a raison, ce sera sans doute très difficile mais je souffre d'être loin de lui, ma place est à ses côtés. Il y a un vieux dicton qui dit : la peur n'évite pas le danger ! Forte de ça, je roule en direction de Madison.

Il est un peu plus de vingt et une heures quand je me gare dans l'allée. Cette fois, je tape au heurtoir. C'est sa mère qui m'ouvre et son visage s'illumine quand elle me découvre sur le palier.

– Yale !

Elle me serre dans ses bras et m'invite à entrer.

– Je suis si contente de te voir. Tu veux boire ou manger quelque chose ?

– Non merci, ça ira. Luke est dans sa chambre ? Est-ce que je peux le voir ?

– Bien sûr, tu connais le chemin.

Quand j'entre dans sa chambre, Luke dort paisiblement. J'approche un fauteuil près de son lit, m'installe et finis par m'assoupir. J'ouvre un œil dès que je l'entends bouger, il me regarde fixement comme s'il avait du mal à croire que je sois vraiment là.

– Salut, dis-je la première.

– Salut. Qu'est-ce que tu fais là ?

– On m'a informée qu'un idiot ne voulait plus manger alors je suis venue pour qu'il arrête ses conneries !

Il sourit mais son sourire n'atteint pas ses yeux.

– J'ai cru que je ne te reverrais jamais.

D'un simple regard, je lui demande la permission de venir m'allonger près de lui. Il tapote son lit en guise de réponse. Je m'assieds au bord du matelas et pose ma tête sur son torse.

– Je sais. Je te dois des excuses mais j'ai paniqué.

– Ne t'excuse surtout pas, c'est moi, j'aurais dû te le dire depuis le début.

– Je n'avais pas à partir de cette façon, c'était stupide.

– N'en parlons plus, tu es là, c'est tout ce qui compte. Tu ne pars plus, pas vrai ?

Je lis l'inquiétude dans ses magnifiques yeux noisette.

– Plus jamais. C'est toi et moi contre le reste du monde, tu te souviens ?

Il se pousse un peu pour me faire davantage de place.

– À une condition.

– Laquelle ?

– J'irai te chercher le petit déjeuner demain matin et tu vas manger.

– Marché conclu.

Je retire mes chaussures et m'allonge auprès de lui. Il passe un bras autour de moi et me serre contre lui. Rien n'a changé. Son odeur m'enveloppe, je ferme les yeux un instant pour savourer ce parfum que j'aime tant. C'est mon endroit préféré au monde, je suis chez moi dans ses bras. Je n'aurais jamais dû partir. Il commence à caresser doucement mes cheveux et je m'apaise. Au bout de quelques secondes, il murmure :

– Regarde-moi.

Je relève alors la tête pour plonger mes yeux dans les siens.

– Je t'aime, Yale.

– Moi aussi, je t'aime.

Il m'embrasse tendrement. On reste un long moment comme ça, l'un contre l'autre, à réparer nos fêlures. Puis je pose mon menton sur son torse.

– Je veux venir avec toi à Paris.

– Tu sais, ça ne va pas être marrant, et puis, c'est le seul moment où tu peux voir tes parents.

– Mes parents comprendront. Je veux entendre ce médecin me donner de l'espoir, et puis je veux être partout où tu seras.

Une larme réussit à s'échapper, qu'il essuie de son index. Je vois bien à quel point il est attristé.

– Alors, c'est d'accord.

– Embrasse-moi.

Il ne se fait pas prier !

Je ne peux pas résister à cette attraction. Dès que ses lèvres touchent les miennes, mon corps s'anime, je me sens vivre à son contact. Il me sourit, m'embrasse. C'est inutile de lutter contre cette attirance. J'avais besoin de lui comme il a besoin de moi. On s'abandonne dans ce baiser au point qu'il devient de plus en plus passionné. Je suis obligée de le stopper pour éviter que cela ne dégénère. Il doit d'abord se reposer et reprendre des forces. Luke fait la moue et je ris de son expression dépitée. Un seul sourire sur son visage et je me laisse aller à penser que tout va bien se passer.

Chapitre 9

Il ne nous reste plus que quelques jours avant notre grand départ pour Paris. Plus le temps passe et plus la tension monte. Nous allons rencontrer le professeur Delattre à l'hôpital de la Salpêtrière. Il va nous parler de l'évolution de la tumeur mais surtout nous informer s'il existe quelque chose pour essayer de sauver Luke. Nous sommes mercredi et les vacances commencent samedi, le jour de notre départ.

Les premiers temps, après l'annonce de sa maladie, je ne suis pas tout de suite retournée en cours. J'avais la sensation que je devais être près de lui à chaque seconde, chaque minute pour profiter de lui le plus possible. D'ailleurs, mon comportement a fini par l'agacer, j'étais toujours aux petits soins, et avec le recul, je pense que ça lui rappelait son état. Il m'a fallu du temps pour le comprendre et nos rapports sont redevenus « normaux », en quelque sorte. Nous essayons de vivre tout ce que nous pouvons en mettant la maladie de côté, pour éviter qu'elle ne nous pourrisse la vie.

Après son malaise, il y a quinze jours, il lui a fallu du temps pour se remettre. Je suis restée avec lui la première semaine mais il a bien fallu que je retourne à la fac. Mon absence commençait à me causer du tort. Mon professeur en droit institutionnel, celui qui nous fait miroiter le stage pour cet été, m'a clairement fait comprendre que, si je continuais à être absente aussi souvent, cela compromettrait mes chances de l'obtenir. J'ai fini par lui avouer pourquoi j'étais si peu présente, ce qu'il a très bien compris, même s'il a estimé que cette raison n'était pas suffisante et qu'il n'y aurait aucun favoritisme. Je veux éviter de redoubler ma première année, mais avec ce que nous sommes en train de traverser, je relativise. Mes études sont passées au second plan, ma priorité est d'être le plus souvent possible avec Luke. D'ailleurs, il prévoit de revenir au second semestre et je l'espère tout autant que lui. C'est vrai, son père avait raison, il a une force incroyable. Il m'arrive parfois de le regarder et de me dire que ce n'est pas vrai, que tout va bien, que tout ça n'était qu'un mauvais rêve. Pourtant elle est bien là, sa saloperie de tumeur, mais Luke a décidé de se battre et je me battrai pour lui. Et avec sa famille. Je sais qu'il fait tout pour mener une vie normale et pour ne rien regretter, il ne s'avoue jamais vaincu et je suis admirative devant tant de détermination.

Depuis la révélation de son cancer, on a eu plusieurs occasions de faire l'amour mais j'ignore pourquoi, j'ai un blocage. J'ai peur que cela ne puisse avoir des répercussions. Je sais que cette idée est grotesque, mais je préfère en discuter avec le médecin et une fois qu'il me rassurera, nous pourrons peut-être reprendre… nos ébats. Nous dormons le plus souvent possible ensemble et je suis toujours aussi folle de lui, de son corps, et il faut bien avouer que de ne plus le sentir en moi est de plus en plus difficile, surtout quand sa peau est si proche de la mienne. C'est dingue comme le sexe peut devenir addictif ! Nous en avons beaucoup parlé et il comprend mon point de vue, mais ça ne l'empêche pas de me tourmenter pour que je cède. La semaine n'en finit pas. Je rentre à Madison demain soir. Caroline fait tout ce qu'elle peut pour me distraire. On a multiplié les sorties au cinéma, dans des pubs ou au resto. Cela m'empêche de trop cogiter, je passe du bon temps et ça fait du bien. Luke m'appelle tous les soirs. Quand je lui ai raconté comment je me suis retrouvée dans la chambre de Caroline le jour de sa confession et la soirée que nous avons passée ensuite, il a bien ri et il était ravi que je retrouve enfin mon amie.

Avant de la rejoindre sur le parking, je passe un rapide coup de fil à Luke pour prendre de ses nouvelles. Nous échangeons des banalités. Ses copains du lycée sont passés le voir, il a simplement prétexté être souffrant pour justifier sa présence chez ses parents. Pour changer un peu de sujet, je lui parle de la vie sur le campus et des cours. Je suis encore au téléphone avec lui quand je reçois un message de Caroline pour me prévenir qu'ils m'attendent. Comme il sait que nous sortons, il me rappelle d'être prudente et finit tout de même par souffler qu'il m'aime entre deux recommandations ; et surtout, il est pressé d'être à demain.

Lorsque j'arrive sur le parking, Caroline est adossée à la voiture. Joey est au volant et Peyton assise à l'arrière. Elle me fait signe en tapant sur sa montre : je hausse les épaules.

– Désolée, j'étais au téléphone avec Luke.

Elle lève les yeux au ciel et va s'installer du côté du passager. Ce soir, nous allons au *Republic Cask*, un bar à bière. L'endroit est bondé le jeudi soir, les tables sont toutes prises d'assaut. Nous restons donc debout près du bar. Les potes de Joey nous ont rejoints et les tournées se succèdent au point que je suis incapable de me souvenir du nombre de canettes avalées. Toujours est-il que ma tête commence dangereusement à tourner. Je réalise que ce que j'aime dans le pouvoir de l'alcool, c'est cette impression d'invulnérabilité, cette sensation de s'extraire de son corps et d'oublier, pendant quelques heures, le quotidien.

Un ami de Joey a commandé des shooters au caramel. Le serveur dispose des verres grands comme des dés à coudre sur le comptoir. Il les remplit d'un trait de vodka, les arrose de caramel et y met le feu pour le spectacle. Nous les attrapons et une fois que chacun a le sien, les buvons cul sec. C'est délicieux ! Le caramel reste en bouche et la vodka brûle tout sur son passage, c'est un mélange grisant.

La soirée bat son plein et les verres continuent de se remplir… et de se vider. Caroline et Peyton sont dans le même état que moi, ce qui me rappelle la fameuse soirée de la rentrée.

J'écarte ce mauvais souvenir de ma tête ; ce n'est pas très difficile, Joey, lui aussi grisé, fait le show et amuse l'assemblée. Il faut dire que vu notre état d'ébriété avancé, nous sommes plutôt bon public.

Il commande une nouvelle tournée de shooters mais cette fois-ci, il a du mal à passer. Je fais signe à Caroline que je vais prendre l'air cinq minutes et elle m'emboîte le pas. Nous sortons en nous appuyant l'une sur l'autre, ce qui n'est pas très efficace, alors nous pouffons de rire. L'air frais me fait beaucoup de bien. Nous sommes en train de discuter quand je sens quelqu'un me tapoter l'épaule. Je me retourne et découvre Chad, accompagné de Nataly. Les voir ensemble ne m'étonne pas. Je suis tellement désinhibée par l'alcool que j'en oublie ma bonne éducation. Je le prends dans mes bras et le serre comme si nous étions intimes. Je sens qu'il se raidit, mais il ne dit rien. Nous échangeons quelques banalités puis ils entrent tous les deux à l'intérieur, main dans la main. Caroline craque, dévorée de curiosité :

– Tu la connais ?

– Oui, c'est Nataly. Elle est en cours avec lui, elle lui tournait déjà autour quand nous sortions ensemble.

– T'es jalouse ?

– Bien sûr que non !

– Alors tout va bien ?

– Tout va bien.

– Bon, on rentre ?

– Oui, il fait trop froid.

Elle se frotte les bras pour se réchauffer, je la prends par la main et nous rentrons pour braver la foule. Après quelques verres de plus et des fous rires en cascade, la rencontre avec Chad et sa copine est rapidement oubliée. Je ne tiens plus sur mes jambes, je suis obligée de m'appuyer sur Joey qui, lui, est dégrisé, parce qu'il s'est arrêté de boire depuis un bon moment afin de pouvoir conduire. Caroline est stupéfaite de me voir dans cet état.

– Je t'ai déjà vue saoule, mais là, je crois qu'on a franchi une nouvelle étape !

Je ris et ris encore, incapable de m'en empêcher. J'ai du mal à garder les yeux ouverts. Je décide de sortir à nouveau prendre l'air. Caroline veut me suivre mais je lui fais signe que ce n'est pas la peine, je n'en ai que pour cinq minutes. Une fois dehors, je cherche un endroit où m'asseoir, mes jambes ont du mal à supporter le poids de mon corps imbibé d'alcool. Il y a un banc à quelques pas, au bas de l'avenue, je m'y écroule littéralement. J'ai l'impression d'être un énorme morceau de caoutchouc. J'entends des bruits de pas derrière moi mais je suis dans une autre sphère et je n'y prête pas attention jusqu'à ce que j'entende une voix.

– Est-ce que ça va ?

J'ouvre immédiatement les yeux.

Chad se tient debout, devant moi, les mains dans les poches. Je bredouille quelques mots et il comprend rapidement dans quel état je me trouve.

– Est-ce que je peux m'asseoir ?

– Ta copine ne va pas me bondir dessus ?

L'option filtre n'est pas enclenchée lorsque je suis ivre. Je vois bien que ma remarque le met mal à l'aise.

– Elle est restée à l'intérieur.

Je ne réponds rien. Au bout d'un moment, il finit par s'installer à côté de moi. Nous restons là, côte à côte, dans un lourd silence qu'il finit par briser :

– Alors, comment va Luke ?

– Pas très bien mais, s'il te plaît, je n'ai pas envie d'en parler, et encore moins avec toi.

– Pourquoi, pas avec moi ?

– Je suis toujours très gênée après tout ce qu'il s'est passé.

Le silence s'installe de nouveau entre nous et je préfère relancer la conversation.

– Alors ça fait longtemps avec Nataly ?

– C'est tout récent, une dizaine de jours à peine, finit-il par dire.

Je hoche la tête sans rien trouver de mieux à faire.

Je me frotte les bras pour tenter de me réchauffer. Dès qu'il s'en aperçoit, il retire sa veste pour la passer sur mes épaules. Je le remercie d'un regard et profite quelques secondes de la chaleur que cela me procure. Le silence, très inconfortable, s'étire entre nous, comme si nous étions devenus deux inconnus. Chad me dévisage d'une drôle de façon. Un peu plus lucide, je décide de rentrer rejoindre les autres.

– Je... Je... Je vais rentrer. Les autres doivent se demander ce que je fais.

Il acquiesce et se lève à son tour pour m'accompagner, mais lorsque je me relève, sa veste glisse de mes épaules et tombe par terre. On se penche tous les deux pour la ramasser mais Chad est plus rapide que moi. Quand il se redresse, nous ne sommes plus qu'à quelques centimètres l'un de l'autre. Je lui adresse un sourire timide, baisse les yeux et tourne les talons pour regagner l'entrée du bar. Sans crier gare, il attrape mon bras, m'attire contre lui et pose ses lèvres contre les miennes. Ce baiser a un goût de désespoir, de dernière chance et d'audace. Je le repousse alors de toutes mes forces.

– Tu n'aurais jamais dû faire ça !

Puis, bouleversée, je retourne à toute vitesse dans le pub. Je l'entends crier mon nom mais ne me retourne pas.

Quand j'arrive, Caroline remarque mon air contrarié.

– T'as vu un fantôme ou quoi ?

– Non… Non… J'ai juste trop bu…

– Trop bu ? Le mot est faible, t'as vidé la moitié du bar !

Elle se met à rire. Ce qui vient de se passer à l'extérieur m'a fait dessaouler en un temps record. *Mais qu'est-ce qu'il lui a pris ?* J'espère que ce souvenir se perdra dans l'épais brouillard de ma gueule de bois.

★★★

Il est déjà quatre heures et je dois me lever dans deux heures. Joey me dépose devant la résidence. Je regagne ma chambre en repassant cette soirée en boucle. Mais la seule chose qui m'obsède, c'est : dois-je le dire à Luke ? C'était un baiser sans importance mais pas sans signification. Il y a différents baisers : « baiser d'adieu », « baiser de réconciliation », « baiser passionné », mais celui-là entre clairement dans « baiser de la honte ».

Le réveil a dû sonner au moins vingt fois avant que je finisse par l'entendre. Afin de me délasser et de me laver de cette nuit de tous les péchés, je file sous la douche. De retour dans ma chambre, je prépare mes dernières affaires pour que tout soit prêt pour mon départ après les cours.

Je rejoins Caroline à la cafèt' ; sa tête est aussi déconfite que la mienne. Elle touille son café, distraite, l'air encore endormie.

– Il va me falloir plus d'un café pour me tenir éveillée aujourd'hui, surtout que j'ai cours avec madame Jacobs, *Morticia* de l'histoire de l'Art, m'explique-t-elle, le buste à moitié affalé sur la table, la tête posée sur sa main.

– Pour moi aussi, les cours, ça va être un enfer aujourd'hui.

D'un seul coup, elle se redresse, on dirait que quelque chose vient de la tirer de sa sieste improvisée.

– Qu'est-ce qui s'est passé hier soir avec Chad, dis-moi ?

Sans que je puisse le contrôler, le rouge me monte aux joues.

– Qu'est-ce que tu veux dire ?

– J'avais bu, mais je tiens bien mieux l'alcool que toi, je l'ai vu te suivre dehors quand tu es sortie prendre l'air. Tu n'es revenue qu'un siècle après. Alors ?

Elle pointe sa cuillère dans ma direction, la fait tournoyer tout près de moi, l'air accusateur.

Je baisse les yeux sous le poids de la culpabilité et prends une profonde inspiration.

– Il m'a embrassée…

– Il t'a… quoi ?

Elle a parlé tellement fort que les deux filles derrière nous se retournent.

– Mais chuuttt !!! Moins fort !

Caroline se ressaisit, se courbe légèrement et fait l'effort de chuchoter cette fois :

– J'en étais sûre ! Tu aurais dû voir ta tête quand tu es revenue.

Je ne sais pas quoi dire. Elle poursuit son inquisition.

– Tu vas le dire à Luke ?

– Telle est la question… J'ai le sentiment de l'avoir trahi alors que je n'ai pas rendu ce baiser à Chad. Je n'ai pas compris pourquoi il a réagi comme ça, je reconnais ne pas lui en avoir laissé l'occasion mais j'étais sous le choc. Je te jure que je n'ai rien fait pour provoquer ça !

– Je te crois.

– Tu ferais quoi à ma place ?

– Si ça n'a aucune importance, ce qui a l'air d'être le cas, tu devrais glisser ça sous le tapis. À quoi bon lui faire du mal inutilement ?

– T'as peut-être raison… dis-je sans grande conviction.

– Les vacances tombent à point nommé !

– Absolument.

Nous finissons de déjeuner tranquillement. Devant la cafèt', il est temps de nous dire au revoir. Nous nous étreignons longuement, un dernier bisou, et nous partons en cours, en nous promettant de nous donner des nouvelles.

La journée se termine enfin, je prends mes affaires, avec une seule envie : retrouver Luke.

Lorsque j'arrive chez ses parents, je le trouve en train de regarder tranquillement la télé dans le salon. Dès qu'il m'aperçoit, un sourire radieux illumine son visage. Il s'approche de moi et me prend tout de suite dans ses bras. Il m'embrasse intensément, oubliant jusqu'à la présence de John et Meredith. Le rouge me monte aux joues dès qu'il me relâche. Je les salue en essayant de masquer ma gêne et nous montons dans sa chambre pour boucler les derniers préparatifs. Je n'ai pas passé le seuil de la porte que les questions fusent.

– Alors, cette soirée, c'était comment ?

– Sympa… On a dansé, ri aussi, mais on a surtout beaucoup bu.

– Ça t'a fait du bien ?

– Oui, on a même dû sortir à un moment pour essayer de reprendre nos esprits avec Caroline, c'est là que nous sommes tombés sur Chad et Nataly et…

– Chad était là ?

– On l'a simplement croisé de manière fortuite.

– Vous avez discuté ?

– On a simplement échangé des banalités, dis-je d'un air détaché.

Luke reste un instant à jauger mes réactions mais je fais mine d'être concentrée sur le pull que je suis en train de plier. Il ne dit rien et m'aide à finir de ranger ses affaires dans sa valise.

Ensuite, nous nous allongeons sur le lit et discutons de nos projets à Paris. Seulement, le voyage jusqu'à Madison, la soirée de la veille ainsi que la perspective de la journée de demain m'épuisent, et je sombre dans un profond sommeil.

Au petit matin, c'est Luke qui me réveille.

– Allez mon ange, debout ! Je t'ai laissée dormir autant que j'ai pu, maintenant il est temps d'y aller !

Je me frotte les yeux et tente de rassembler mes esprits. L'appel de l'oreiller est plus fort, je m'apprête à reposer ma tête, mais il m'en empêche.

– Allez, debout !

Luke s'agite comme une pile électrique. Il va et vient dans la chambre sans s'arrêter. Je l'oblige alors à s'asseoir près de moi.

– Hé ! Est-ce que ça va ?

– Je suis un peu tendu.

– Je vois ça. Mais tu n'as pas à t'en faire, tout est prêt, il ne reste plus qu'à tout charger dans la voiture. Ça va aller, hein ?

– Ce n'est pas le départ qui m'angoisse, c'est le rendez-vous. J'appréhende un peu…

– Je comprends, mais tu n'es pas tout seul. Tes parents sont avec toi, je suis avec toi, tout va bien se passer.

Il hoche la tête, peu convaincu, et m'embrasse sur le front.

– Je suis content que tu fasses partie du voyage.

– Moi aussi.

– Paris est une ville romantique. J'aurais préféré t'y emmener dans d'autres circonstances, mais Paris restera toujours Paris.

– Exactement.

J'ai l'impression que cet échange l'a un peu détendu. Moi aussi j'angoisse, mais inutile de le lui montrer, ça ne lui rendrait pas service, au contraire. On mise tellement sur ce rendez-vous, j'espère sincèrement que quelque chose de positif va en sortir.

Nous rejoignons ses parents dans la cuisine. Sa mère aussi est sur les nerfs, et d'après ce que je comprends, c'est son père qui en fait les frais. C'est une dure journée qui s'annonce pour tout le monde. Le voyage risque d'être infernal.

À l'aéroport, son père nous dépose devant notre porte d'embarquement et nous en profitons pour aller nous enregistrer. Puis nous décollons rapidement pour huit heures de vol. Une idée me trotte dans la tête depuis un bout de temps, Luke remarque mon air absent.

– Qu'est-ce qu'il y a ?

– Je voudrais juste savoir... Y a-t-il quelque chose que tu tiens absolument à faire pour ne jamais avoir de regrets ?

Ma question le surprend et il se met à y réfléchir.

– Honnêtement, je ne sais pas. Je n'y ai jamais trop pensé. Et toi ?

Je rougis aussitôt, sachant très bien la promesse que je me suis faite. Je prends mon courage à deux mains et lui confie :

– Je me suis toujours dit qu'un jour il faudrait que je vienne te voir et que je t'avoue enfin mes sentiments pour ne plus jamais me poser de questions et nourrir ma déception avec des « Et si je l'avais fait ? », mais j'ai réussi et tu m'as donné bien plus que ce que j'espérais.

Luke rayonne et resserre son étreinte. Nous nous endormons finalement l'un contre l'autre, comblés par l'amour singulier qui nous unit.

La voix du pilote qui annonce la descente sur Paris me sort de mon sommeil.

Nous avons fait bon voyage, nous récupérons nos sacs et prenons la direction de l'hôtel choisi par ses parents, le *Villa Lutèce Port Royal*, qui se situe dans le treizième arrondissement de la capitale, pas très loin de l'hôpital, et est idéal pour faire un peu de tourisme. C'est un hôtel très élégant, moderne et décoré avec goût.

Nous prenons possession de nos chambres. Il est onze heures, ici, mais cinq heures à Madison. La fin de cette journée est surtout consacrée au repos de Luke, il en a vraiment besoin après ce long voyage.

Il doit être en forme pour son rendez-vous avec le médecin. On se contente donc d'un tour dans le parc pas très loin et de dîner avec ses parents avant d'aller se coucher de bonne heure.

Dès sept heures trente, Luke trépigne d'impatience alors que son entrevue n'est qu'à neuf heures. Rien n'apaise sa nervosité, nous décidons donc de partir en avance pour faire taire ses angoisses. Mais dans le couloir de l'hôpital, il ne cesse de faire les cent pas. Personne ne dit mot, plus les minutes passent et plus nous sommes gagnés nous aussi par l'anxiété.

La secrétaire du médecin appelle Luke une première fois pour remplir son dossier. Luke rencontre des difficultés car le questionnaire est en français, donc son père l'assiste pour y répondre correctement. J'ignorais que John parlait couramment cette langue, je suis impressionnée par son aisance. Une fois le dossier transmis, on appelle Luke pour lui faire passer son IRM. Les résultats sont directement transmis au médecin et nous attendons patiemment qu'on nous invite à voir le professeur. Quand la secrétaire nous autorise enfin à regagner son bureau, nous y entrons tous les quatre. Le docteur Delattre nous serre la main tour à tour et nous fait signe de nous asseoir. Il me paraît chaleureux, pour un homme en blouse blanche. Il s'assied en face de nous, consulte le dossier de Luke un instant pendant que le silence dans la pièce devient assourdissant. Mon cœur s'accroche à un espoir qui meurt dans ses yeux. Luke me broie la main et j'ignore s'il s'en rend compte, son regard est braqué sur le médecin à la recherche d'optimisme.

– J'ai étudié votre dossier médical, monsieur Austin. Je comprends que vous ayez demandé un deuxième avis, c'est ce qu'on préconise toujours dans le milieu médical. Monsieur Tottenham, qui vous suit à New Haven, est un oncologue réputé. Sachez que vous êtes entre de bonnes mains avec lui. Au regard de votre glioblastome, le traitement préconisé était le bon.

– Le docteur Tottenham nous a parlé d'une opération si la chimio réussissait à réduire la taille de la tumeur, qu'en est-il ?

– Les résultats ne sont pas bons, le glioblastome a progressé de plusieurs millimètres.

Le docteur Delattre parle parfaitement notre langue et chaque mot qu'il prononce me glace le sang, consume mon âme et déchiquette mon cœur. Meredith laisse échapper un sanglot, John se passe la main sur la bouche sans doute pour s'empêcher de craquer, et je refuse de regarder Luke pour ne pas lui montrer que je suis sur le point de sombrer.

Le professeur essaie de parler avec tact, de ne pas nous assommer avec son jargon médical.

– Quand le docteur Tottenham vous a proposé de me rencontrer, il pensait que la chimiothérapie aurait diminué la masse. Seulement aujourd'hui, ce n'est pas seulement la tumeur, le problème. Il y a des métastases dans le rachis et des cellules malignes dans le liquide céphalo-rachidien, c'est pour cette raison que la chimiothérapie n'a pas fonctionné. Ces cellules passent dans le sang et luttent contre le traitement. Mon confrère, le professeur Olivier Chinot, travaille sur un test clinique. Je ne suis pas censé vous en parler parce que les premiers essais en laboratoire viennent de se terminer et il en est au stade de tester ce nouveau traitement sur des patients. Le docteur Chinot vient à Paris après-demain pour nous parler de son travail et je vous conseille vivement de le rencontrer. J'ignore si votre cas est un bon profil pour cet essai, c'est pour ça que vous devriez le voir. Je ne vous promets rien, seulement une fenêtre ouverte quand toutes les portes se referment.

Sans même se consulter, les parents de Luke prononcent un « oui » en chœur. Luke reste muet, sa main glacée dans la mienne.

– Combien de temps ? demande Luke froidement.

– Six mois, douze tout au plus, lâche le médecin, à regret.

La nouvelle s'abat sur nos espoirs comme la lame aiguisée d'une guillotine. Le professeur nous explique les traitements à venir, parle de chimiothérapie, radiothérapie.

Toutes les armes existantes pour permettre à Luke de se battre. Le docteur Delattre finit par nous saluer et nous sortons de cet entretien, un nuage gris au-dessus de nos têtes. Faut-il miser tous nos espoirs sur le rendez-vous mercredi ? Reste-t-il vraiment une once d'espoir ?

Personne ne dit mot jusqu'à l'hôtel, chacun espérant que le temps nous aidera à digérer la nouvelle. Dans notre chambre, je me retrouve à présent seule avec Luke. En silence, il entre dans la salle de bains et j'entends l'eau couler. Je me jette alors sur Internet à la recherche de réponses. Certains messages me font pâlir et d'autres me donnent envie de m'accrocher à la médecine et à ses technologies innovantes. Après avoir consulté plusieurs pages, je décide de refermer mon ordinateur en ne gardant que le positif de mes recherches. Les miracles, ça existe !

L'eau coule encore et Luke semble toujours muré dans son silence. Je frappe doucement à la porte et lui demande l'autorisation d'entrer mais il ne me répond pas. Après deux tentatives, inquiète, j'entre malgré tout. Au milieu de la buée, je le découvre assis par terre, la tête dans les genoux, laissant l'eau (et peut-être bien plus encore) le submerger.

– Luke, est-ce que ça va ? demandé-je, en m'approchant lentement.

Il relève la tête. Ses yeux larmoyants et sa vulnérabilité nue me nouent la gorge.

– Je vais mourir ! Je vais tout commencer sans jamais rien terminer ! J'ai goûté à la vie du bout des lèvres et tout va s'éteindre. Je vais sombrer dans la nuit noire pour l'éternité, seul. Je vais laisser tout ce que j'aime sans rien emporter. J'ai peur ! J'ai tellement peur ! Je voudrais me dépêcher de t'aimer, de te faire un enfant, de te bâtir des souvenirs immuables que tu pourrais raconter à nos petits-enfants, assise dans ton rocking-chair. Mais à quoi bon ? Je ne serai jamais là pour vivre tous ces instants. Yale, j'ai tellement peur, si tu savais… sanglote-t-il en posant sa tête humide dans le creux de mon épaule.

Je reste là, suspendue à ses larmes. Je le laisse vider ses peurs, son amertume et son désespoir sur moi, sans ciller. Je n'essaie pas de le rassurer, de le contredire ou de lui conter une belle vie. J'ai foi en lui, en notre amour, seulement ces derniers mois ont été éprouvants pour lui. Il a encaissé des coups et il a serré les dents pour ne jamais rien laisser paraître alors que ça le détruisait à l'intérieur. Aujourd'hui, c'était la goutte de trop. Il n'a pas besoin que je lui dise que tout va bien aller, que la rémission existe, que son espérance de vie est plus longue que ce qu'il croit. Non, ce dont il a besoin maintenant, c'est de vider son sac, de laisser parler sa douleur, sa détresse et sa désolation, ses sentiments qu'il garde enfouis au plus profond pour nous préserver coûte que coûte. Luke a le droit d'avoir peur, d'avoir mal et de céder parfois. Je suis là pour recoller les morceaux. *Je serai toujours là.*

Quand il se calme enfin, je l'aide à se relever. Je le sèche tandis qu'il reste immobile, et puis je passe son bras au-dessus de mon épaule et je l'aide à s'allonger sur le lit. Je le laisse nicher sa tête dans mon cou, je l'observe alors que sa respiration devient sifflante. *Il est tellement beau, tout contre moi.* Je dépose un dernier baiser sur son front et éteins la lumière.

Après cette sieste improvisée, je comprends très vite qu'il faut quitter ces murs. Luke a besoin d'air et moi aussi. Quand il se réveille, il me semble reposé, mais il reste silencieux. Je m'active en espérant lui communiquer mon énergie. Luke s'agenouille au bord du lit et me prend dans ses bras.

– J'ai craqué mais ça n'arrivera plus.

– Au contraire, pleure, crie, frappe si ça te chante, mais ne retiens pas ces angoisses qui te gangrènent. Tu es ma force et je suis la tienne, tu te souviens ? Je te connais et je sais que tu vas te battre. Tu vas défier les statistiques et les diagnostics. Je suis ta rage de vivre !

– Tu as raison, je peux très bien vivre avec une tumeur de la taille d'une balle de ping-pong dans la tête.

– Je suis sûr que c'est ce qui te rend intelligent.

Luke esquisse un sourire, ce n'est pas grand-chose mais c'est mon tout.

★★★

J'ai réussi à le décider à sortir de cet hôtel, nous déambulons à présent dans les rues de Paris main dans la main. Sur les quais de Seine, nous observons les Bateaux-Mouches passer et je ne peux m'empêcher de jeter un regard dans sa direction pour jauger son moral. Même s'il semble se détendre tout doucement, j'aimerais tellement le détourner de ses pensées obscures ; une idée me vient alors.

– C'est quoi mon cadeau ?

– Ton cadeau ?

– Noël est dans quelques jours…

– Je ne sais pas encore. Et moi, c'est quoi ? demande-t-il alors que je vois enfin naître une lueur dans son regard.

– Il se pourrait bien que j'aie des projets, en effet… Il faut que je trouve où l'acheter, mais surtout que tu aies le dos tourné ! plaisanté-je.

Il s'arrête, m'attire dans ses bras et me serre avec force. Je sens son cœur battre contre le mien, son énergie se mêle à la mienne. Luke m'attrape le menton et relève mon visage pour joindre ses lèvres aux miennes. Dans ce baiser se déverse tout ce qu'on ne dit pas, nos peurs, nos désirs, nos rancœurs, nos nécessités.

Puis notre promenade nous emmène vers le Quartier latin. Préférant manger un sandwich pour poursuivre notre découverte, nous continuons à déambuler dans les rues, le nez toujours en l'air à nous extasier des monuments sur notre passage. Luke semble aussi sous le charme et j'espère que cette escapade à deux lui permettra d'alléger le poids sur ses épaules, ne serait-ce qu'un instant.

Le soleil décline et le temps se rafraîchit quand nous rentrons à l'hôtel. Paris est déjà plongé dans l'obscurité. Épuisés, on se couche sans attendre. Juste le temps de se promettre de se séparer demain pour choisir nos cadeaux respectifs et nos yeux se ferment aussitôt.

Quand je pars, Luke n'est pas réveillé. Je ne me lasse pas de le regarder dormir. Je l'embrasse tendrement mais il ne sourcille même pas. Il me faut la matinée pour trouver mon bonheur et je suis plutôt satisfaite de moi. Luke a sans doute dû avoir plus de difficultés car, lorsque j'arrive vers midi, il n'est toujours pas rentré.

Cet après-midi, avec les parents de Luke, nous avons décidé de visiter le château de Versailles et le jardin des Tuileries. Nous en prenons plein les yeux, chaque pièce, chaque tableau qui se dresse devant nous chasse un peu plus les idées noires de l'homme que j'aime.

Seulement, après cette journée marathon, lorsque nous rentrons à l'hôtel, chaque minute qui passe nous rapproche un peu plus de son rendez-vous de demain et Luke s'assombrit petit à petit. On se couche dans le lit, tous les deux dans l'obscurité, je l'entends presque penser.

– Arrête de réfléchir ! Tu n'es pas médecin, ça ne sert à rien d'imaginer des tas de scénarios tant que nous n'avons pas rencontré ce professeur. Est-ce que je t'ai dit que j'ai lu sur Internet qu'un homme a réussi à vivre huit ans avec la même balle de ping-pong que la tienne dans la tête ?

– Comment fais-tu ?

– De quoi tu parles ?

– Comment fais-tu pour garder ton optimisme au zénith ?

– Il suffit que je te regarde. Je suis prête à déplacer des montagnes, à décrocher la lune si tes yeux continuent de briller… Ne pense pas à l'issue mais seulement à nous, à cet amour devenu un véritable moteur pour continuer d'avancer. J'écoute mon cœur juste une minute et je m'interdis de jeter l'éponge, je puise dans mes sentiments indéfectibles pour faire un pas après l'autre et tu y es très bien arrivé jusqu'à présent. Peu importe ce que dira le docteur demain, je suis là, et toi aussi. On suivra les protocoles pour optimiser nos chances, mais contrairement à d'autres, notre avenir, c'est notre présent. À nous de le rendre beau, intense et unique. Y a que ça qui compte.

– Je t'aime, Yale. Deux mots, courts, simples mais tellement insuffisants. Deux mots qui sont une véritable boîte à bijoux, toute la valeur, la grandeur de mes sentiments à ton égard sont cachés dans ces deux petits mots : je t'aime.

– Je t'aime, Luke.

Un baiser suffit à faire grimper la température entre nous. Mais pas question de céder au péché originel.

– Encore un peu de patience, monsieur Austin.

– Peut-être que si je glissais ma tête entre tes jambes, tu serais obligée d'abandonner ?

– Je ne te laisserai jamais aller jusque-là.

Luke se joue de moi, il se redresse sur le lit, prêt à en découdre, mais la dernière carte dans ma manche finit par faire redescendre la pression.

– Tente, et si le médecin me donne le feu vert, je prolonge ma chasteté d'un mois supplémentaire.

– Tu ne tiendras jamais !

– Tu veux parier ?

Son regard est sans équivoque mais le doute s'est installé, il se rallonge près de moi dans un soupir.

– C'est bien, mon chéri. Tu sais être raisonnable quand il faut… me moqué-je.

– Sadique !

***

Le lendemain, le professeur Delattre nous reçoit dans une salle de réunion cette fois accompagné du professeur Chinot. Un homme bien plus jeune que le premier médecin, quarante-cinq ans tout au plus. Ils nous serrent la main et nous invitent à nous installer, ce que nous faisons tandis que les deux hommes lancent un diaporama.

– L'image que vous voyez ici, c'est votre cerveau, Luke. Votre tumeur est logée ici, à gauche. C'est ce qu'on appelle la zone temporale. La distance entre celle-ci et les cellules souches neurales au centre du cerveau est infime. C'est pour cette raison que votre glioblastome est inopérable ; l'issue serait fatale, quelle que soit la manière de s'y prendre. C'est pour ça que le docteur Tottenham vous a prescrit plusieurs séances de chimiothérapie, pour diminuer sa taille, seulement on ignorait jusqu'à votre dernière IRM que les cellules cancéreuses envahissaient le tissu sain et étouffaient les cellules qui se nécrosent, raison pour laquelle la chimiothérapie était insuffisante. Nous ne pouvons pas pratiquer d'acte chirurgical, cependant nous pouvons associer de nouvelles séances de chimiothérapie et de radiothérapie avec de l'Avastin. C'est un médicament déjà bien connu pour d'autres types de tumeurs mais qui doit encore faire ses preuves sur ce cancer particulièrement agressif. Nous estimons cependant à moins de trente-six pour cent le risque de mortalité, ce qui est déjà considérable.

– Quels sont les effets secondaires ?

– Il faut savoir que seuls cinq pour cent des patients subissent ces effets secondaires.

Le professeur Chinot énonce les différents effets : perte de cheveux, de sensibilité, je décroche quand il parle de motricité. Cette maladie ne se propage pas seulement dans son sang, elle gagne aussi ses parents, moi. Le médecin ne vient-il pas de dire de manière détournée que nous empruntions une voie sans issue ? *Où est donc mon miracle ?* Ce traitement innovant ne va servir qu'à abréger sa vie, déjà trop courte. Comment contrôler mon corps qui refuse d'admettre l'inacceptable, mon cœur qui s'émiette à cette nouvelle, et tout ça sans jamais rien laisser paraître ? J'étais venue ici pour rencontrer des chirurgiens de génie, des acharnés du bistouri, prêts à tout pour sauver une vie, et je me retrouve avec de l'Avastin en intraveineuse, un poison pour en tuer un autre. Les professeurs continuent de parler mais à présent j'ai des acouphènes, comme si mon corps faisait barrage pour ne plus rien entendre. Je refuse de penser que Luke va s'éteindre comme la flamme d'une bougie. Ce n'est pas notre histoire, ce n'est pas la fin qui était écrite.

L'entretien se termine et nous sortons de là complètement abattus. Je n'ai plus les mots pour consoler Luke ni ses parents, d'ailleurs, je ne les trouve pas pour me consoler moi-même. En existe-t-il vraiment ? Nous grimpons dans un taxi et rentrons à l'hôtel. Distraite pendant la durée du trajet, je reviens à la réalité quand Luke prévient ses parents que nous avons quelque chose à faire tous les deux avant de rentrer. Je le regarde, interdite, mais il ignore ma réaction pour se concentrer sur le chauffeur.

– La tour Eiffel, s'il vous plaît.

La tour Eiffel, maintenant ? Mais qu'est-ce qu'il lui prend ? Luke garde une mine grave et ne dira rien de plus jusqu'à ce qu'on arrive. Lorsque le taxi s'arrête, la Dame de fer brille de mille feux. La vue serait absolument magnifique si elle n'était pas gâchée par notre dure réalité. Je sors sans grande conviction, Luke paie le chauffeur et me rejoint. Il me prend par la main, m'emmène en dessous et s'arrête net.

– Qu'est-ce qu'on fait là, Luke ?

– Je sais que Noël est dans deux jours mais je crois que le bon moment pour te l'offrir, c'est maintenant.

– Ta balle de ping-pong touche le lobe frontal, non ?

– Je n'ai plus envie d'attendre.

Il me tend une boîte carrée emballée dans du papier cadeau noir avec un joli nœud bleu turquoise. Machinalement, je la détaille, la secoue pour comprendre pourquoi un si petit truc ne peut pas attendre.

– Comme tu voudras, mais sache que le mien, tu l'auras à la date prévue.

– Entendu. Bon, tu l'ouvres, maintenant ?

Je défais le nœud, déchire l'emballage et ouvre enfin le couvercle. Quand je découvre l'intérieur, je lève aussitôt les yeux vers Luke. Je sors ce qui ressemble beaucoup à une étiquette. Confuse, je lis ce qui est inscrit : « Austin ». Je ne saisis pas l'allusion et Luke s'en rend parfaitement compte.

– C'est une étiquette, dit-il simplement.

– J'avais remarqué mais le message est trop subtil pour moi.

– Tu te souviens de ce que tu m'as dit dans l'avion ?

– On a parlé d'un tas de choses durant le voyage. Sois plus précis !

– Tu m'as demandé ce que je désirerais faire le plus au monde pour n'avoir rien à regretter.

– Oui, c'est exact. Mais quel est le rapport avec cette étiquette et ton nom inscrit dessus ?

– Eh bien… J'aimerais que tu portes mon nom, avoue-t-il en glissant ses mains dans ses poches.

J'ai peur de comprendre. Je deviens livide, mes yeux s'arrondissent de stupéfaction.

– Est-ce que tu me demandes ce que je crois que tu me demandes ?

– Yale, veux-tu devenir ma femme ?

Je reste plantée là, bouche bée, à la recherche d'un gramme d'air.

– Je peux aussi mettre un genou à terre, si tu préfères…

– Non… Inutile… Je… Tu…

Rien de cohérent ne sort de ma bouche. Je marche nerveusement pour essayer de rassembler mes esprits. Luke m'attrape par la main et m'attire contre lui.

– Je sais que c'est la panique à bord mais tu as entendu ce qu'ont dit les médecins… Je ne veux pas partir sans avoir un bout de toi, je veux que tu sois ma femme. Je veux avoir mon alliance à ton annulaire et me souvenir, de l'autre côté, ce que cette bague représente pour nous.

– Luke, tu ne fais pas ça pour les bonnes raisons, tu es sous le choc et…

– Je t'aime. Je sais que c'est toi, je t'aurais demandé de m'épouser dans dix ans mais on n'a pas dix ans, on a dix mois si la vie veut bien m'offrir ce sursis.

– Moi aussi, je t'aime, mais je suis un peu prise au dépourvu…

– Je n'ai pas dit que j'allais t'épouser demain, on est à Paris, pas à Las Vegas, mais réfléchis-y, d'accord ?

– Très bien. Et si on rentrait ? Parce que j'ai eu mon lot d'émotions fortes aujourd'hui.

– Allons-y, dit-il en m'embrassant sur le bout du nez.

Je suis secouée, abasourdie par ce qu'il vient de se passer. J'ignore comment aborder le problème. Luke m'a promis d'être patient. Il accepte que nous n'en reparlions que lorsque je me sentirai prête. Il faudrait que je parte faire une retraite dans un monastère pour trouver la réponse à cette question. Et encore…

La veille de Noël, je lui offre enfin mon cadeau, bien moins éblouissant que le sien. Il s'agit d'une chaîne à gros maillons en argent avec un pendentif spécialement créé pour lui, c'est un L et un A entrelacés. Lorsqu'il la passe autour du cou, je suis satisfaite de mon choix. C'est LA touche qui le rend diablement sexy. L'admirer, torse nu, ses abdos si bien dessinés et ce caleçon qui tombe à la perfection, je le dévore des yeux !

Chapitre 10

Nous sommes dans le hall d'embarquement de l'aéroport Paris-Charles-de-Gaulle, notre séjour touche à sa fin. Nous repartons, maussades, souhaitant tous, au fond de nous, que nos âmes désespérées trouveront la force d'aller de l'avant. Le professeur Chinot va transmettre son compte rendu au docteur Tottenham. Il préconise six nouvelles semaines de chimiothérapie. Luke tient malgré tout à reprendre les cours, le médecin n'y voit aucune objection tant qu'il s'en sent capable, mais il lui a rappelé que l'issue reste les soins palliatifs, élément qu'il nous a expressément demandé de garder à l'esprit. *Comment oublier ?*

De mon côté, j'ai réussi à m'entretenir avec le médecin, je me souviens très bien de la gêne que j'ai ressentie quand j'ai dû lui poser la question concernant notre activité… disons « physique ». J'ai apprécié sa façon rassurante de m'expliquer que, au contraire, ce sont des choses qui font partie de la vie qui peuvent lui faire le plus grand bien. *Ça, je n'en doute pas !*

Pendant que nous patientons, nous discutons de nos dix jours passés en France. Tout le monde met un point d'honneur à souligner que la gastronomie française va nous manquer.

Luke et moi n'avons pas reparlé de sa demande en mariage. Il respecte mon besoin de réfléchir mais chaque fois que j'y repense, je ne peux m'empêcher de me dire que si je dis oui, j'accepte aussi le fait qu'il va mourir. Dans d'autres circonstances, Luke n'aurait pas eu ce désir, pas tout de suite, pas comme ça. Je refuse de lui donner LA raison de partir, je veux être LA raison pour laquelle il se bat. Je veux qu'il prouve à la médecine son erreur de diagnostic. Un homme a réussi à vivre huit ans avec un pamplemousse dans la tête, Luke va bien réussir à vaincre une balle de ping-pong !

⋆⋆⋆

L'avion décolle. Paris garde jalousement les espoirs et les illusions que nous avions en arrivant. Peu importe, j'en créerai d'autres et je sens monter en moi ce regain de force que j'attendais tant. On va se battre !

Luke me prend dans ses bras et interrompt mes pensées.

– Je suis content de rentrer.

– Pareil pour moi.

– J'aimerais qu'on retourne à l'université dès demain. J'en ai un peu marre de rester chez moi et de laisser cette balle de ping-pong occuper tout mon esprit.

– Comme tu veux.

Luke se penche sur moi dès que les signaux lumineux des ceintures de sécurité s'éteignent.

– Et si on faisait ça dans l'avion ?

Son regard brûlant transmet le message à la perfection. Une vague de chaleur m'envahit aussitôt. L'idée m'excite mais la peur prend le dessus. Quand je l'observe, ses yeux se sont embrasés et une lueur de malice brille dans ses pupilles.

Je chuchote pour éviter que les autres passagers, autour de nous, ne nous entendent. Et puis ses parents sont juste derrière nous.

– T'es complètement fou ! On pourrait nous surprendre.

Rien qu'à l'idée de me laisser convaincre, je rougis.

– Fou de toi, ça oui ! Et puis, c'est ça le piment du couple ! Je pars le premier et tu me rejoins dans cinq minutes, OK ?

Il s'apprête à se lever de son siège, j'essaie de le rattraper pour le faire rasseoir. J'échoue lamentablement et il éclate de rire. Je le reluque en train de se déhancher tranquillement dans l'allée qui le mène aux toilettes. Puis j'observe les gens autour de moi avec cette horrible impression que tout le monde sait ce que nous nous apprêtons à faire. Je ne vais pas y aller, quand même ? Je n'ai pas beaucoup de volonté, et surtout j'en meurs d'envie.

Les cinq minutes se sont largement écoulées, je me lève à mon tour l'air de rien et pars le rejoindre. Je caresse la porte pour ne pas éveiller les soupçons. Les toilettes ne sont pas très loin de l'office d'où vont et viennent les hôtesses pour ravitailler leur chariot. Ça rajoute une touche de piquant supplémentaire à la situation, il faut bien l'admettre. Luke ouvre la porte et me tire rapidement à l'intérieur. L'espace est très réduit, il y a très peu de place entre la cuvette et le lave-mains. Luke a les yeux enfiévrés et une respiration haletante.

– Il faut faire vite ! On n'a pas le temps pour des préliminaires.

Sa sollicitude me fait sourire. Je crois qu'on n'en aura pas besoin, l'excitation du moment et l'abstinence de ces dernières semaines suffisent à me faire mouiller en un rien de temps. Il baisse mon jean brusquement, c'en est presque douloureux. Ma culotte suit le même chemin, Luke ne prend même pas la peine de baisser le sien. Il déboutonne juste un peu le haut afin de sortir son sexe. Il l'a déjà couvert d'un préservatif. *Prêt à l'action !* Il m'assied sur le lave-mains. Je passe mes jambes autour de lui et il me pénètre sans attendre. La sensation est exquise.

– Je préfère te prévenir, ça va être rapide.

Il ne me faudra pas longtemps non plus pour jouir vu l'état dans lequel je suis. Il continue son assaut et je finis par lui mordre la clavicule pour étouffer mes cris, tandis que Luke enfouit sa tête dans mes cheveux pour masquer les siens. Nous nous rhabillons rapidement. Luke sort le premier, je reste quelques secondes devant le miroir à essayer de faire disparaître cet air «j'ai pris un pied d'enfer» de mon visage. Quand je sors enfin, je croise une hôtesse qui m'adresse un large sourire. Je pense tout de suite qu'elle a compris, ou pire, entendu ce qu'il se passait derrière la porte. Une vague d'angoisse monte en moi que je fais taire en me disant que je ne la reverrai plus jamais. Je serai juste une anecdote de plus qu'elle ramènera d'un de ses voyages.

Quand je reprends place à côté de Luke, je lance un regard autour de nous, je n'ai pas l'impression qu'on ait remarqué notre absence. Il me presse la main avec un sourire amusé. C'est sa façon à lui de me remercier. Il s'approche doucement.

– Merci, tu viens d'assouvir un de mes fantasmes.

– Tout le plaisir était pour moi, on n'est pas partis depuis longtemps, donc on pourrait peut-être recommencer… dis-je en souriant.

– Tu n'es jamais rassasiée, on dirait.

– De toi ? Jamais !

Cette petite partie de jambes en l'air, *c'est le cas de le dire*, nous a détendus et le vol se passe sans encombre. Bien sûr, nous ne réitérons pas l'expérience : toujours rester sur une bonne impression. On reste très sages jusqu'à l'atterrissage.

Dès samedi matin, Luke a tenu à rentrer à l'université. Je ne suis pas contre, j'ai très peu travaillé pendant nos vacances, sans parler de mes absences à répétition. Moi qui ai l'habitude d'avoir de l'avance dans mon travail, c'est bien la première fois que j'amasse autant de retard.

Le retour vers Yale se fait dans la bonne humeur, avec une musique de fond dans les oreilles. On chante en chœur et à tue-tête *Blurred Lines* de Robin Thicke, les vannes sont lâchées, la folie l'emporte et cette sensation est exquise. Quand nous arrivons enfin sur le parking du campus, nous décidons chacun de retourner dans nos chambres respectives ; nous nous retrouverons mieux ce soir. J'ai un pincement au cœur en rejoignant cet endroit et tout ce qui va avec. Il me manque déjà. Je range vite mes affaires et commence à étaler mes bouquins autour de moi. Il faut à tout prix que je bosse. Quelques minutes plus tard, je jette un coup d'œil à mon téléphone, où je trouve plusieurs messages de Luke.

Tu me manques déjà !

Tu me diras quand je pourrai passer te voir.

Allô !?

Je souris bêtement en les lisant. Je suis sur le point de lui répondre quand on frappe à la porte.

– Salut mon ange ! lance-t-il en ouvrant la porte sans attendre. J'ai à peine le dos tourné que tu ne réponds déjà plus à mes messages ?

– Je me suis mise à travailler et je n'ai pas vu le temps passer. Je viens à peine de les lire mais j'étais sur le point de te répondre.

– Plus besoin, je suis là. Ton adorable coloc n'est pas rentrée ?

– Non, et je ne m'en porte pas plus mal !

– Ça veut dire que je peux dormir avec toi ce soir ?

– Qui ne peut plus se passer de qui, maintenant, hein ?

– Une présence masculine avec tous ces fous qui rôdent, c'est plus prudent…

– Ben voyons !

Luke s'approche, se colle contre moi et chuchote à mon oreille :

– J'aime te voir en petite tenue, mais ce que j'aime par-dessus tout, c'est pouvoir abuser de toi dès que l'envie m'en prend. Alors, c'est oui ?

– C'est oui, murmuré-je à mon tour en posant mes lèvres sur les siennes.

– Bien. Quel est le programme, ce soir ?

– Je dirais qu'entre le jet lag et la montagne de travail en retard accumulée, l'idéal serait pizza et film.

– Va pour une soirée pizza-film, mais je choisis le film !

Luke lance *Joker*, mais à peine à la moitié du film, nous sombrons dans un profond sommeil.

Nous restons dans ma chambre toute la journée du dimanche à travailler. Il peut être sérieux quand il veut ! En fin d'après-midi, le cerveau en surchauffe, je propose une pause. Lorsque je relève la tête, Luke est déjà en train de me fixer, son regard lubrique présage qu'il a une idée derrière la tête. Il se lève du bureau, s'approche lentement de moi sans détacher une seule fois son regard du mien, ses yeux brillent d'excitation. Il se place derrière ma chaise, penche sa bouche pour l'approcher de mon oreille.

– Te voir assise sur cette chaise, ça m'a donné un tas d'idées, je n'ai pas arrêté de les repousser toute la journée, mais là, je ne tiens plus !

Je ferme les yeux pour aspirer ses mots qui, sans me toucher, me font déjà frissonner. Luke commence par m'enlever mon tee-shirt puis prend ma main, m'aide à me relever et me retire mon pantalon. Il reste un moment à genoux, à contempler mon corps sans dire un mot, puis enfin il décide de m'ôter mes sous-vêtements. Ensuite, il me fait signe de me rasseoir totalement nue sur la chaise. En m'asseyant, ce mélange de chaud-froid me saisit et m'excite davantage.

Luke fait le tour, se place dans mon dos et fait glisser ses mains le long de mes bras, jusqu'à mes cuisses qu'il écarte brusquement. Ce geste m'arrache un cri de surprise. Me retrouver ainsi, dévêtue, dans cette position si… ouverte et à sa merci, me rend un peu fébrile. Qu'est-ce qu'il va me faire, d'ailleurs ? Lentement, il parcourt tout mon corps en déposant de doux baisers, je ne peux m'empêcher de frémir à chacun de ses contacts. Ses mains, elles aussi, se baladent un peu partout, mais quand elles s'approchent dangereusement de mon point sensible, mon désir est en éveil. Ces gestes calculés et langoureux ont le temps de me laisser deviner ce qu'il s'apprête à faire et mon excitation est décuplée. Luke s'amuse du feu qui m'anime, il passe son doigt autour de mon sexe, créant une vague de plaisir incontrôlable, pour enfin poser son index là, au croisement de mes sens. Ma tête bascule en arrière sous le poids du délice. Il niche sa tête dans mon cou et me pénètre avec son doigt, un râle m'échappe. Il ne peut s'empêcher de faire une allusion, comme lui seul en a le secret.

– Est-ce que tu sais comme tu es belle, là, à cet instant, dans cette posture si… érotique ?

Il n'attend pas de réponse de ma part et continue à faire grimper la pression. Son souffle dans mon cou et son index qui s'agite en moi me rendent complètement dingue.

– Hum… Tu es très excitée on dirait…

– Toujours ! soufflé-je entre deux gémissements.

Luke en profite pour glisser un deuxième doigt en moi et mon cerveau se déconnecte. L'exaltation que cela me procure m'arrache un cri guttural. Satisfait, Luke poursuit toujours plus vite, j'écarte les cuisses pour lui laisser libre accès et avance mon bassin pour l'encourager à continuer. *Surtout ne t'arrête pas !* Luke est grisé par le plaisir qu'il suscite ; il me regarde, je suis totalement possédée par un désir ardent. Il retourne la chaise de bureau d'un coup sec et tombe à genoux devant moi. Quand je comprends ce qu'il s'apprête à faire, je me demande si je peux supporter une escalade de nouvelles sensations. Mais Luke, en bon maître du jeu, sait très bien ce qu'il fait, son sourire en dit long. Sa bouche se pose juste là où il faut, immédiatement, j'enroule mes jambes autour de sa nuque et mes mains s'enchevêtrent dans ses cheveux. Lorsque sa langue rencontre mon clitoris, je ne contrôle plus rien. Ni les émotions qui s'emmêlent, ni les gémissements qui s'échappent. C'est tellement bon ! Luke m'emporte au bord de l'orgasme, du précipice, je suis prête à me jeter à corps perdu dans un torrent de plaisir mais il s'interrompt, la bouche encore humide de son assaut.

– Lève-toi, me dit-il, haletant.

Il s'assied à ma place sur la chaise, sort un étui argenté de la poche de sa veste et me le tend. C'est une grande première pour moi… Bien sûr, j'ai suivi le fameux cours sur l'utilisation du préservatif, c'est le moment de montrer ma dextérité. Je ne suis pas aussi rapide que lui mais je dois admettre que je suis plutôt fière de moi. Luke s'amuse de ma réaction et m'aide à me relever. Je le chevauche, le sentir en moi est une sensation délicieuse. Cette fois-ci, c'est moi qui tiens les rênes, je suis la maîtresse de son univers et cette idée m'emplit d'audace. Il pose ses mains sur mes hanches et moi sur le dos de la chaise, nous bougeons en total harmonie. J'accélère progressivement le rythme, Luke ferme les yeux et se délecte de ces sensations exquises, des mots s'échappent dans un souffle.

– Oh oui, vas-y !

Mes mouvements deviennent de plus en plus brutaux, nos corps se recouvrent d'une fine couche de sueur. Je garde les yeux ouverts pour ne rien perdre de son abandon total. Mais la puissance de cet orgasme est le coup de grâce et c'est finalement les paupières closes que je me laisse emporter vers les étoiles. Incapable de me maîtriser, je crie son nom encore et encore, ce qui le fait basculer lui aussi dans la jouissance absolue. Je pose ma tête sur son épaule, épuisée, mais surtout j'essaie de recouvrer mes esprits et une respiration normale. Luke embrasse mes cheveux et je sens son cœur battre au rythme de la folie de ce moment incroyable.

– Je ne savais pas ce que c'était de faire l'amour, avant de te connaître.

Je rougis aussitôt, cependant cette simple phrase fait resurgir des souvenirs dont je me serais bien passée. Je connais quelques-unes de ces filles qui remplissent son carnet d'adresses et je n'ai aucune envie d'être en compétition avec elles. Seulement, ça suscite des questions. Ai-je vraiment envie de savoir ? Non, pas réellement. Luke relève mon visage pour m'obliger à le regarder.

– Oui, c'est vrai… J'ai un peu d'expérience, pourtant, tu me fais ressentir des choses insoupçonnées quand nous faisons l'amour. Il y a eu un avant toi, mais il n'y aura jamais d'après toi…

On dirait qu'il lit dans mes pensées et répond à mes questions silencieuses. Ses paroles suffisent à me rassurer. L'adrénaline est maintenant retombée et je commence à avoir froid, totalement nue.

Nous sommes en train de nous rhabiller quand mon téléphone sonne. Le prénom de Caroline s'affiche sur l'écran.

– Salut.

– Salut, alors bien rentrés ?

– Oui, ça peut aller…

– Avec Joey, on va manger un morceau, ça te dit ?

– C'est-à-dire… que… euh… Luke est avec moi… chuchoté-je mal à l'aise.

– Alyssa… il va bien falloir que je m'habitue à vous voir ensemble, j'ai tourné la page, tu te souviens ?

– OK…

– On se rejoint dans vingt minutes chez *Louis* ?

Oh un hamburger ! *Ça m'avait manqué !*

– Entendu.

Quand je raccroche, Luke me dévisage d'une drôle de façon.

– Tu crois vraiment que c'est une bonne idée, cette sortie à quatre ?

– Les premières minutes risquent d'être embarrassantes, mais il faut bien crever l'abcès pour être libre de passer à autre chose.

– Hum…

Même si j'essaie de paraître forte, je n'en mène pas large. La situation va être bizarre, c'est certain.

***

Quand nous entrons dans le restaurant, l'odeur qui se dégage des cuisines m'ouvre l'appétit. On s'installe dans un box, Caroline et Joey ne tardent pas à nous rejoindre. Elle nous observe depuis l'entrée, livide. Joey le remarque, lui prend la main, dit quelque chose d'inaudible, et ils s'avancent enfin vers nous. Ils prennent place en face de nous dans un silence de plomb, exactement comme je le redoutais. Heureusement, le serveur interrompt le malaise ambiant et nous demande si nous avons fait notre choix. Après avoir commandé, Joey se décide à prendre la parole :

– Est-ce que vous allez à la soirée des Majors, la semaine prochaine ?

Nous le regardons tous les trois, surpris. Apparemment, Caroline ne sait pas non plus de quoi il parle. Lorsqu'il remarque nos mines interrogatives, il reprend :

– C'est une sorte de gala où quelques anciens de Yale viennent partager leurs expériences professionnelles avec les étudiants, ça se termine toujours autour d'un repas et la jeune génération prend ensuite le relais pour faire la fête. J'y suis allé l'année dernière et c'est plutôt cool, un peu guindé mais cool.

Joey est le seul à cette table à être détendu. Je n'arrive toujours pas à regarder Caroline dans les yeux et je jette un œil discret à Luke, je vois bien qu'il n'est pas à l'aise non plus. Caroline décide de s'accrocher à l'idée de Joey pour éviter de plomber un peu plus l'atmosphère.

– Comment doit-on s'habiller pour ce genre de soirée ?

– Classe, Madame ! Les hommes en smoking et les femmes en robe de soirée.

Joey vient de toucher son point sensible : la mode. Caroline ne tarde pas à réagir avec émoi. Elle retrouve aussitôt le sourire, *celui que j'aime tant !* et frappe dans ses mains.

– J'adore ! Alyssa, cette semaine, on va devoir aller louer une robe. Je connais une super boutique, tu verras, les tenues sont à tomber.

D'accord… Donc, Caroline vient de décider que nous serions également de la partie. J'hésite et me tourne vers Luke pour lui demander son assentiment mais il ne réagit pas. Je lui donne un discret coup de coude pour l'inviter à dire quelque chose et il sursaute comme si je venais de le réveiller.

– Qu'en dis-tu ?

– Ouais… pourquoi pas… On viendra, ça nous changera un peu, dit-il un air détaché.

Je ne peux m'empêcher d'esquisser un sourire, ravie qu'il ait pris cette décision. Je comprends qu'il fait des efforts pour ce qui compte pour moi malgré la situation délicate avec Caroline. Et puis sortir nous fera le plus grand bien, changer d'air et penser à autre chose qu'à cette épée de Damoclès suspendue au-dessus de nos têtes. Pour une fois, soyons seulement des jeunes de notre âge, insouciants, même si la réalité plane sur nous comme un nuage gris.

Lire la satisfaction sur le visage de nos amis me réjouit. *C'est une brillante idée !*

– Alyssa, on ira choisir nos robes cette semaine, après les cours ?

– Parfait !

Joey a bien fait d'évoquer ce gala, c'était idéal pour désamorcer le malaise de cette première rencontre. Maintenant, nous sommes détendus et savourons tranquillement nos hamburgers. Pour n'offenser personne, Luke et moi évitons tout contact physique, ce serait vraiment malvenu. Luke et Caroline ne sont peut-être pas encore prêts à rire ensemble, mais je suis convaincue que ça va venir. Notre repas terminé, Caroline me serre dans ses bras et me rappelle notre sortie shopping. Comment oublier ! Je lève les yeux au ciel et ça la fait rire. Caroline et Luke échangent un regard gêné, ne sachant pas comment procéder, je crois que pour les grandes embrassades, c'est encore un peu tôt.

Lorsque nous montons en voiture, Luke lâche un soupir qu'il semblait retenir depuis notre entrée dans le restaurant.

– Est-ce que ça va ? m'inquiété-je.

– Oui… Oui… Mais je suis content que ce soit terminé. Tu n'as pas trouvé ça bizarre, toi ?

– Si, évidemment. Mais je reste persuadée qu'il fallait en passer par là. J'aime beaucoup Caroline et je suis heureuse qu'elle soit revenue dans ma vie. C'est mon amie, j'ai besoin d'elle, tu sais…

– J'ai compris, et c'est d'ailleurs pour cette unique raison que je suis venu ce soir, sinon je peux te promettre que j'aurais essayé de ne jamais recroiser son chemin !

Sa réaction me renvoie à cette fameuse nuit, à la façon dont Caroline est entrée et à sa mine déconfite quand elle m'a découverte dans cette position plus qu'inconvenante avec Luke. Ce souvenir me noue l'estomac et Luke le remarque. Il prend ma main et la porte à sa bouche. Je lui offre un léger sourire en retour.

– Tout ça c'est derrière nous, n'y pense plus !

Luke me raccompagne jusqu'à ma chambre. Nous sommes tous les deux déçus quand nous découvrons que ma coloc est revenue. Je comprends bien qu'il avait compté rester avec moi encore une nuit et que sa présence sabote ses plans. *Je voudrais tellement partager toutes mes nuits avec lui.* Je le raccompagne jusqu'à la porte à contrecœur et l'observe s'éloigner après lui avoir offert un dernier baiser.

★ ★ ★

Les jours suivants, je suis un vrai rat de bibliothèque, en tentant de combler tout ce retard accumulé. Sachant que Luke a sa séance de chimio, j'ai pris mon ordinateur pour continuer de travailler tout en restant à ses côtés. Bien sûr, de cette initiative, il ne sait rien, et quand il me voit devant sa voiture à l'attendre, sa surprise est visible sur son visage.

– Qu'est-ce que tu fais là ?

– Je viens avec toi.

– Yale… Ce n'est pas vraiment un endroit pour toi…

– Ah bon ? Et c'est quoi les endroits « pour moi » ?

– Ce que je veux dire par là… c'est que c'est un lieu glauque, avec tous ces cancéreux sous perf, tes jolis yeux ne devraient pas voir ça… dit-il, la gorge nouée.

– Je veux être là, je veux être partout où tu seras, et surtout, je veux pouvoir dire à cet Avastin de bien faire son boulot.

– Yale…

– Rien ne me fera changer d'avis, je viens.

– Qu'est-ce que tu peux être têtue ! souffle-t-il, feignant l'agacement.

Luke lève les yeux au ciel mais il me connaît et sait parfaitement que je ne céderai pas. Il me fait signe de monter dans la voiture, preuve de ma victoire.

* * *

Quand nous sommes au sein de l'hôpital, Luke salue quelques personnes du personnel dans les couloirs. Nous atteignons la salle de traitement, et là, Luke s'entretient avec le médecin avant d'entrer. À peine ai-je mis un pied à l'intérieur que le cancer me saute aux yeux, l'odeur de médicament emplit mes narines, chaque patient est séparé par un rideau et nous devons dépasser plusieurs box pour aller jusqu'à celui qui est destiné à Luke. Plusieurs malades sont à des stades de chimio plus avancés que lui et n'ont déjà plus de cheveux, mais ce qui me serre le cœur, c'est de constater que Luke est le plus jeune. J'essaie de rester digne et impassible quand je m'assieds près du fauteuil. Un infirmier vient installer sa perf, puis un casque réfrigéré sur sa tête.

– Alors mon pote, comment ça va ?

– Pas top, sinon je ne serais pas obligé de supporter ta tête de beau gosse, plaisante-t-il.

– Vous avez vu comment il me parle ? sourit l'infirmier en s'adressant à moi.

– Pas touche, Don Juan, c'est ma petite amie.

– Et tu as très bon goût…

Je les regarde se taquiner en silence avant que l'infirmier finisse par tourner les talons.

– Pourquoi ce casque sur tes cheveux ?

– Pour ralentir la perte.

– Oh, je vois… Ça te va plutôt bien, on dirait un joueur de waterpolo !

Luke sourit et je ne peux m'empêcher de lui voler un baiser.

Plus les minutes passent et plus Luke pâlit, j'essaie de cacher mon inquiétude derrière mon ordinateur.

– Tu veux bien me passer la poubelle, s'il te plaît ?

Je m'exécute et devient spectatrice au premier rang de ce qu'il endure.

– Ce n'est pas beau à voir, hein ? dit-il en s'essuyant la bouche.

– Tu es la plus belle chose que j'aie jamais vue, réponds-je, en serrant sa main.

★ ★ ★

Quand Luke a terminé sa séance, nous regagnons la voiture et je conduis pour rentrer. Il est éreinté, je l'accompagne jusqu'à sa chambre. Je l'aide à s'allonger sur son lit.

– Je vais rester avec toi.

– Yale, arrête. Je vais bien, et maintenant je ne vais faire que dormir. Tu n'as pas besoin de rester là.

– Mais…

– Caroline t'attend. Va choisir ta robe, prends la plus belle et éblouis-moi, si tant est qu'il soit possible que je le sois davantage.

Cette fois-ci, je n'essaie pas de négocier. Je l'embrasse tendrement à plusieurs reprises, le regarde une dernière fois, étendu, et je referme la porte, le cœur serré.

En descendant les escaliers, je croise Chad. La soirée, la veille de mon départ, me revient en pleine figure. Pour être honnête, je l'avais oubliée. Ces dernières semaines ont été tellement intenses que j'ai enfoui ce souvenir dans les tréfonds de ma mémoire.

– Salut.

– Salut, réponds-je en dévalant les marches d'un pas pressé.

– Alyssa, tu aurais une minute ?

– Je suis désolée, mais Caroline m'attend sur le parking.

Chad fait alors demi-tour et me suit dans les escaliers.

– Caroline ? Tu la revois ?

– Oui, elle a eu la bienveillance de me pardonner.

– Ça t'ennuie si je fais quelques pas avec toi ?

– Tu n'étais pas sur le point d'aller dans ta chambre quand je t'ai croisé ?

– Si… Mais je me suis souvenu que j'avais oublié quelque chose à la cafèt'.

– Bien.

Chad marche près de moi en silence alors que nous approchons du parking. Je prie pour qu'il ne me reparle pas de ce baiser, même si je sais au fond de moi que c'est la seule raison pour laquelle il est ici. Chad finit par trouver le courage de s'exprimer, il m'arrête dans mon élan.

– Écoute, j'aimerais qu'on discute de ce qu'il s'est passé avant les vacances…

– Chad, il n'y a rien à dire. J'avais beaucoup trop bu, j'étais complètement saoule, voilà tout.

– Je sais, mais je…

Il s'interrompt, le regard fixé derrière moi. Quand je me retourne, j'aperçois Caroline qui marche dans notre direction.

– On en reparlera une autre fois, tu veux bien ? Caroline m'attend.

– Salut, tous les deux, lance Caroline.

Chad lui sourit.

– Salut, toute seule.

– Tu es prête, Alyssa ? On peut y aller ?

J'acquiesce et nous montons en voiture. Caroline trépigne sur son siège, je sais qu'elle meurt d'envie de me mitrailler de questions, mais bizarrement, elle s'abstient. *Oui, mais jusqu'à quand ?*

★★★

Le soir du gala est enfin arrivé. Caroline et moi nous sommes prêtées au jeu pour cette soirée mondaine. Nous avons passé notre après-midi au *Golden Nail&Spa*, l'endroit où m'avaient emmenée Caroline et Peyton pour notre journée « relooking », quelques mois plus tôt. Cette fois, je reviens à ma chambre coiffée et maquillée. La robe que j'ai choisie quelques jours auparavant trône fièrement sur un cintre. Une douche acrobatique pour ne pas ruiner mes efforts de l'après-midi et il est maintenant temps de revêtir la fameuse robe. Mes mains tremblent quand je l'enfile, puis je m'assieds sur le lit pour passer mes chaussures argentées. C'est le moment de contempler mon reflet dans le miroir. Je m'avance vers la psyché, et dès que je me découvre, les larmes me montent aux yeux. Je tourne sur moi-même et ai peine à me reconnaître. La robe rose en mousseline de soie épouse parfaitement mes courbes, le décolleté bustier met ma poitrine en valeur et le tout retombe dans un très joli drapé. Trop occupée à m'observer sous toutes les coutures, je ne me suis pas rendu compte que Luke est entré. C'est lorsque je me retourne que nos regards se croisent. Il reste planté là, bouche ouverte, dans l'encadrement de la porte.

– Qu'est-ce que tu en dis ?

Ma question finit par le faire réagir. Il s'avance vers moi, me prend par la main et me fait tourner sur moi-même.

– Yale ! Je… Je ne sais pas quoi dire…

– Ça te plaît ? je demande en souriant.

Il continue de m'admirer de la tête aux pieds. Ses yeux débordent d'amour.

– Plus que ça… Bien plus que ça… Tu es… On dirait que tu sors tout droit d'un conte de fées !

Le rouge me monte aux joues, ses paroles sont douces comme du miel. C'est à mon tour de l'admirer. Il est tellement beau dans son smoking, il a choisi un nœud papillon rouge assorti à sa pochette. Mon cœur chavire et j'ai le sentiment de tomber un peu plus amoureuse de lui chaque fois que je le vois. Il s'approche de moi et je sens mon parfum préféré, *lui*. Luke hésite avant de me toucher comme si j'allais disparaître, puis il m'attire contre lui pour parcourir mon cou de doux baisers. Sa bouche est humide et mon corps réagit immédiatement à son contact.

– Tu es vraiment magnifique ! J'ai beaucoup de chance que tu m'aies choisi. Beaucoup… chuchote-t-il contre mon cou en se rapprochant du lobe de mon oreille. C'est moi qui t'enlèverai cette robe ce soir.

– Tout ce que tu voudras.

Un simple baiser et je suis déjà en feu mais je me ressaisis, sinon nous n'arriverons jamais à ce gala. Je le repousse gentiment, l'embrasse et lui montre la porte du doigt.

– Attends !

– Luke, il faut y aller, on va finir par être en retard.

– Je… J'ai… J'ai quelque chose pour toi.

Il me tend une boîte qui me rappelle immédiatement celle qu'il m'a offerte sous la tour Eiffel. À cette idée, mon sang se glace dans mes veines. *Il m'avait dit qu'il me laissait du temps !* Il reprend, face à mon silence :

– J'ai pensé que, quoi que tu portes, ça pourrait être un… un plus…

Je déchire l'emballage. Sur la boîte, je lis Tiffany's. Quand je l'ouvre, j'y trouve une magnifique paire de boucles d'oreilles, deux superbes diamants. Lorsque je relève la tête, Luke semble gêné. Il a fourré ses mains dans ses poches et se balance d'un pied sur l'autre.

– Tu aimes ? finit-il par demander.

– Plus que ça, je les adore ! Elles sont superbes. Merci… Merci beaucoup…

Je m'approche de lui, l'enlace et l'embrasse tendrement. Je me dirige ensuite vers la glace pour mettre les bijoux qu'il vient de m'offrir et me retourne vers lui.

– Alors, comment tu me trouves ?

– Tu n'avais pas besoin de ça, mais tu es sublime.

Après quelques baisers, nous sortons enfin de cette chambre et nous nous rendons au gala. À notre arrivée, un joli tapis bordeaux nous accueille, des lampions çà et là indiquent le chemin à suivre. Je prends Luke par le bras pour assurer mon équilibre sur mes hauts talons. Quand nous entrons dans la salle où a lieu le gala, nous sommes tout de suite sous le charme. Elle est très élégante, des drapés rouges ornent les murs, des tables rondes sont disposées un peu partout, parfaitement décorées, et de magnifiques lustres en cristal illuminent l'immense pièce. Tout au fond se trouve une estrade, lieu où vont sans doute se présenter les anciens de Yale. Luke et moi approchons du plan de table pour repérer où nous sommes installés. Je cherche nos noms quand j'entends Luke parler à quelqu'un. Chad et Nataly. Chad a l'air surpris de nous trouver là et nous échangeons un regard gêné que Luke ne remarque pas. Nataly tient le bras de son petit ami et porte une magnifique robe longue rouge.

Une soirée au goût amer s'annonce.

Chapitre 11

Nous écoutons attentivement chaque invité discourir sur son activité professionnelle et sur les années qu'il a passées ici. Ils sont tous d'accord pour dire qu'il s'agissait des plus belles de leur vie. Je me demande si ce n'est pas le doyen qui les a soudoyés pour qu'ils vantent les mérites de cette université. Nous applaudissons enfin le dernier orateur. Le doyen revient sur scène pour conclure la série de discours et nous inviter à manger. Il n'a pas le temps de descendre de la scène que les serveurs déposent déjà nos entrées.

Ce sont des tables de huit personnes. Nous sommes assis avec Caroline et Joey ainsi que deux autres couples. Cette soirée est peut-être un bon moyen pour élargir notre cercle d'amis.

Je regarde mon assiette, l'entrée est une salade de crevettes et guacamole joliment présentée. Au moment où je prends ma première bouchée, je me sens observée. Je lève la tête et aperçois Chad les yeux braqués sur moi. Quand mon regard croise le sien, je baisse rapidement le mien sur mes couverts. *Pourvu qu'il ne vienne pas me parler au cours de la soirée.* Luke pose sa main sur la mienne, ce qui me fait sursauter et me ramène à l'instant présent. J'écoute distraitement Luke parler de basket avec son voisin.

Son interlocuteur ignore visiblement que c'est un sujet à éviter si on ne veut pas y passer la nuit.

La soirée se déroule sans accrocs, j'ai même sympathisé avec un étudiant assis à ma gauche. Il est en première année de médecine et sa petite amie, également à notre table, étudie à New York University, elle l'a rejoint spécialement pour l'évènement.

Sur la même estrade où a eu lieu le défilé des anciens étudiants de Yale, un groupe de musiciens s'est installé. Le chanteur afro-américain doit avoir une trentaine d'années et entonne la première chanson. Sa voix est superbe, elle me donne la chair de poule. Des hommes et des femmes se lèvent et rejoignent la piste de danse, ce sont surtout des gens d'un certain âge. Un couple en particulier attire mon attention ; ils doivent avoir une soixantaine d'années. La manière dont l'homme tient la femme dans ses bras… transpire l'amour. Je trouve ça beau d'être aussi amoureux après toutes ces années. C'est comme ça que je nous imagine, Luke me berçant dans ses bras en me criant silencieusement qu'il m'aime malgré les années passées, sur la plus belle chanson qui existe. J'observe Luke et la réalité me frappe violemment, je sais qu'il dissimule un cathéter sous sa chemise. Les gens autour de nous semblent si insouciants, leur vie légère comme une plume, et leurs rires ont un parfum de liberté que je leur envie. Une vague d'émotion me submerge, je m'essuie rapidement les yeux avant que le barrage ne cède. *Ce n'est pas le moment de tomber dans le mélodrame.*

Les musiciens commencent un nouveau morceau, je reconnais tout de suite *I'll Make Love to You* des Boyz II Men. J'adore cette chanson. Je me redresse dès les premières notes, mon expression change et ça n'échappe pas à Luke.

– Tu veux danser ?

– Luke… Je… Je ne crois pas que ce soit une bonne idée. Tu dois garder tes forces.

– J'ai l'impression que tu me sous-estimes, je peux encore faire danser ma petite amie et bien plus encore… rétorque-t-il une lueur lubrique dans les yeux.

Il se lève sans tarder et me tend la main, que je saisis. En me guidant au centre de la piste, il m'attire contre lui, pose ma main sur son cœur et la recouvre de la sienne. Je niche ma tête dans son cou et ferme les yeux. J'ai besoin de savourer ce moment.

– Tu sais ce que je regrette à cet instant ? me chuchote-t-il à l'oreille.

– Non… Dis-moi…

– De ne pas t'avoir emmenée au bal de promo.

Je souris dans son cou. Pourtant le bal de promo est loin d'être un bon souvenir. Cette année-là, ma mère avait une seule lubie : confectionner ma robe. J'ai découvert à cette occasion qu'elle et moi n'avions pas les mêmes goûts. Tout ce taffetas bleu, j'avais l'impression d'être enroulée dans les rideaux de ma chambre. Pourtant c'est THE évènement, toutes les filles sont conditionnées dès leur entrée au lycée pour y assister. Quatre années durant lesquelles chaque garçon est passé au scanner pour savoir lequel fera un cavalier idéal. Pour moi la réponse était toute trouvée, c'était Cory ou personne. Luke restait inaccessible à l'époque et certains garçons m'avaient proposé de les accompagner, mais je connaissais ma réputation, et la crainte de vivre une humiliation supplémentaire me poussait à répondre chaque fois non.

Cory a vraiment insisté pour y aller, moi j'aurais préféré rester à la maison pour une soirée film/pop-corn. La plupart du temps, pour ce style de soirée, on loue une limousine et on y va avec une bande de copains. Mais c'est à croire que nous ne faisons rien comme les autres. Cory est venu me chercher avec le traditionnel bouton de fleurs et nous sommes partis au bal avec sa voiture rien que tous les deux. Sur place, nous avons rejoint quelques copains du club de journalisme et nous nous sommes assis dans un coin. Les intellos habituels. Contrairement à ce que l'on pourrait croire, il n'y a pas d'alcool à cette soirée et ceux qui essaient d'en verser dans le punch n'ont jamais réussi. En revanche, en dehors de l'établissement, ça coule à flots. On dit même que des « after » sont organisées dans des chambres d'hôtel, mais pour moi, ça reste un mythe, car je n'ai jamais été invitée. Peu importe, tout ce qui comptait ce soir-là, c'était Luke. *Qu'est-ce qu'il était beau !* Les cheveux coiffés avec du gel et son smoking lui donnaient vraiment un truc en plus qui le rendait furieusement sexy. Christie toujours à son bras, je les ai regardés danser, parler, rire, et bien sûr monter sur scène pour revêtir l'écharpe de Roi et Reine du bal de promo. Rien d'étonnant !

– Tu savais que j'étais là, ce soir-là ?

– Évidemment ! Tu étais attablée avec cette bande, celle avec qui tu traînais tout le temps. Tu portais une robe hideuse !

C'est complètement fou d'admettre que j'ai toujours existé à ses yeux, mais mon cœur se gonfle d'amour chaque fois qu'il y fait allusion.

Cependant, la sensation d'avoir perdu trop de temps ne me quitte pas. Et s'il ne nous en restait plus beaucoup ? Une partie de moi lui en veut d'avoir gardé cet amour secret, de m'avoir tenue à distance pendant si longtemps. Chaque minute, chaque seconde compte, et nous les avons jetées comme de vulgaires confettis, jusqu'à maintenant. J'essaie pourtant de profiter pleinement de chaque instant, d'absorber chaque odeur, de mémoriser chaque sourire, mais je me dis aussi qu'on aurait pu, qu'on aurait dû en vivre beaucoup plus. Cela fait renaître la rage en moi, celle que j'essaie de canaliser depuis le jour où j'ai appris qu'une tumeur allait se dresser entre nous.

– Est-ce que ça va ? demande-t-il, m'arrachant à mon tourment intérieur.

Je hoche la tête.

– Je sens ton corps se raidir, Yale. Il parle pour toi. Dis-moi !

– Non, je veux savourer ce moment et le graver dans ma mémoire, pas le gâcher avec mes états d'âme.

J'essuie une larme qui s'est évadée discrètement. Luke cherche mon regard.

– Yale, embrasse-moi !

Je ferme les yeux et avance ma bouche pour rejoindre la sienne. Ses lèvres sont douces, bien plus que la soie que je porte. Il finit par déposer un baiser sur mon nez et ajoute :

– C'est notre bal de promo à nous !

C'est très cliché, mais Luke est mon rayon de soleil et je ne veux pas qu'il disparaisse avec la nuit. La chanson se termine, les musiciens enchaînent sur un nouveau morceau. Luke me sourit et me reprend dans ses bras. C'est le plus agréable et le plus bel endroit qui existe. Je voudrais rester là pour l'éternité !

Quelqu'un tape sur l'épaule de Luke et rompt le charme. Je redresse instinctivement la tête. Chad demande la permission de danser avec moi. La panique me gagne mais, quand j'observe Luke, je ne vois aucune trace de malaise, au contraire, il a l'air plutôt détendu. Je le regarde partir, il tend la main à Nataly pour l'inviter à danser à son tour. Si elle touche un seul de ses cheveux, je crois que je suis capable de lui crever les yeux. La beauté de cette fille exacerbe mon manque de confiance. *Oui, je viens de découvrir le sentiment de jalousie.* Je suis bien plus concentrée sur Luke et Nataly que sur Chad qui essaie d'attirer mon attention.

– Tu es très en beauté, dit-il.

– Merci.

– Je ne pensais pas tomber sur vous, ce soir…

– J'étais plutôt étonnée de te voir là, moi aussi.

Nous continuons à danser sur une chanson d'Ella Fitzgerald. Mon estomac se noue. Je sens à sa respiration qu'il s'apprête à dire quelque chose, mais je préfère l'arrêter avant.

– Chad, pas maintenant.

Ses épaules s'affaissent, il n'essaie pas de cacher sa déception.

– Mais quand, alors ?

– Je ne sais pas… Mais pas maintenant, je t'en prie, ne gâche pas cette soirée.

– Je n'en avais pas l'intention, souffle-t-il, frustré.

C'est à cet instant que je comprends l'ampleur de cette soirée. Elle compte beaucoup à mes yeux, bien plus que je ne veux me l'avouer. J'ai envie qu'elle soit parfaite du début jusqu'à la fin.

Nous poursuivons en rythme, sans un mot, sur la musique qui s'achève enfin, à mon grand soulagement. Luke ne s'attarde pas non plus avec Nataly et revient vers moi pour me raccompagner à notre table.

Une fois que nous sommes assis à nos places, j'embrasse Luke sur la joue pour le remercier de m'avoir invitée à danser. Je ne vois plus le couple qui était assis à côté de moi. *Peut-être sont-ils partis ?* Caroline en profite pour se rapprocher.

– Tu passes une bonne soirée ?

– Oui, un très bon moment.

– J'ai vu que tu avais dansé avec Chad.

Rien n'échappe à Caroline, elle ne s'arrête jamais. Je lui fais les gros yeux pour lui rappeler que Luke est juste derrière moi et que ce n'est pas le moment idéal pour en discuter. Elle me sourit mais je sais que je ne perds rien pour attendre. Joey pose sa main sur son épaule pour l'inviter à danser à son tour. Dès qu'elle le regarde, son visage s'illumine. Ils forment un si joli couple, tous les deux. Joey met Caroline sur un piédestal, il suffit de le regarder une minute pour comprendre à quel point il est fou d'elle. C'était déjà flagrant la première fois où je l'avais rencontré.

Luke est de nouveau absorbé par sa conversation avec son voisin. C'est peut-être le moment de m'éclipser discrètement aux toilettes. Je tapote l'épaule de Luke.

– Je vais me repoudrer le nez, j'en ai pour quelques minutes.

Il acquiesce et poursuit sa conversation.

En sortant du box dans les toilettes, je découvre Nataly devant le miroir en train d'appliquer son gloss. Je m'approche de l'autre lavabo pour me laver les mains et l'ignore intentionnellement. Elle me toise, je feins de ne pas la remarquer. Elle commence alors un drôle de monologue.

– Chad n'a jamais été aussi bien qu'avec moi !

Elle joue à quoi ? Je fais mine de ne pas l'entendre mais elle insiste :

– C'est lui-même qui me l'a dit.

Cette conversation bizarre me met mal à l'aise. Je ne m'attarde pas et me dirige vers la porte ; au moment où je pose la main sur la poignée, je me tourne une dernière fois vers elle avec le plus beau sourire que j'ai en magasin et lui réponds d'une voix douce :

– Je suis ravie pour vous.

Elle s'arrête net, le bâton de son rouge à lèvres en suspens. Je pense qu'elle ne s'attendait pas à ça. Quand je sors enfin, je pousse un grand soupir pour relâcher la tension de ces dernières minutes, mais lorsque je relève la tête, c'est pour voir Chad qui se tient devant moi. Le malaise revient en force et je lui souris, embarrassée. Il a les mains dans ses poches et se balance sur ses pieds. Convaincue qu'il est sur le point de me dire quelque chose, j'attends, mais quand sa bouche s'approche dangereusement de la mienne, je recule d'un pas.

– Nataly est là, elle ne devrait plus tarder.

J'ai à peine terminé ma phrase qu'elle passe la porte des toilettes. Lorsqu'elle nous aperçoit ensemble, la jalousie prend le dessus et elle vient se coller à Chad, posant ses deux mains sur ses épaules. Je ne peux pas lui en vouloir de réagir ainsi. Ils se retrouvent tous les deux face à moi, c'est au tour de Nataly de me faire son plus beau sourire et de marquer son territoire. Mais c'est de courte durée. Chad baisse la tête en sa direction et retire ses mains.

– Tu peux nous laisser une minute ? Je te rejoins à table dans un instant.

Son sourire victorieux s'efface pour laisser place à la surprise. Cela me ferait presque plaisir. Elle finit par tourner les talons et repart dans la salle. Le silence s'étire entre nous avant qu'il ne reprenne la parole :

– Nous sommes enfin seuls, je pense que c'est le moment idéal pour parler de ce baiser.

À ces mots, mon corps fourmille. Je ne sais pas trop quoi lui dire.

– Chad, combien de fois va-t-il falloir te le dire ? J'avais bu, tu m'as embrassée, tu n'aurais pas dû, fin de l'histoire.

– Je sais, mais tu ne peux pas dire que tu n'as rien ressenti.

– Chad, il va falloir t'y résoudre, c'est Luke que j'aime.

– Ouvre les yeux, Alyssa ! Luke n'est pas un garçon pour toi, tu t'accroches à lui parce que c'est ton premier amour, parce que c'est tout ce que tu as toujours connu, mais ce n'est pas ça le…

– Chad, tu ne lui arriveras jamais à la cheville ! Jamais ! C'est lui et ce sera toujours lui, que ça te plaise ou non. Je l'ai dans la peau et tu ne pourras rien y changer. Je le choisirai toujours, il va falloir que tu l'acceptes.

Mes mots sont durs et mon ton est amer mais la façon qu'il a de réduire mes sentiments à néant me met hors de moi. Après lui avoir jeté mon venin au visage, je tourne les talons pour retourner dans la salle quand Chad lance une dernière phrase assassine :

– Tu restes avec lui par pitié parce que tu sais qu'il va mourir.

Mon sang se glace ou bout, je ne sais pas. Ma colère me porte jusqu'à lui, je le fixe un instant et le gifle si fort que sa tête part sur le côté. Il pose sa main sur sa joue par réflexe mais ne dit rien. Cette fois, les mots de conclusion m'appartiennent.

– Ne t'approche plus jamais de moi !

Je prononce ces paroles, les dents serrées, folle de rage qu'il ait pu dire, ou pire, penser une chose pareille. Je le plante là sans même me retourner. Je ne veux plus jamais entendre parler de lui.

Je regagne la table où Caroline et Joey sont assis et quand je m'approche de Luke, il m'observe, étonné. Je m'assieds et lui prends la main, essayant de faire taire mes tremblements.

– Tu en as mis du temps. Tu as l'air toute chamboulée. Est-ce que ça va ?

Je suis essoufflée comme si je venais de courir le Marathon de New York. Je ferme les yeux un instant pour tenter de retrouver une respiration normale et surtout pour avoir le temps de réfléchir à ce que je vais lui dire, mais je suis sauvée par les premières notes de notre chanson. *Rest Of My Life.*

– Est-ce que mon petit ami aurait un dernier regain d'énergie pour me faire danser ?

Luke me sourit. Je me lève et lui tends la main, qu'il saisit sans attendre. Nous allons sur la piste et je me serre contre lui.

– Tu ne veux pas me dire ce qui te chiffonne ?

Je lui fais non de la tête. Je veux me perdre dans ses bras, il n'y a que ça qui m'apaise.

– Embrasse-moi ! lui dis-je, un brin désespérée.

Il obéit et me donne le baiser le plus romantique qui soit, en basculant mon corps en arrière, comme dans les vieux films. Nous éclatons de rire puis, quand il me redresse enfin, je remarque, rouge comme une tomate, que tout le monde nous observe.

Nous retournons à nos places. Joey propose que nous allions faire un tour à la fête. J'avais oublié qu'il y en avait une après la soirée de gala. Luke me regarde comme pour me demander mon consentement. Pour être honnête, je suis crevée et mes pieds me font un mal de chien. Porter des chaussures neuves ce soir n'était pas une brillante idée. Il comprend à ma tête qu'il vaut mieux décliner l'offre de Joey, s'il veut encore caresser l'espoir de profiter de mon corps en rentrant. Luke refuse donc la proposition gentiment. Nous partons ensemble, mais une fois dehors, Luke se dirige vers le parking. Ma surprise est évidente.

– Mais où vas-tu ?

– Je… J'ai pris une chambre dans un hôtel pour cette nuit, avoue-t-il d'un air gêné.

– Tu as… fait quoi ?

Ma réaction n'est pas celle qu'il attendait et son malaise s'intensifie. Mais pourquoi avoir réservé une chambre alors que ma coloc n'est pas là ce week-end ? Je lui emboîte le pas malgré tout.

L'hôtel *Study at Yale* est à deux pas de l'université. C'est un endroit charmant et très élégant. Luke s'adresse à la réception pour récupérer la clé et nous montons directement. J'entre la première dans la chambre et découvre une suite ! *Luke a réservé une suite !* Il se place derrière moi et passe ses bras autour de ma taille.

– Et si ce soir c'était notre bal de promo ? Si cette nuit s'offrait à nous pour réparer mon erreur ? Tu es ma reine du bal, Yale, dans une robe magnifique ou hideuse, tu l'as toujours été. Alors il était normal de terminer cette soirée ici parce que rien n'est trop beau pour toi.

Je me tourne face à lui, le sourire aux lèvres.

– Monsieur Austin, vous vous fourvoyez si vous pensez que je suis une fille facile ! Jamais le premier soir, telle est ma devise.

Il éclate de rire et j'en fais autant. Ce son que j'aime tant m'enivre.

Devant la grande baie vitrée, un seau à champagne et une desserte avec deux flûtes nous attendent. Il a vraiment sorti le grand jeu. Un espace bibliothèque avec deux fauteuils club marron dans un coin de la pièce invite à la lecture. La chambre dans son ensemble donne l'impression d'un véritable cocon.

Alors que je visite chaque partie de la suite, notamment la chambre au grand lit king size en bois clair, flanqué de deux chevets, Luke m'apporte une coupe de champagne. Je me sens si bien, comme si, pour une fois, le poids sur nos épaules était resté sur le pas de la porte, le temps d'une nuit, et cette sensation est tellement agréable. Nous restons un moment face à face, nos lèvres trempées dans nos coupes de champagne, ses yeux plongés dans les miens. Un sourire coquin se dessine sur son visage et je comprends tout de suite que c'est une question de secondes avant qu'il ne se jette sur moi. Je n'ai pas le temps d'aller au bout de mes pensées qu'il se poste devant moi, me prend mon verre des mains et le pose doucement sur la table sans jamais me quitter des yeux.

– J'ai attendu ce moment toute la soirée. Si tu savais comme j'avais hâte de te retirer cette robe.

Il pourrait répéter ces mots des centaines de fois que cette tension qu'il est le seul à faire naître en moi serait toujours la même. Je ne pourrais jamais m'en lasser. Tout en m'embrassant, Luke retire une à une les épingles de mes cheveux jusqu'à libérer ma crinière qui retombe sur mes épaules. Il m'invite à m'asseoir sur le lit, s'agenouille devant moi et passe ses mains sous ma robe pour retirer mes bas, l'un après l'autre, son regard toujours rivé au mien. Chaque geste est lent et délicat, chaque caresse est calculée et si prometteuse que mon corps répond déjà à l'appel. Il retire ensuite ma culotte puis m'aide à me relever. La sensation d'être nue sous ma robe est très particulière, la soie m'effleure çà et là, c'est enchanteur. Je me retourne et remonte mes cheveux pour lui laisser libre accès à la fermeture Éclair. Comme il descend le zip, je sens son souffle et son doigt glisser le long de ma colonne vertébrale, j'en frissonne. La fermeture ouverte, la robe tombe à mes pieds. Je me retrouve complètement nue devant lui. Par réflexe, j'ai envie de me couvrir de mes bras, mais sa façon de m'admirer m'en empêche. C'est comme si j'étais la plus belle chose qu'il ait jamais vue. Luke s'assied sur le lit et me place entre ses jambes, debout. Il promène alors ses mains partout sur mon corps avec un air émerveillé avant de le couvrir de baisers. Ensuite, il me rapproche de lui et prend un téton dans sa bouche, mon corps s'électrise sur-le-champ. L'excitation prend possession de moi et me donne de l'audace. Je m'agenouille à mon tour sans jamais détacher mon regard du sien afin qu'il saisisse mes intentions. Luke prend appui sur ses coudes et m'observe passer à l'action.

C'est à mon tour de le dévêtir. Au moment où je détache sa ceinture, je sens sous ma main son sexe déjà au garde-à-vous. Sans même que je l'aie touché, il est déjà animé par le désir. Cette pensée me fait sourire. Je défais les boutons de sa braguette, baisse son pantalon et son boxer en même temps et sa virilité surgit, comme un ressort. Je commence par de simples caresses mais Luke a déjà les yeux fermés. J'en profite pour prendre son sexe dans ma bouche et il laisse échapper un gémissement. L'exaltation du moment me rend incontrôlable et, l'alcool aidant, je me sens pousser des ailes. Je le branle vite et fort, sa réaction est immédiate.

– Arrête ou tu vas finir par me castrer !

Puis il m'attrape par les épaules pour que je le rejoigne enfin sur le lit. Il se lève un instant pour retirer sa veste et sa chemise. Ça y est, mon Apollon est nu, il n'a plus que la chaîne que je lui ai offerte avec nos deux initiales autour du cou. Comme ça, devant moi, c'est LA touche qui le rend si séduisant. Il se rapproche de moi, tel un prédateur. Il commence par embrasser mes pieds jusqu'à mes genoux, puis mes cuisses. Il frôle simplement mon intimité puis s'arrête pour que je puisse savourer cette frustration et continue de remonter de mon nombril jusqu'à mes seins. Il les lèche divinement, chacun leur tour, avant de retourner directement à mon entrejambe, pour cette fois-ci suçoter longuement mon sexe. En même temps, il lève les yeux dans ma direction et quand je m'en aperçois, l'effet est instantané et décuple mon plaisir. Mais le summum, c'est lorsqu'il est en moi. Je le tire alors violemment par les épaules pour qu'il me rejoigne ; il étouffe un soupir. Il se penche vers son pantalon pour attraper un préservatif. Cette fois-ci, on le met tous les deux en échangeant un regard complice. J'ai envie de le chevaucher et Luke se laisse faire, on dirait même que ça lui plaît. Commence alors un long et délicieux va-et-vient. La sensation est si intense qu'il finit par s'allonger de tout son long. Je pose ensuite mes mains sur sa poitrine si ferme et Luke ponctue nos ébats de « Je t'aime mon ange » ou « J'aime voir cette Yale vulnérable que je suis le seul à connaître », et enfin, mes mots préférés, « Tu es si belle ». Je sens le plaisir monter en moi et nos mouvements s'accélèrent pour nous faire atteindre l'orgasme, qui ne tarde pas à nous consumer tous les deux. Nous restons un instant dans cette position à savourer toutes les émotions qui se dégagent après l'amour, c'est aussi bon que le sexe.

L'adrénaline retombe, je commence à avoir froid. Nous nous glissons rapidement sous les couvertures. Je me blottis dans ses bras et nous nous endormons l'un contre l'autre.

Je me réveille en sursaut en me demandant où je suis. Je tâtonne pour trouver la lampe de chevet et donne de la lumière dans la chambre. Je balaie rapidement la pièce d'un regard et peu à peu la mémoire me revient. Luke est assis au bord du lit, les mains sur ses genoux. Il semble préoccupé.

Je me redresse, inquiète.

– Ça ne va pas ?

Il ne réagit pas, alors j'essaie à nouveau.

– Luke ?

Il reste là, muré dans son silence au beau milieu de la nuit. Je ne comprends pas ce qui lui prend, quand on s'est couchés, tout allait si bien… Je décide de lui laisser quelques minutes et regarde le réveil, il est à peine quatre heures, nous dormons depuis deux heures seulement. Qu'est-ce qui a bien pu se passer dans ce laps de temps ?

Le temps s'étire et Luke ne bouge toujours pas. Exaspérée, je me lève, attrape un peignoir dans la salle de bains et viens m'agenouiller entre ses jambes. Il finit enfin par poser les yeux sur moi.

– Parle-moi.

Il prend alors une profonde inspiration, comme si ce qu'il s'apprêtait à dire lui coûtait.

– Qu'est-ce qu'il y a entre Chad et toi ?

Je fronce les sourcils, étonnée que son insomnie soit liée à Chad. Pourquoi doit-on parler de lui à quatre heures du matin ?

– Il n'y a rien du tout. Pourquoi me demandes-tu ça ?

– Tu es sûre ? Parce que je t'ai vue minauder avec lui tout à l'heure quand vous dansiez. Je me suis dit que j'étais parano puis tu es allée aux toilettes. Il a pris la même direction quelques minutes plus tard et tu es revenue, une éternité après, complètement bouleversée, et maintenant, ça ! Alors Yale, je te repose la question : il se passe quoi entre Chad et toi ?

Sa voix devient grave et menaçante. Je ne l'avais encore jamais vu dans cet état. Luke se lève d'un bond et commence à aller et venir nerveusement dans la pièce.

– Luke…

– J'avais envie de te réveiller, de te faire l'amour à nouveau, et tu as prononcé son prénom, tu as dit « Chad » ! Tu l'as dit, bordel ! m'interrompt-il sans même regarder.

– Ce n'est pas ce que tu crois. Calme-toi et écoute-moi, s'il te plaît. Lors de la soirée dans ce fameux bar avant qu'on parte à Paris, j'avais affreusement bu et je suis sortie pour prendre l'air. Chad est venu à ma rencontre, on a discuté et puis je ne sais pas ce qui s'est passé, il a fini par m'embrasser mais je ne lui ai pas rendu son baiser et je te jure que je l'ai repoussé. Je t'assure que c'est la vérité.

Luke passe nerveusement ses mains dans ses cheveux et bout de rage sous mes yeux comme si ma révélation ne l'apaisait en rien.

– Pourquoi ne m'as-tu rien dit, dans ce cas ?

– Parce que ça ne signifiait rien, parce que ça ne comptait pas, parce que je redoutais que tu te mettes dans cet état, justement…

– Ce n'est pas parce que j'ai cette putain de maladie que je ne dois pas savoir que ma copine m'a trompé.

– Je ne t'ai pas trompé ! Ce soir, j'ai dit à Chad que je ne voulais plus jamais le revoir. Je t'en supplie, Luke, crois-moi ! C'est toi et moi contre le reste du monde, hein ? sangloté-je.

– Si j'avais fait la même chose, comment aurais-tu réagi ?

Désespérée, j'essaie de le ramener à la raison.

– Je t'aime, Luke.

Il ne répond rien. D'habitude, mes mots ont un écho, il me répond toujours qu'il m'aime aussi, mais pas cette fois. Le silence s'installe et l'atmosphère s'alourdit. Je n'ose même pas le regarder de peur de le faire fuir.

Luke reprend soudain, comme si ce temps de réflexion lui avait apporté toutes les explications qu'il lui manquait :

– Je comprends mieux, maintenant, pourquoi tu n'as jamais répondu à ma demande en mariage, dit-il d'un ton acerbe.

Je me redresse en furie, je refuse de le laisser croire ça.

– Comment peux-tu oser penser ça, ne serait-ce qu'une seule seconde ?

– Alors pourquoi ? Pourquoi fais-tu comme si ça n'avait jamais existé ?

Ses yeux sont rouges de colère mais aussi embués par les larmes. Je ne veux pas lui avouer pourquoi j'ai si peur de lui dire oui. Pendant mon combat intérieur, Luke se rhabille derrière moi et se dirige vers la porte.

– De toute façon, ça m'est égal, ça n'a plus d'importance, me crache-t-il tout en claquant la porte.

Je regarde longuement la porte en espérant le voir réapparaître. Mais les minutes passent et Luke ne revient pas. Il me laisse seule dans cette chambre qui me paraît immensément vide sans lui. Je me laisse submerger par mon chagrin.

Chapitre 12

Je reste figée, ne sachant que faire. Je n'ai aucun vêtement pour me changer et je n'ai pas de voiture pour rentrer. Il ne me reste qu'une seule option : Caroline. Heureusement, ils sont toujours à leur fête. Elle n'hésite pas une seconde à voler à mon secours.

Le temps qu'ils viennent me chercher, je me repasse en boucle ce qui vient de se produire. Comment a-t-on pu passer d'une soirée aussi magique à un désastre pareil ? Je n'ai pas de réponse, mais ma culpabilité me susurre que tout est ma faute. Je me console en me disant que, de toute façon, je n'aurais pas pu lui mentir plus longtemps, mais lorsque je cherche comment me faire pardonner, rien ne me vient. Le dernier regard qu'il m'a lancé me glace le sang.

Tout ça pour un baiser sans importance. Comment faire comprendre à Luke que Chad ne comptera jamais autant que lui, jamais. Je ne peux pas admettre que cette dispute soit le sceau d'une rupture définitive, ça ne peut pas se finir ainsi.

Je me décide à quitter cette chambre. Lorsque je descends dans le hall, je croise mon reflet dans le miroir de l'entrée. On dirait Cendrillon après minuit, quand son carrosse redevient citrouille. Mes cheveux sont en bataille, mon maquillage a coulé sur mes joues, même ma robe a perdu de son éclat. Je reste sous le porche quelques instants avant de voir la voiture de Joey faire des appels de phare. Je monte à l'arrière ; Caroline se contente de me demander où ils doivent me déposer. *Comme si j'avais le choix*. Devant la résidence, je l'embrasse, en lui promettant de la rejoindre cet après-midi et de tout lui raconter.

Je monte dans ma chambre, exténuée, et m'effondre sur mon lit, morte de chagrin.

Lorsque j'ouvre un œil, le soleil inonde la pièce. Le réveil affiche quatorze heures, je me lève à contrecœur et file sous la douche dans l'espoir de me laver de cette horrible nuit.

De retour dans ma chambre, je m'écroule une nouvelle fois sur mon lit, mon cœur pèse une tonne. J'ignore ce que je dois faire. Caroline pourra sans doute m'aider, je l'appelle sans attendre et conviens de la rejoindre à *l'Atticus*.

Je prends un café et un énorme muffin au chocolat au bar. Je mise sur le chocolat pour lutter contre ma déprime. Caroline ne tarde pas à me rejoindre.

– Hier soir, j'ai encore trop bu, mais la soirée était géniale, vous auriez dû venir. Enfin, je présume que tu n'es pas là pour m'écouter pester contre ma énième gueule de bois. Alors, que s'est-il passé ?

Caroline et sa façon d'entrer en matière, ça fait partie des raisons pour lesquelles je l'aime tant. Je lui adresse un sourire faiblard puis lui explique tout depuis le début. Son expression change au fur et à mesure.

– Il t'a plantée là ?

J'acquiesce et baisse la tête sur ma tasse. Le chocolat ne sera pas suffisant, cette fois, je me contente simplement de jouer avec mon muffin sans le porter à ma bouche.

– Caroline, je ne sais pas comment m'y prendre. C'est moi qui ai merdé sur toute la ligne et je veux qu'il me pardonne.

Elle soupire ; elle ne sait pas que faire non plus.

– Tu l'as dans la peau, hein ?

– Oh, plus que ça ! Bien plus que ça…

Avec le recul, je réalise que Luke et moi, c'était comme une évidence, comme si nous étions ensemble depuis toujours, une connexion qui ne demandait qu'à être établie. J'ai cru que seule la mort pouvait se dresser entre nous, mais à aucun moment je n'ai pensé que tout pouvait s'arrêter ainsi. Je n'y étais pas préparée et je me sens totalement démunie.

Quelques mois plus tôt, tout était clair. Je concrétisais mon rêve, j'entrais enfin à l'université, celle que j'avais choisie depuis longtemps. Je serais la meilleure et j'obtiendrais le stage tant convoité, et puis j'accomplirais de grandes choses, c'était aussi simple que ça. Tout était planifié.

Luke, dans tout cela, jouait le rôle du fantasme. Celui qui affolait mes rêves chaque nuit. C'était ma cerise sur le gâteau, je ne pouvais pas la croquer mais elle était toujours là et je pouvais toujours saliver devant, à l'infini. Jamais je n'aurais cru que mes illusions les plus folles deviendraient réalité. Aujourd'hui, il s'est immiscé sous ma peau, quand je ferme les yeux, je ne vois que lui.

Caroline me tapote la main pour me ramener dans le monde réel.

– Ça va ?

– Oui, excuse-moi. Tu disais ?

– Est-ce que tu as essayé de l'appeler ?

– Il ne me répondra pas…

– Est-ce que tu as essayé ?

– Je ne sais pas quoi lui dire pour qu'il me croie.

– Commence par lui demander pardon.

– J'ai essayé hier soir mais il a fait la sourde oreille comme si, quoi que je dise, rien ne pouvait changer la donne.

– Mais c'est normal, il a agi sous le coup de la colère. Mets-toi à sa place une minute.

C'est vrai, elle marque un point.

– Tu crois que je devrais l'appeler ?

Caroline me fait un large sourire, la réponse semble évidente. Nous continuons de discuter jusqu'à ce que

Peyton nous rejoigne. Les avoir près de moi, au creux de la vague, me fait du bien. J'esquisse même quelques sourires qui rendent ma douleur un peu plus supportable.

Quand nous sortons du café, alors que je me dirige vers ma voiture, Caroline me retient.

– Qu'est-ce que tu vas faire, alors ?

– Je l'appelle dès que je rentre.

– Bonne initiative. Plan A : il répond, tu le rejoins, il écoute ce que tu as à lui dire et tu passes la nuit à te faire pardonner. Plan B : il filtre tes appels, sans nouvelles de lui, tu t'apprêtes à sombrer dans le désespoir le plus total. Promets-moi que si c'est celui-là, tu m'appelles. Je passe te prendre et on ira manger une pizza chez Joey, hum ?

– Je ne vais pas encore squatter chez Joey, il va finir par ne plus me supporter.

– C'est déjà le cas ! réplique-t-elle en gloussant. Alors, tu promets ?

– Promis.

Caroline me prend dans ses bras et je m'empresse de rentrer à la résidence. Quand j'arrive, The Ring n'est pas là. Je m'allonge sur mon lit et tente d'appeler Luke. Les appels se succèdent mais restent toujours sans réponse. Les larmes brouillent ma vue, je m'affole sur mon lit, désespérée. Puis les mots de Caroline me reviennent en mémoire, je suis prête à tout pour oublier. Je lui envoie donc un message.

Plan B

Dans la minute, je reçois sa réponse.

J'arrive !

C'est comme ça que je me retrouve chez Joey. Lorsque j'ouvre la porte, j'ai droit à un baiser hollywoodien qui m'oblige à détourner le regard. Je réalise que tenir la chandelle n'était peut-être pas le remède idéal. Heureusement, Joey a convié quelques-uns de ses copains à se joindre à nous et la soirée se termine en pizzas-bières, avec des rires assourdissants qui font taire ma conscience.

Il est vingt-deux heures quand Caroline me dépose à la résidence. Toujours sans nouvelles de Luke, je me couche et mes craintes refont surface. J'essaie une nouvelle fois de le joindre : mes appels restent une nouvelle fois sans réponse. Alors je lui envoie un message, convaincue qu'il le lira.

Si tu savais à quel point je suis désolée. Il n'y a que toi, Luke, que toi. Je t'aime. Fais de beaux rêves.

À mon réveil, instinctivement, je regarde mon téléphone. Je n'ai ni message, ni appel manqué. Mon cœur se serre. Normalement, je devrais le voir en cours aujourd'hui. L'angoisse me gagne et je prends le parti d'improviser le moment venu. Je décide de me faire jolie pour essayer de mettre toutes les chances de mon côté. *Peut-être ne sera-t-il pas insensible à mon charme*... Je rejoins Caroline à la cafèt', nous avons repris nos anciennes habitudes. Elle essaie de me changer les idées avant d'aller en cours.

Je suis tellement impatiente de le retrouver, et cette journée qui traîne en longueur... Où est donc passé mon bonheur d'aller en cours ? Moi qui adorais ça, ces dernières semaines, je ne retrouve plus ma soif de connaissances.

L'heure tant attendue sonne enfin, le cours en commun avec Luke. Je me précipite et prends une profonde inspiration lorsque je pénètre dans la salle. Je fais un rapide tour d'horizon, il n'est pas là. Je m'installe à ma place habituelle et fixe la petite aiguille sur l'horloge murale. Le prof entre à son tour, referme la porte derrière lui, je comprends alors qu'il ne viendra pas. Une boule se loge dans ma gorge, les larmes me montent aux yeux. Je refuse de pleurer devant tout le monde alors je respire profondément et ravale ma peine. Le cours commence mais mon esprit est ailleurs. Je commence à me demander si son silence ne cache pas autre chose. Je saisis mon téléphone dans ma poche discrètement et lui envoie un message.

Dis-moi que tout va bien.

Je passe mes nerfs sur mon pauvre crayon en attendant une réponse, mon portable greffé à la main. Je n'ai qu'une seule envie, aller le voir, mais la peur me retient. Des millions de questions m'assaillent. Est-ce qu'il va bien ? Va-t-il me rejeter ? Que dois-je lui dire ? Est-ce qu'il m'aime toujours ou bien va-t-il mettre fin à notre histoire à cause d'un malentendu ? La vibration de mon téléphone me sort de ma torpeur.

Je vais bien. Luke.

Ce message brise mes espoirs. Je m'en veux de penser que j'aurais préféré qu'il ait quelque chose, ça aurait expliqué son silence. Je sais désormais que son mutisme est réfléchi, il ne veut plus me parler. C'est presque pire.

Sur le chemin du retour vers ma chambre, je ne retiens plus mes larmes. Je décide d'écouter les conseils de Caroline, je dois lui laisser du temps. Forte de ça, je me mets à travailler. Mettre mon nez dans les bouquins a toujours été une bonne échappatoire. Je suis plongée dans la lecture de mon cours de droit international quand on frappe à la porte. Tout de suite mon cœur s'emballe, je me lève sans attendre, persuadée que Luke se tient derrière la porte. Mais lorsque je découvre Caroline sur le seuil, je ne peux cacher ma déception.

– Sympa, l'accueil !

– Désolée, je pensais que c'était… dis-je, d'une toute petite voix.

– Luke, bien sûr. Toujours pas de nouvelles ?

– Juste un texto pour me dire qu'il va bien.

– Oh !

– Oui, comme tu dis. Mais je vais écouter ton conseil et le laisser prendre du recul.

Elle s'adosse à mon bureau, sifflotant l'air de rien. Je commence à la connaître, alors je la regarde et lui demande sans attendre :

– Toi, tu as quelque chose à me dire… Je t'écoute !

– Comment tu sais…

– Arrête de tourner autour du pot ou je dis non, la taquiné-je.

– Eh bien voilà. Dans la résidence où habite Joey, un appartement se libère. Donc, j'ai pensé qu'on pourrait le prendre ensemble. J'en ai marre de ma coloc et toi c'est pareil, c'est une super opportunité, non ?

– C'est vraiment ça, ta motivation, ou bien c'est de pouvoir rejoindre Joey quand ça te chante ?

– Hum… C'est vrai que je ne vais pas bouder mon plaisir, rit-elle. Alors, qu'est-ce que tu en dis ?

– Euh… Je ne sais pas… Tu me demandes ça, là, mais ce n'est pas une décision à prendre à la légère.

– Oh mais ça va être cool. On va bien se marrer !

– Tu oublies que…

– Si c'est le fait que je te voie avec Luke qui te préoccupe, le choc de la première fois est passé, ça ne m'atteint plus, je te le promets. Je suis vraiment bien avec Joey. Tout ça, c'est de l'histoire ancienne. J'ajouterais même que tu m'as plutôt rendu service. Je t'assure, m'interrompt-elle, exaltée par son projet.

Ce n'est pas ce que je m'apprêtais à dire mais me voilà rassurée. J'avoue que je trouve l'idée séduisante, bien que Luke reste toujours au cœur de mes préoccupations. Et si je pars et qu'il décide de venir me voir au beau milieu de la nuit ? Ça lui est déjà arrivé.

Caroline me fixe, impatiente.

– Tu me laisses y réfléchir, OK ?

– Je dois le voir vendredi, tu me donnes une réponse d'ici là ?

– Entendu.

Elle m'embrasse sur le front et repart, tout excitée. Pourtant je n'ai pas encore dit oui, mais il semblerait que ce soit tout comme.

J'appelle mon père dans la foulée pour lui faire part de ce projet. Comme toujours, il n'oppose aucune difficulté.

Il m'avait même suggéré de prendre un appartement à la rentrée mais j'avais préféré la résidence universitaire. Quand j'y repense, je ne sais pas si je dois détester ou adorer mon choix. Au cours de notre conversation téléphonique, mon père m'annonce qu'il rentre ce week-end, je lui promets donc de venir le voir. *Il me manque tellement !* Et je ne cache pas qu'en ce moment j'ai bien besoin de ses bras réconfortants.

Avant de me coucher, je renvoie un message à Luke, exactement le même que la veille, et je décide de réitérer chaque soir jusqu'à ce qu'il me pardonne.

Je me lève tous les jours comme un automate. Je suis le rythme de la journée sans vraiment y prêter attention. J'erre de salle en salle, de cours en cours, la tête ailleurs. Je mange quand j'y pense et maintiens le cap sur mes études pour éviter de trop penser. Luke ne répond à aucun de mes messages. J'ai bien essayé de l'appeler mais je tombe toujours sur sa boîte vocale.

En fin de semaine, Caroline me propose de visiter l'appartement dont elle m'a parlé. L'agent immobilier, madame Roe, une femme blonde aux cheveux très courts, vêtue d'un tailleur rouge horrible, nous accueille au pied de la résidence.

L'appartement se situe au dernier étage avec ascenseur. Une fois à l'intérieur, nous tombons toutes les deux sous le charme. Mais comment pourrait-il en être autrement ?

Dès la porte d'entrée, il y a un couloir de quelques mètres qui dessert la cuisine ouverte sur le séjour qui sont séparés par un grand îlot central. Ensuite vient le salon, puis la première chambre, à côté de la salle de bains, et des toilettes séparées. À l'opposé, pas très loin de la porte d'entrée, se situe la deuxième chambre, qui a même une petite salle d'eau et ses toilettes attenantes. Il est vraiment bien agencé, avec les deux chambres opposées ; cela signifie que nous aurons tout de même notre indépendance et notre intimité. Enfin… si je décide d'emménager avec elle.

L'agent immobilier nous donne quelques conseils d'aménagement. Tout l'appartement est peint en blanc, ce qui évite les fautes de goût, mais ce qui le met en valeur, c'est surtout l'un des murs, tout en briques rouges. Ça lui donne un cachet fou. La cuisine est équipée et plutôt design. Il y a même une terrasse où l'on peut manger à plusieurs sans difficulté. Elle donne sur des arbres qui nous cachent ainsi des curieux. Il faudrait être folle pour ne pas aimer cet appart.

Une fois la visite terminée, nous saluons madame Roe et nous restons quelques minutes à discuter de notre future cohabitation.

– Alors, comment l'as-tu trouvé ?

– Pas mal, réponds-je d'un air le plus détaché possible.

– Arrête de te la jouer blasée, je sais que tu l'as adoré.

J'éclate de rire. Caroline m'a tellement bien cernée.

– Oui, c'est vrai qu'il est génial. Rappelle-moi le montant du loyer ?

– Mille six cents dollars, c'est une affaire. Alors, on le signe ce bail ? s'agite-t-elle.

– Il faudrait que je…

– Je te laisse la chambre avec la salle d'eau privative.

Elle est vraiment prête à tout pour qu'on le prenne. Puis elle se met à minauder devant moi en roulant des yeux et finit par ajouter, les mains jointes sous son menton.

– S'il te plaît !

Je lève les yeux au ciel devant ses mines puériles.

– OK, OK… Ça va !

Elle ne peut s'empêcher de sauter de joie et de taper dans ses mains avant de me prendre dans ses bras.

– Alors c'est d'accord, lundi, on signe le bail.

Moi aussi je dois admettre que je suis excitée par cette nouvelle aventure. J'en profite pour lui dire que je rentre ce week-end pour voir mon père. Nous nous donnons rendez-vous lundi à la première heure pour signer les papiers et ensuite nous irons faire un peu de shopping pour meubler notre nouveau « chez-nous ».

Mon cœur est un peu plus léger quand je prends la route de Madison. Je suis à la fois ravie de retrouver mon père pour deux jours entiers, mais aussi de partager ce nouveau projet avec Caroline. Je décide de profiter de ce moment d'insouciance pour monter le volume de la radio. J'ai envie de chanter à tue-tête à m'en faire exploser les cordes vocales. C'est Toni Braxton, *He Wasn't Man Enough*. Je me libère pendant quatre minutes, secouant la tête en tapotant le volant. Les gens doivent me prendre pour une cinglée, mais ça m'est égal. J'en ai besoin.

Quand je gare ma voiture dans l'allée, je regarde aussitôt la maison des parents de Luke. Il pourrait être rentré lui aussi, mais tout indique que non. Je me suis bercée de faux espoirs. Je secoue la tête pour retrouver mes esprits mais surtout pour chasser mes idées noires. Je suis venue là pour mon père et je compte bien en profiter.

J'entre en trombe dans la maison en hurlant :

– Papaaaa !!!

– Dans le salon, me répond-il.

Je m'y précipite et le trouve assis dans son fauteuil en train de bouquiner, les pieds posés sur le pouf près de la cheminée, comme à son habitude. Je m'agenouille près de lui, pose ma tête sur son ventre. Il me caresse les cheveux pendant plusieurs minutes, un rituel entre nous depuis que je suis enfant. Puis je décide de m'asseoir sur ses genoux et de me blottir contre lui, j'en ai tellement besoin.

– Mais que me vaut un accueil aussi chaleureux ?

– Tu m'as manqué.

Mon père me prend par les épaules, relève mon menton dans sa direction et me regarde dans les yeux.

– Tu as une mine affreuse, que se passe-t-il ?

– Merci, papa ! Je peux retirer ce que je viens de dire à l'instant ?

– Ma chérie, ce n'est pas ce que je voulais dire. Mais on dirait que tu n'as pas dormi depuis des jours. C'est l'université ?

– Non, ça va…

– La vie en résidence universitaire ? C'est pour ça que tu veux prendre un appartement ?

– Depuis que ma coloc est arrivée, elle a dû m'adresser trois mots, j'ai tout le calme dont j'ai besoin.

– Alors il s'agit d'un garçon ?

– Papaaa !!!

Il sourit quand je le réprimande. Pourtant il est si perspicace. J'aurais juste aimé que ce ne soit pas à mes dépens. Je me lève pour aller m'asseoir sur le canapé en face de lui. Il poursuit :

– Je ne t'ai jamais vue comme ça. Tu es toujours plongée dans tes fichus bouquins et je n'arrive pas à croire que ce soit l'un d'eux qui te mette dans un état pareil !

Je n'essaie même pas de réfuter et décide au contraire de tout lui raconter en évitant des passages trop personnels, et surtout sans mentionner Luke. Quelques larmes coulent au cours de mon récit. Une fois celui-ci terminé, mon père me demande de revenir m'asseoir sur ses genoux, je n'hésite pas.

– Ma fille, de toute évidence, tu as blessé ce jeune homme. Qui aurait cru que ma Yale soit un bourreau des cœurs ?

– Je ne sais pas quoi faire, papa, je lui ai envoyé plusieurs messages, j'ai essayé de l'appeler à maintes reprises mais il me laisse toujours sans nouvelles.

– Tu devrais peut-être aller le voir ? Lui dire tout ce que tu as sur le cœur ?

– J'y ai déjà pensé mais j'ai peur qu'il me rejette.

– J'en doute fort, mais tu as joué avec le feu et il est clair que tu t'es brûlée, maintenant à toi d'en payer les conséquences. Manifestement, ce garçon est très épris de toi, ça m'étonnerait qu'il reste longtemps insensible à tes charmes.

– J'espère tant que tu aies raison.

– Écoute les conseils de ton vieux père !

Je profite d'être chez moi pour m'avancer dans mon travail. Lundi, je n'irai pas en cours afin de préparer mon emménagement, et puis, aussi, parce que Luke n'y sera probablement pas, et mon cœur se serre rien qu'à cette pensée.

Mon père et moi profitons de ce week-end pour aller à la pêche et faire une partie de golf à son club. Des activités que nous avons l'habitude de pratiquer ensemble quand son planning le permet. Le dimanche après-midi, nous restons à la maison à bouquiner au coin du feu.

Juste avant mon départ, mon père me prévient qu'il rejoint ma mère à Washington dès demain et qu'ils partiront tous les deux en Europe pour affaires.

Je lui annonce en retour que ma décision est prise, Caroline et moi allons emménager ensemble. Mon père m'offre alors un chèque important pour couvrir mes dépenses, je le serre dans mes bras et reprends le chemin de New Haven, convaincue que ce week-end était exactement ce dont j'avais besoin.

Le lendemain, bras dessus bras dessous avec Caroline, nous courons les magasins pour notre futur appartement. Nous achetons tout ce dont nous avons besoin. Le jour suivant, nos biens sont livrés et des amis de Joey viennent nous prêter main-forte pour assembler les meubles et donner vie à notre nouveau chez-nous. Le soir venu, pour remercier nos déménageurs, nous commandons des pizzas. Un sourire naît sur mes lèvres quand je réalise que ça y est, nous avons notre appartement. Caroline se lève alors d'un bond et nous regarde, ahurie.

– Il faut faire une crémaillère ! C'est ce que font les gens quand ils emménagent, non ?

On ne peut s'empêcher de sourire quand on découvre l'expression enfantine sur son visage et on tombe tous d'accord pour dire que c'est une très bonne idée. Nous la fixons à vendredi soir. Le calme revient quand nous sommes enfin seules, chez nous. Nous regardons ce que nous avons fait de cet endroit et nous partageons le même sentiment : ça va être génial de vivre ici. Il ne manque plus que quelques tableaux pour habiller le salon et tout sera parfait.

Dans ma nouvelle chambre, j'ai du mal à trouver le sommeil. Le bonheur serait total si Luke était là pour le vivre avec moi. Je lui envoie un énième message, mais celui-là diffère des autres.

J'ai un nouvel appartement. 85 Whitney Avenue, appartement 208.

Caroline et moi organisons une crémaillère vendredi, s'il te plaît, viens.

J'ai besoin de toi. Tu me manques. Je t'aime.

Fais de beaux rêves.

Le reste de la semaine, bien que toujours sans nouvelles de lui, je nourris l'espoir qu'il vienne quand même. Caroline et moi nous habituons à notre nouvelle vie tout doucement. Vendredi, nous allons faire nos achats pour notre fête. Alcool, pizzas… Tous les ingrédients nécessaires pour une fête réussie. Luke ne quitte pas mes pensées une seule seconde, je désire tellement qu'il soit là, ce soir.

À dix-neuf heures, les invités affluent. Bien entendu, nous avons convié ceux qui sont venus nous aider, mais aussi quelques-uns des copains de Joey que nous avons l'habitude de voir ainsi que nos voisins, pour mieux faire connaissance. Nous devons être une petite quinzaine.

La musique est à fond et l'alcool coule à flots. Joey commence à nous faire ces fameux shooters et très vite Caroline et moi basculons dans l'ivresse. Seulement l'alcool exacerbe mes sentiments et la mélancolie s'invite à la fête. Je m'assieds sur le canapé et me mure dans le silence. Progressivement, je commence à comprendre que je me faisais des illusions. Ce soir, il ne serait pas venu de toute façon. J'ignore pourquoi mais ça me rend folle de rage.

L'alcool, sans doute. Soudain, comme une idée venue de nulle part, je pose mon verre et prends la direction du campus. Je cours, je cours, je veux le voir. Il n'y a plus que ça qui compte.

Quand j'arrive devant sa chambre, je tambourine de toutes mes forces. Personne ne répond, je réalise alors que ma visite est un peu tardive. Mais déterminée, je recommence, persuadée qu'il se cache derrière cette porte.

– Luke, ouvre-moi ! Je ne bougerai pas de là ! Ouvre ! Luuuke !

Je dois vraiment crier fort car une porte s'ouvre deux chambres plus loin. Je hausse les épaules en guise d'excuse mais je reprends mes appels, prête à tout pour le voir. La porte s'ouvre enfin, sur Chad. Je l'écarte de mon chemin et entre dans la chambre, hors d'haleine.

– Où est Luke ?

– Aucune idée.

– Ne me mens pas ! Où est-il ? crié-je furieuse.

– Mais je n'en sais rien.

Je m'écroule sur le lit, épuisée par cette course nocturne, ce jeu du chat et de la souris, son absence, j'en pleure de rage. Même si ce que j'ai fait n'était pas correct, je ne mérite pas d'être traitée de la sorte.

– Alyssa…

– Tout ça, c'est ta faute. Si tu m'avais laissée tranquille, ça ne serait pas arrivé ! Je te déteste ! Je te déteste ! sangloté-je.

– Alyssa… me supplie-t-il en faisant un pas vers moi.

– Ne m'approche pas ! Ne m'approche plus jamais !

– Je suis vraiment désolé.

– Tu mens comme tu respires. Tu as foutu la merde entre nous et maintenant tu jubiles devant ce désastre, avoue !

– Je ne voulais pas te rendre malheureuse, ce n'était pas dans mes intentions.

Chad avance doucement comme s'il essayait de m'apprivoiser et j'aperçois alors une marque sur son visage.

– Qu'est-ce qui t'est arrivé ? reniflé-je.

– Ton petit ami, quand il a tout découvert.

– Il t'a frappé ? m'étonné-je.

– Oui. Après t'avoir laissée, il est revenu ici, j'étais couché quand j'ai reçu le premier coup.

– Le premier ?

– Il s'est carrément jeté sur moi, j'ai bien cru qu'il allait me tuer !

– Luke ? Je ne le savais pas si agressif.

– Il n'a pas arrêté de me hurler que je ne devais plus m'approcher de toi. Il était fou de rage !

– Il est où, maintenant ?

– Alyssa, Luke ne m'adresse plus la parole depuis ce soir-là. Je ne sais pas où il est parti.

– Bien.

Je m'apprête à sortir de sa chambre quand il m'interpelle une dernière fois.

– Alyssa ?

Je me retourne pour écouter ce qu'il a à me dire.

– Tu crois que tu pourras me pardonner ?

– Laisse-moi du temps.

Il hoche la tête comme s'il acceptait cette distance entre nous et je referme la porte sur lui, sur notre histoire. J'espère cette fois avoir détruit ses illusions.

Sur le chemin du retour, je fouille dans ma tête à la recherche des endroits où je pourrais le retrouver. Quand je franchis la porte, Caroline me prend par l'épaule.

– T'étais où ? Je te cherche depuis tout à l'heure.

Manifestement, ils ont continué de boire durant mon absence. À en croire les yeux injectés de sang de Caroline, elle n'a pas fait de pause. Je tente de lui expliquer mais je vois bien qu'elle ne capte plus rien, elle tient à peine sur ses jambes. Avec Joey, on décide d'aller la coucher. Lui a encore l'air de savoir ce qu'il fait. Les invités sont presque tous partis, Joey et moi débarrassons et nettoyons l'appart.

Une fois que nous sommes assis sur le canapé, je sens bien que Luke est toujours ma priorité. Je ne tiens plus. J'informe Joey de mes intentions, il ne me pose pas plus de questions et je l'en remercie.

Je prends ma veste, mon sac et mes clés et je saute dans ma voiture, direction Madison. Le soleil commence à poindre et les effets de l'alcool se sont dissipés depuis bien longtemps. La fenêtre ouverte et la musique à fond pour me maintenir éveillée, la route me paraît interminable.

Quand je gare ma voiture devant chez moi, j'attends que le livreur jette le journal sur le paillasson des Austin. John est toujours le premier debout. Dès que je vois passer sa bicyclette, je sors aussitôt et cours dans leur allée. À présent, sous leur porche, je prends une profonde inspiration et frappe doucement à la porte pour ne pas réveiller toute la maison, mais quand personne ne répond, j'essaie un peu plus fort. J'appréhende tellement sa réaction que je ne tiens plus en place. Je suis presque découragée quand la porte s'ouvre enfin.

Chapitre 13

Sans grande surprise, c'est John qui m'ouvre. Il semble étonné de me voir mais reste impassible. Est-ce que Luke lui a tout raconté ? Je ne l'ai jamais vu comme ça. Je perds d'un coup toute mon assurance. Mais l'envie de voir Luke prend le dessus.

– Est-ce que Luke est là ?

– Il dort encore.

Son ton est froid. Je fixe mes doigts que je tords nerveusement. Il prend pitié de moi et ouvre grand la porte pour m'inviter à entrer. Je lui souris avec reconnaissance et grimpe les escaliers quatre à quatre. Quand j'arrive devant la porte de sa chambre, l'angoisse m'envahit. Je prends une profonde inspiration et entre. Il fait nuit noire, Luke dort encore. Je m'assieds d'abord près de lui et l'observe dans la pénombre. *Il est tellement beau !* Je profite de ce moment pour préparer tout ce que je dois lui dire mais je ne sais déjà même plus pourquoi je suis là. Au bout de cinq minutes qui me paraissent durer une éternité, je me décide à agir, résolue à le réveiller. Je le secoue doucement, en lui arrachant un grognement adorable. Je lui chuchote quelques mots à l'oreille. Il grimace mais n'ouvre toujours pas les yeux. Il joue avec mes nerfs. Je dois redoubler d'efforts pour qu'il me voie enfin. Mais il semble douter de la réalité de ma présence.

– C'est moi, chuchoté-je.

Il se frotte les yeux, s'assied sur le lit et allume la lampe de chevet.

– Qu'est-ce que tu fais là ? Quelle heure est-il ?

– Il est tôt, mais il fallait que je te voie.

– Qu'est-ce qu'il se passe ?

Sa question rallume la colère qui bouillonne au fond de moi depuis hier.

– À ton avis ? Ça fait quinze jours que je suis sans nouvelles de toi, je t'ai envoyé des tonnes de messages, j'ai essayé de t'appeler des milliers de fois, ça va durer combien de temps, tout ça, au juste ?

– Yale, je…

– Non, j'en ai assez. C'est toi qui vas m'écouter ! Tu prends un malin plaisir à me torturer, hein ? C'était juste un baiser sans importance et je suis sûre qu'au fond de toi tu le sais. Je n'aurais pas dû te le cacher, c'est vrai. Mais je mérite d'être traitée de la sorte, d'après toi ?

– Mais sais-tu ce que ça m'a fait de t'imaginer avec lui ?

– Mais il n'y a jamais eu de lui et moi ! Et ça n'arrivera jamais ! Je t'ai dit que j'avais bu et que je l'avais repoussé immédiatement.

– Tu aurais dû me le dire…

– Est-ce que ta réaction aurait été différente ? Je ne le crois pas. J'aurais mieux fait de garder ça pour moi !

– C'est comme ça que tu le prends ?

– Et comment veux-tu que je le prenne ? C'est ça, l'amour, pour toi ? J'ai fait une erreur et tu me rayes de la carte ?

– J'avais besoin de temps pour réfléchir…

– Et me laisser sans nouvelles pendant ces derniers jours, ça t'a aidé ? Tu voulais quoi ? Me rendre la monnaie de ma pièce, c'est ça ?

– Oui, je l'admets. Je voulais que tu aies aussi mal que moi quand tu as murmuré son prénom au beau milieu de la nuit.

– Pour ta gouverne, quelques heures plus tôt, j'ai mis un terme à ses espoirs et je l'ai giflé parce qu'il a dépassé les bornes, alors j'ai sans doute dû rêver de la scène. Dans mon cœur, il n'y a de la place que pour toi. Chad ne réussira jamais à l'atteindre. Durant notre brève histoire, je n'avais d'yeux que pour toi. Mon monde tourne autour de toi, je suis à toi et uniquement à toi depuis le premier jour. Alors je préfère te prévenir, je suis arrivée au bout de ce que je peux tolérer. Je viens de passer quinze jours épouvantables et je n'en supporterai pas davantage.

Mes derniers mots sont étouffés par mes larmes. De joie ou de colère, je ne sais plus.

– Je suis désolé, Yale, mais je n'arrive pas à m'extirper cette image de la tête. Dès que je ferme les yeux, je vous imagine tous les deux et ça me rend fou.

– Luke, écoute : je ne suis pas une grande habituée des relations amoureuses. Je ne sais pas gommer ce qu'il s'est passé, je ne sais même pas ce qu'il faut que je te dise. Chad ne représente rien pour moi. Je crois que j'ai fait tout ce que j'ai pu pour que tu me pardonnes. Je commence même à me demander si ce n'est pas une nouvelle manœuvre pour m'éloigner de toi. Si pour toi c'est au-dessus de tes forces, alors dis-le-moi une bonne fois pour toutes, mais ne me laisse pas comme ça, dans l'ignorance.

Il ne réplique rien. On dirait qu'il cherche une réponse dans ce silence. Je prends son mutisme pour acquis. Je secoue la tête, déçue, et me dirige vers la porte.

– Alors pourquoi n'as-tu pas répondu à ma demande en mariage ?

Ma colère est à son paroxysme. C'est absurde mais le mélange de ces derniers jours, de la route et de la fatigue forme un véritable cocktail Molotov. Je suis sur le point d'exploser.

– Tu veux vraiment le savoir ?

C'est presque un hurlement qui m'échappe. Quelqu'un pourrait nous entendre mais à ce moment précis, ça m'est bien égal. Je m'approche de lui, rouge, ivre de colère, les joues baignées de larmes. Je pointe mon index dans sa direction.

– Tu crois que c'est parce que je ne t'aime pas ? C'est ça que tu penses ? Mais t'as toujours rien compris !

Je pose mes mains sur son torse.

– J'apprends que tu es atteint d'une grave maladie par une douloureuse coïncidence. Je devrais vivre avec ce poids sur nos épaules comme si ce n'était pas grave, mais ça l'est, Luke. Tu ne sais pas ce que ça représente pour moi, tu me demandes de cohabiter avec ton cancer comme si tout était normal. Et puis tu débarques avec ta demande en mariage alors qu'on vient de nous annoncer que ta vie avait une date d'expiration. Tu m'avoues tout ce que ce mariage représente à tes yeux et tu poses ça, là, entre mes mains. Mais la seule raison pour laquelle je ne t'ai pas répondu c'est parce que je suis consumée par la PEUR ! La peur de dire « oui » et de devoir te laisser partir ensuite. Je voulais gagner du temps, nous offrir un sursis. Te pousser à te battre pour vivre ce mariage comme un début et pas comme une fin. Tu n'as toujours pas compris que c'est parce que je t'aime plus que l'amour lui-même ! J'ai le sentiment d'être née pour t'aimer, tu as toujours été le centre de mon univers. Tu as toujours été la raison pour laquelle je me levais le matin, même encore aujourd'hui, mais si tu n'es plus là, qu'est-ce que je vais devenir ? Mon cœur ne bat que pour toi, il s'arrêtera si tu l'abandonnes. Je mémorise chaque baiser, chaque caresse, chaque mot que tu prononces, tes grimaces, tes sourires, tout ce que je peux pour pouvoir y penser lorsque la seule chose que je pourrai sentir sera le vent. Je garde espoir mais je pense souvent au pire. Et te dire « oui », c'est accepter le pire. Voilà pourquoi je ne t'ai pas répondu.

Ces derniers mots me déchirent le cœur. J'éclate en sanglots. Je ne veux pas le voir mourir et je n'arrive pas à m'y résoudre. Ne plus le voir, ne plus le sentir, ne plus le toucher, vivre sans lui, tout simplement, me semble insurmontable.

Je viens de lui avouer mes peurs les plus profondes et Luke reste assis, silencieux, sans un regard. Je n'arrive pas à déchiffrer son expression. Épuisée, je choisis de partir. Je sors de la chambre et quand j'arrive en haut de l'escalier, je sens qu'on me tire en arrière. Luke me plaque contre le mur et chuchote :

– Reste !

Il pose ses mains de chaque côté de mon visage et me fixe d'un regard ardent.

– À quoi bon ? dis-je en reniflant d'une façon très inélégante.

– Moi aussi, j'ai fait le con, mais j'en ai surtout assez de rester loin de toi. Je me suis infligé l'enfer tout seul et ce que je veux par-dessus tout, c'est être avec toi à chaque seconde.

Il m'attrape par le bras pour me reconduire dans sa chambre. Une fois la porte fermée, il me soulève, je passe mes jambes autour de sa taille et nous échangeons un baiser enflammé. Nous relâchons toute la tension. Je m'abandonne à cet échange parce que c'est tout ce qu'il me faut. Je retrouve mon chez-moi, ça m'avait tant manqué, et j'ai bien cru l'avoir perdu définitivement. Il me mordille la lèvre et j'adore ça.

Il s'avance vers son lit et me jette dessus sans égards. Il me dévore du regard même si, à cet instant, je suis très loin de la beauté incarnée. Je n'ose même pas imaginer à quoi je dois ressembler avec mes yeux rouges, ma tignasse dans tous les sens et le visage tiré par cette nuit infernale. Alors que lui, seulement vêtu de son boxer, il est juste stupéfiant. Je ne suis pas certaine que dans un dictionnaire il existe un mot pour le qualifier. Son corps est si beau, ça devrait être interdit d'être aussi magnifique. Je pourrais le regarder, là, pendant des heures. J'aperçois un détail qui m'avait échappé lors de notre altercation, c'est qu'il porte toujours la chaîne et le pendentif que je lui ai offerts autour du cou. Elle ressort sur son teint légèrement hâlé. Chaque fois que je la vois, elle a toujours le même effet sur moi. Elle a une grande signification à mes yeux.

Nous consommons nos retrouvailles passionnément et nous restons dans les bras l'un de l'autre pour savourer ce moment. Sa mère nous appelle alors, d'en bas. Luke se lève d'un bond, se rhabille et se dirige vers la porte.

– Attends, je reviens.

Je profite encore de ces quelques minutes, enveloppée dans son odeur, quand je remarque quelque chose sur son oreiller. Il me faut quelques secondes pour comprendre qu'il s'agit de mèches de cheveux. Une boule se forme dans ma gorge et les larmes me montent aux yeux. *Drôle de façon d'être ramenée à la réalité*. Luke revient au même moment et je cache rapidement ma découverte. Alors que je m'apprête à me lever du lit, Luke vient s'asseoir près de moi.

– Je voudrais que tu réfléchisses à quelque chose… Si aujourd'hui était ton dernier jour, que voudrais-tu faire absolument ? Quand tu auras fini de déjeuner et que tu auras ta réponse, alors nous irons y passer la journée, si tu veux bien.

Je hoche la tête en guise de réponse. Je n'en ai pas la moindre idée et puis je ne comprends pas très bien pourquoi il me demande ça maintenant. Il se relève et m'attend près de la porte. Une fois que je suis prête, il l'ouvre d'un geste théâtral et me fait signe de sortir en premier.

Nous prenons le petit déjeuner dans la cuisine, avec ses parents. C'est très calme, même trop. Personne ne parle. Je voudrais être une souris pour filer me cacher mais je décide de les affronter malgré tout.

– John, Meredith, écoutez… Je crois que je dois vous présenter des excuses à vous aussi. Je n'ai pas beaucoup dormi, je suis un peu éprouvée par tout ça, alors je n'aurai peut-être pas les mots justes mais… Sachez que je n'ai jamais voulu faire de mal à Luke. Je suis profondément amoureuse de lui et sans doute un peu maladroite mais la dernière chose que je souhaite, c'est lui faire du mal.

Meredith prend la parole.

– Luke m'a tout expliqué. Vous avez réglé vos différends et nous en sommes ravis. Laissons ça derrière nous à présent et profitons de ce bon moment tous les quatre.

Sa réaction est un réel soulagement, l'atmosphère est maintenant plus détendue et le petit déjeuner s'achève dans la bonne humeur.

Quand nous retournons dans sa chambre, Luke prend une douche rapide et pendant ce temps je cherche ce que nous pourrions faire. Ses derniers mots résonnent encore : « Si aujourd'hui était ton dernier jour, que voudrais-tu faire absolument ? » Une partie de moi souhaiterait qu'on reste enfermés dans cette chambre pour laisser nos corps pratiquer ce qu'ils savent faire de mieux jusqu'à épuisement. Ces pensées coquines me donnent enfin une idée. Je prends mon téléphone et organise mon plan. Il lit l'excitation sur mon visage dès qu'il sort de la salle de bains, finissant d'essuyer les gouttes qui ruissellent sur son torse sublime.

– Qu'est-ce qui te met dans cet état ?

– J'ai trouvé ce que je voulais faire. Alors prépare un sac avec quelques affaires et on y va !

– Tout de suite ? Bien. Alors où allons-nous ?

– Ah ! C'est une surprise. Il faut aussi que tu prennes un truc pour te bander les yeux.

Il rit de me voir aussi guillerette mais joue le jeu. Il prend ce qu'il faut dès que je précise que nous risquons d'être partis plusieurs jours. Nous prenons la voiture, direction New Haven. Il me faut des affaires avant le grand départ.

Tout le long du trajet, il garde sa main sur ma cuisse et nous échangeons quelques sourires émus.

Quand j'entre chez moi, Joey et Caroline sont tous les deux enlacés sur le canapé et très surpris par mon entrée intempestive. En préparant mon sac, je dis à Caroline que je pars plusieurs jours avec Luke et lui épargne les détails en lui promettant que je lui raconterai tout à mon retour. Je repars aussi vite que je suis arrivée. Luke est resté sagement à m'attendre.

Avant de démarrer, je prends la cravate qu'il a choisie pour que je lui bande les yeux. Je la reconnais, c'est celle qu'il portait au gala. *Je suis sûre que ça va lui plaire.* Je prends la route sans dire un mot mais, au bout de plusieurs minutes, son impatience se manifeste.

– Où allons-nous ?

– Tu n'as pas une petite idée ? (Il secoue négativement la tête). Je te donne juste la destination finale : New York.

Poussée par mon excitation, j'avale l'asphalte alors que Luke s'est endormi sur le siège passager.

Il est vingt et une heures quand nous arrivons à New York, et quand nous sommes à quelques pâtés de maisons de notre destination, je lui bande les yeux, ce qui finit par le réveiller. Le voiturier m'ouvre la portière et je lui intime de se taire pour ne pas éveiller les soupçons, il semble ravi de jouer le jeu. J'aide Luke à descendre et nous entrons dans l'hôtel. Je l'installe dans un coin, lui demandant de rester sage, le temps que je récupère la clé. Nous montons jusqu'à notre chambre. Le trajet est plutôt distrayant, Luke essaie de toucher pour deviner où nous sommes et les gens que nous croisons s'amusent également de la situation.

Une fois dans la chambre, je lui retire le bandeau et l'autorise enfin à ouvrir les yeux. J'ai réservé la même chambre que celle où nous avons passé notre première nuit d'amour. Ça reste pour moi le moment le plus parfait de ma vie.

– Si aujourd'hui était mon dernier jour, je voudrais être là avec toi, lui glissé-je à l'oreille.

Il se tourne vers moi et prend mon visage entre ses mains pour me donner le baiser le plus tendre qui soit. Nous nous perdons un instant dans cet échange.

– Ça te plaît ?

– Plus que ça.

– Tu sais que je t'aime ?

– Oui, répond-il avec un sourire timide.

Après toute cette agitation, nous décidons de nous mettre à l'aise. Je meurs de faim. Luke propose d'aller chercher chinois. Pendant ce temps, je vais prendre une douche. Je laisse divaguer mes pensées pendant que l'eau chaude coule sur moi. Je repense à cette journée. Tout ce qu'on a pu se dire, nos ébats. Après tout ça, serait-il encore capable de me quitter ? Je ne pourrais pas le supporter. Je connais peut-être un moyen de lui prouver l'immensité de mes sentiments à son égard. Je sens soudain des mains sur mes seins, ce qui m'oblige à ouvrir les yeux et à me tourner hâtivement. Luke m'a rejointe, mon combat intérieur et le bruit de l'eau ont dû couvrir les sons de son arrivée.

– Ça ne te dérange pas que je me joigne à toi ?

– Pas le moins du monde.

– Tu m'as manqué.

Je ferme les yeux et appuie ma tête sur son épaule. Il chuchote à mon oreille :

– J'ai envie d'abuser de toi, je peux ?

– Quoi, là ?

– Pourquoi pas ?

Je serais prête à le faire n'importe où, du moment que c'est avec lui. Il attrape mes cheveux mouillés, les enroule autour de son poignet et me fait basculer la tête en arrière assez brusquement, ce qui m'arrache un cri rauque. Il presse mon sein de sa main droite, descend sur mon ventre avant d'atteindre mon entrejambe, puis me retourne brusquement.

– Je voudrais que tu te caresses pour moi.

Son regard est enfiévré et je m'exécute aussitôt.

Je commence à caresser mes seins et je titille mes tétons, je sais qu'il adore ça. Son regard est rivé au mien, la manière dont il lèche sa lèvre inférieure montre bien l'effet que je produis sur lui. L'ambiance dans la salle de bains est devenue électrique. Je continue à descendre en plaçant ma main entre mes cuisses et en vérifiant que ses yeux la suivent. Je commence alors à me toucher, les sensations ne tardent pas à monter en moi. Je passe mon autre main dans ma nuque. Je ferme les yeux et savoure le plaisir que je me donne. Quand je les rouvre, lui aussi se caresse. Il m'ordonne d'aller plus vite, décuplant ainsi mon plaisir. Il retire enfin ma main avant que j'arrive au délice ultime. Il me retourne, m'obligeant à appuyer mes mains contre la paroi de la douche ; l'eau coule toujours sur nos corps. Il se presse contre mon dos et je le sens enfin en moi. Il pose ses mains sur mes hanches pour me maintenir pendant qu'il me prend sauvagement. Puis, sa main glissée dans ma nuque, il poursuit son va-et-vient avant que l'on se perde tous les deux dans notre orgasme.

De retour dans la chambre, nous nous asseyons tous les deux en tailleur sur le lit, ouvrons toutes les boîtes de nourriture et commençons à manger.

C'est enfin le dessert, le moment que je préfère, le *fortune cookie*. Mon message dit :

« *Même une feuille de papier est moins lourde quand on la porte à deux* », et celui de Luke : « *La haine excite les querelles mais l'amour couvre toutes les fautes* ». On se regarde tous les deux, surpris par ces mots qui reflètent tellement les jours passés, mais on prend le parti d'en rire.

Le lendemain, quand je me réveille, il est près de moi, endormi. J'en profite pour l'admirer. Il doit se sentir observé car il ne tarde pas à ouvrir les yeux.

Bien réveillés et fin prêts, nous décidons de sortir de la chambre. Nous étions tous les deux emballés par l'idée de rattraper le temps perdu, mais la raison a pris le dessus.

Pour bien commencer la journée, nous faisons une halte dans un *Starbucks*. Nous improvisons ensuite une balade dans Central Park et trouvons un coin sympa sous un arbre où nous asseoir. Je m'allonge et pose ma tête sur ses cuisses ; un écouteur chacun, nous partageons la musique sur mon iPod. Il caresse mes cheveux, le moment est simple mais juste parfait.

Luke a envie d'aller voir un match de base-ball, je n'ai rien contre. Le prochain est prévu à dix-sept heures au *Yankee Stadium*. Je repense aussi à l'idée que j'ai eue hier sous la douche, c'est peut-être le moment de lui en parler.

– Tu as un avis sur les tatouages ?

– Je n'y ai pas vraiment réfléchi. Mais si tu veux que je me fasse tatouer un dragon ou un truc dans le genre sur le pec, c'est hors de question !

– Non, je ne pensais pas à un truc comme ça…

– Sérieusement ? Tu veux que je me fasse faire un tatouage ?

– Je ne pensais pas à toi dans l'absolu, je parlais plutôt de moi, à vrai dire. Mais avant, je voulais connaître ton avis sur la question.

– Oh… Et tu as une idée de ce que tu voudrais faire ?

– Oui, mais rassure-toi, rien à voir avec un dragon. Quelque chose de plus discret.

– Alors je n'ai aucune objection.

– On y va ?

– Quoi ? Maintenant ?

– Oui. Avant que je change d'avis…

Il est très surpris mais me suit dans ma folie.

Nous ne savons pas très bien où aller alors il consulte les avis sur Internet pour trouver un bon tatoueur. Après avoir longuement étudié la question, nous allons chez *Moon Sheen Tattoo*, dans West Village.

Lorsque nous arrivons devant la vitrine, je dois bien avouer que c'est un peu effrayant. Il y a des stickers en haut de la devanture représentant des flammes rouge-orangé et, en bas, des échantillons des tatouages réalisés ici. À l'intérieur du studio, on distingue une hache et des chaînes à gros maillons pendues au mur de la pièce ; tout cela m'angoisse un peu.

Nous entrons et sommes accueillis par une fille guère plus âgée que nous. Elle a un look qui colle bien avec l'endroit. Ses cheveux sont roses, elle est percée un peu partout sur le visage, même à des endroits où j'aurais pensé que ce n'était pas possible, et ses deux bras sont recouverts de tatouages. Devant elle, le comptoir est vitré et il y a de nombreux bijoux de toutes les couleurs et de toutes les formes si l'on souhaite se faire percer.

– Bonjour, que puis-je pour vous ?

– Je voudrais me faire tatouer.

– Cool... Alors tu es au bon endroit ! Tu sais où le faire et quel motif tu veux ?

– Oui. À l'intérieur de mon poignet gauche, et le motif...

Je me tourne vers Luke un peu gênée.

– Luke, tu peux sortir ta chaîne, s'il te plaît ?

Il s'exécute, aussi mal à l'aise que moi. Je montre à la tatoueuse nos initiales et la manière dont elles sont entrelacées.

– Voilà, je veux la même chose, aussi discret que possible.

– Bien, suis-moi.

Luke reste à l'accueil. Une fois installée dans un des box, j'ai presque envie de faire demi-tour mais Luke se moquerait de moi. Il faut que j'aille jusqu'au bout. Elle m'installe et appelle son collègue, Charlie, qui va me tatouer.

Il me fait la conversation, je suppose que c'est pour m'aider à me détendre et faire diversion, et ça fonctionne plutôt bien. Lorsque l'aiguille entre en contact avec ma peau, c'est douloureux, mais peu à peu, je finis par l'oublier. Lorsque c'est terminé, il passe une crème sur le dessin et enroule mon poignet dans du cellophane. Je dois l'hydrater plusieurs fois par jour pendant quelque temps. Je rejoins Luke et lui promets de lui montrer le rendu ce soir. Moi, j'adore.

Puis nous prenons la direction du *Yankee Stadium*. Tout le long du trajet, Luke fait le pitre ; il n'a pas besoin de se donner beaucoup de mal pour me faire rire. Nous restons bras dessus bras dessous, créant vraiment une belle complicité.

Dans la file d'attente pour entrer au stade, Luke lève le bras et hèle un jeune garçon pour qu'il lui apporte un journal publicitaire. C'est à ce moment-là que je vois un bout de cellophane dépasser de son tee-shirt. J'attrape son bras, tire sur le vêtement et découvre qu'il a le même tatouage que moi. Nous sommes liés tous les deux par ce symbole. J'adore l'idée et ce que ça représente, et je saute dans ses bras pour lui montrer ma joie.

– Tu sais que je t'aime ?

– Oui, je le sais, mais pourquoi tu n'arrêtes pas de me dire ça ?

– Parce que je veux être sûre que tu en es vraiment convaincu.

– Mais je le suis, si j'ai laissé planer le doute, alors j'en suis désolé. Je n'ai jamais douté de tes sentiments. Je t'aime comme un dingue ! Ça se voit, non ? lance-t-il en brandissant son bras.

– Moi aussi. Comme une dingue ! dis-je en l'imitant.

Nous nous embrassons, et puis nous prenons place dans les gradins. Je trouve l'ambiance de folie d'un stade totalement grisante et je me laisse prendre au jeu. Durant tout le match, Luke essaie de m'expliquer les règles, mais je me mets à crier comme les autres et ça m'éclate.

Quand je fais le bilan de cette journée, je me dis que si nous étions dans une comédie romantique, ce serait le moment où le couple est heureux, amoureux et vit un condensé de moments parfaits.

À la pause, Luke est parti nous chercher à boire et il revient aussi avec des casquettes, nous sommes maintenant de vrais supporters. Heureusement, les Yankees gagnent le match, Luke garde sa bonne humeur.

Nous rentrons à l'hôtel, épuisés par cette journée dans la *Big Apple*, mais je ressors aussitôt pour acheter à manger. J'entre quelques minutes dans le restaurant chinois où Luke a commandé hier et en ressors très vite, satisfaite. Puis je file nous chercher de bons hamburgers bien gras avec des frites et de quoi boire.

Quand je rentre, Luke est assis sur le lit, en train d'admirer son nouveau tatouage. Je m'installe à côté de lui, défais mon pansement et nous rapprochons nos bras. Je souris niaisement. Je ne pourrais pas être plus heureuse et il semblerait que Luke soit sur la même longueur d'onde que moi.

Nous dévorons littéralement les hamburgers et nous tombons tous les deux d'accord pour dire qu'ils sont délicieux, il n'en reste pas une miette. Je sors de ma poche le dessert que je lui ai concocté.

– Tiens, comme tu as été sage, tu as droit à ton *fortune cookie*. Tu devrais lire ta prédiction.

Amusé, il l'ouvre en deux et retire le bout de papier.

– Je le veux.

Il le lit à haute voix sans comprendre la signification. Je décide de le mettre sur la piste.

– C'est moi qui ai demandé au restaurateur de le glisser à l'intérieur…

Mais il ne comprend toujours pas.

– C'est pour répondre à la question qui est restée en suspens depuis notre retour de Paris.

Je vois immédiatement l'effet que ces trois mots ont sur lui. Ses yeux s'embuent et il se jette sur moi, me renversant sur le lit. Il se place au-dessus de moi et me regarde fixement.

– C'est vrai ? Tu vas m'épouser ?

J'acquiesce, tout sourire.

– Tu sais que je veux que tu sois ma femme parce que je t'aime, parce que je sais que ça a toujours été toi et pas à cause de tout le reste ? Tu le sais, ça, n'est-ce pas ?

– Oui, maintenant je le sais. Moi aussi, je sais que c'est toi et je ne veux rien regretter. Je veux vivre tout ce qu'on veut bien nous donner, à fond. Je veux profiter de chaque instant avec toi.

– Je t'aime, Yale. De tout mon cœur.

– Je t'aime, Luke, je me donne à toi corps et âme.

– Alors laisse-moi profiter de ton corps, là, tout de suite.

Il m'embrasse dans le cou, je frissonne. Il me chatouille et j'éclate de rire.

– J'aime ce si joli son, mon ange.

– Embrasse-moi et fais-moi l'amour au lieu de parler !

Chapitre 14

Le soleil envahit la chambre et sa chaleur m'enveloppe délicatement. Je m'étire tranquillement, un sourire sur les lèvres. La veille me revient en mémoire. *Je vais me marier !* C'est tellement incroyable. J'imagine ma robe, le choix des fleurs et l'endroit de la cérémonie. J'aimerais prononcer mes vœux sur une plage de sable, une arche fleurie face à la mer avec le bruit des vagues comme chant nuptial. Mon humeur ce matin est digne d'un clip de Katy Perry, un arc-en-ciel en arrière-plan, une licorne sur un nuage et des bonbons acidulés dans les airs. Excitée par cette nouvelle perspective, je quitte le lit alors que Luke dort encore. Je quitte les lieux à la recherche de notre petit déjeuner. En déambulant dans les rues de New York, je hume l'air pollué de la ville comme si c'était un bouquet de marguerites fraîchement coupées. Je jette un œil à mon poignet tatoué et sa signification fait grimper mon bonheur d'un cran, comme si c'était encore possible.

Aujourd'hui, je me sens invincible, comme si l'envie de vivre tout ce qu'on m'offre sans aucun regret était plus forte que tout ; certaine que notre amour est capable de vaincre cette maladie. Ma foi en nous, en lui, revient plus grande que jamais.

Convaincue que mon sourire sera impossible à effacer, je pousse la porte du café près de l'hôtel. Le serveur au comptoir rit et je m'aperçois que j'étais en train de fredonner. Les effets de la plénitude sont parfois surprenants. Je m'arrête aussitôt et lui souris, gênée. Je commande deux cafés à emporter, du jus d'orange et deux beignets.

Quand je reviens, Luke n'est plus dans le lit. Il sort en furie de la salle de bains complètement affolé. Je me tiens dans l'encadrement de la porte avec le petit déjeuner dans les mains. Je le regarde, étonnée. Dès qu'il me voit, son regard s'adoucit et son large sourire adoucit ses traits.

– J'ai cru que tu étais partie.

– C'est le cas, je suis allée nous chercher de quoi déjeuner, lui dis-je en brandissant le sac devant ses yeux.

Il se rapproche de moi, me prend par la taille et me glisse à l'oreille.

– J'ai cru que la future mariée avait paniqué et s'était enfuie.

La future mariée ! Ces deux mots prononcés par lui sont plus doux que de la soie. J'aime aussi sa façon de les articuler ; il parle directement à mon corps, qui frissonne aussitôt.

Luke m'embrasse et me pique le sac pour tout installer sur la table. En le rejoignant, je décide de mettre un peu de musique, *Make You Feel My Love* d'Adele semble être une évidence. Les premières notes résonnent dans la pièce et je m'approche de Luke.

– Fais-moi danser…

– Quoi ? Maintenant ?

– Quand une fille te demande de danser, tu ne discutes pas !

– Surtout si cette fille, c'est toi.

On oscille en rythme au beau milieu de la pièce, les yeux dans les yeux, laissant chaque parole tisser un lien insaisissable entre nous.

– Je t'aime tellement, murmure-t-il.

– T'épouser est la meilleure décision que j'aie jamais prise.

Ses lèvres se pressent contre les miennes mais le doux baiser se transforme rapidement en véritable incendie. Je l'interromps dans son élan.

– Luke, on ne va pas… On ne va pas recommencer ? demandé-je en riant.

– Le petit déjeuner attendra.

J'éclate de rire avant qu'il me jette sur le lit. Ce type n'est jamais épuisé, depuis que j'ai accepté de devenir sa femme, nous avons dû faire l'amour au moins trois fois mais, pour être honnête, moi non plus, je ne suis jamais rassasiée. *De lui !*

Il ôte mes vêtements à la vitesse de l'éclair et j'en fais autant. Nous nous retrouvons nus sur ce lit, je pense que nous avons passé le cap de la gêne de notre nudité. Il rampe vers moi et je sens qu'il est d'humeur taquine.

– Tu ne peux pas m'échapper.

– On parie ?

Je roule sur le lit et j'essaie de courir vers la salle de bains mais fuir tout en riant ralentit ma course. Il m'attrape par les cuisses et me fait tomber sur la moquette. On part tous les deux dans un fou rire homérique, impossible de s'arrêter, jusqu'au moment où ses yeux rieurs laissent place à un regard enflammé. Il dépose un baiser tendre sur mes lèvres et ça y est, me voici excitée à mon tour. De son index, il dessine des cercles un peu partout sur mon corps, je frémis aussitôt.

– Tu as froid ?

Je secoue la tête. Je n'ai pas envie de bouger. Je veux qu'il continue ce qu'il a commencé. Il m'adresse un sourire diabolique.

– Cette fois-ci, j'ai envie d'y aller doucement, de prendre mon temps et surtout de te savourer.

Je ferme les yeux. Inutile de répondre. Il promène sa bouche sur moi et j'absorbe les sensations que cela me procure. Il souffle sur mes seins qui réagissent aussitôt. Il chuchote tout en continuant d'embrasser chaque centimètre de ma peau.

– Tu es si belle… Et ta peau… Hmm… elle est si douce.

Il s'attarde sur mon tatouage encore protégé, me lance un regard satisfait puis remonte lentement vers mon cou, un de mes endroits sensibles. Il mordille ma lèvre et, immédiatement, je laisse échapper un gémissement. Je crois que je pourrais jouir comme ça, juste avec ses lèvres qui se baladent un peu partout et trouvent aisément mes zones érogènes. Quand sa langue rencontre la mienne, c'est comme si deux éléments entraient en contact. Le choc est immédiat, mon sang bout, mon cerveau se déconnecte. À présent, il peut faire ce qu'il veut de moi, je suis toute à lui. Il prend appui sur ses coudes, les yeux malicieux. Il ne les détache pas des miens et descend lentement sa main vers mon entrejambe. Quand il me pénètre, je bascule la tête en arrière, me délectant de ses caresses. Après quelques allers et retours, il s'arrête un instant pour que je rouvre les yeux, surprise qu'il ait mis fin à ses effleurements. Puis il glisse ses doigts dans ma bouche pour que je me goûte. Il ne prononce pas un mot mais son regard étincelle. Je m'exécute alors sans détacher mes yeux des siens. C'est un geste tellement… indécent mais érotique à la fois. Je lui tiens la main pour qu'il ne la retire pas et je lèche lentement ses doigts en le fixant. Ça l'excite, il se jette sur moi et m'embrasse pour partager mon désir.

C'est à mon tour de m'amuser un peu. Je le repousse pour qu'il se mette sur le dos. Je me place entre ses jambes, prends son sexe dans ma main et le caresse en jaugeant sa réaction. Il ressent la même chose que moi. Il frissonne dès que je pose ma main, sa respiration s'intensifie, il mord sa lèvre de plaisir. J'aime le voir comme ça, aussi vulnérable. J'approche ma bouche et je souffle délicatement sur son gland, l'effet est instantané, il jure entre ses dents. Je souris et recommence avant de prendre son sexe dans ma bouche. Il pose sa main sur ma nuque pour m'imposer un rythme ; la cadence s'intensifie.

– Yale, tu devrais arrêter de suite, sinon je…

Je n'en ai aucune envie, je suis grisée de le voir aussi tremblant. Il me suffit juste de relever la tête tout en continuant de le sucer et de lui adresser un regard ardent pour que ses jambes se tendent et que je sente un léger soubresaut dans ma bouche. Je m'allonge sur lui pour l'embrasser.

– Hum… Je préfère ton goût au mien.

– Tu n'es qu'un pervers !

– Un pervers éperdument amoureux !

Nous restons quelques instants ainsi, ses yeux plongés dans les miens. Puis il me soulève et me porte sur le lit. Je m'agenouille. Il en profite pour enfiler un préservatif et se place derrière moi. Il me pénètre et place sa main sur mon sexe, puis il varie les plaisirs en dessinant des cercles sur ce petit bouton de chair capable de m'envoyer sur une autre galaxie. Luke enroule ensuite mes cheveux autour de son autre main pour que je pose ma tête sur son épaule. Je suis complètement à sa merci. Il m'assène de grands coups de reins et augmente la cadence de son mouvement sur mon clitoris. Je suis au bord de la jouissance, je ferme les yeux et pousse un cri. Puis on reste là, allongés, encore sous l'effet du plaisir absolu.

Luke se décide à bouger et allume la télé mais garde les yeux rivés au plafond.

– À quoi tu penses ?

– Je me demande ce que tu préférerais : une cérémonie grandiose, une union à la sauvette ou plutôt quelque chose d'intime ?

– J'aimerais quelque chose avec nos familles et nos amis. J'attache de l'importance à la tradition. Quelque chose de bleu, de neuf et d'ancien… Tu vois le genre ?

– Tout ce que tu voudras. Quand comptes-tu en parler à tes parents ?

– Dès qu'on rentre, je refuse de leur annoncer par téléphone.

– J'ai hâte, je voudrais que le mariage ait lieu le plus vite possible, j'ai le sentiment d'avoir déjà trop attendu.

– Monsieur Austin serait-il pressé ?

– Pressé de pouvoir t'appeler madame Austin ? Oui, absolument.

Mon futur patronyme me fait rougir.

– Moi aussi, j'ai hâte, dis-je en l'embrassant.

– Tu as une idée du lieu ?

– Pas vraiment…

– Je crois que le jardin de tes parents est suffisamment grand. Cette maison a été le théâtre de la grande histoire d'amour de Yale et Luke, le lieu semble être tout trouvé.

– C'est tellement ça, elle nous a vus naître, grandir et nous aimer. Nous avons l'endroit ! Finalement, c'est assez simple d'organiser un mariage, ironisé-je.

J'ai l'impression de nager en plein délire. *Nous sommes en train de planifier notre mariage !* Je crois qu'il nous faudra un peu de temps pour réaliser.

Luke s'assied soudain dans le lit et se tourne vers moi.

– Nous devons faire les choses dans les règles, on n'a pas de bague !

– On ira la choisir ensemble, ce n'est qu'un détail.

– Mais non, on s'est fiancés. Il nous faut une bague !

– Je n'ai pas besoin d'anneau, on a le tatouage, c'est indélébile, c'est mieux qu'une bague.

– Lève-toi ! Il nous faut une bague, lance-t-il visiblement peu convaincu par mes propos.

Il est tellement euphorique que ça ne sert à rien d'essayer de l'en dissuader. Il est déjà habillé, prêt à partir, alors que je sors à peine du lit. J'ai juste le temps de m'attacher les cheveux et il me tire hors de la chambre. Une fois dans l'ascenseur, il est toujours autant déterminé.

– Où est-ce qu'on va ?

– 5e Avenue, chez *Tiffany's* !

– Luke, tu n'exagères pas un peu, là ?

– Ne discute pas ! On ne se fiance pas tous les jours.

– D'accord.

Luke siffle un taxi qui nous amène directement devant l'entrée de la bijouterie. Il faut que je bascule la tête en arrière pour regarder le bâtiment dans son entier. La gigantesque porte d'entrée est entourée de marbre sur lequel est gravé le nom de la marque *Tiffany & Co* très discrètement, par comparaison avec la dimension de l'immeuble. Il y a plusieurs vitrines de la taille de fenêtres où se trouvent de somptueux bijoux.

À l'intérieur, nous arrivons dans un hall avec du marbre au sol et, tout au bout, il y a deux ascenseurs couleur acier que nous empruntons. Dès que les portes s'ouvrent, nous percevons une musique douce, en fond sonore. Il y a de la moquette au sol, l'endroit est très spacieux et des comptoirs garnis de bijoux sont disposés un peu partout. Je m'approche de l'un des comptoirs et admire ces magnifiques joyaux. Quelques minutes après, Luke me rejoint avec une femme d'une quarantaine d'années portant un badge avec son nom, Susie.

Elle commence à sortir quelques modèles de bagues de fiançailles. J'aurais peur de porter l'une d'entre elles et de perdre le diamant tellement ils sont énormes. Je fais la grimace et au fur et à mesure de mes refus, je vois bien que Susie s'agace, mais tout ce qu'elle me propose ne me ressemble pas. Elle nous demande de la suivre vers une autre vitrine et alors qu'elle sort d'autres modèles, je remarque une bague un peu plus loin.

– Excusez-moi, pourrais-je voir celle-ci, s'il vous plaît ?

– Mais, Mademoiselle, ce n'est pas une bague de fiançailles.

– Ça ne fait rien. Je voudrais la voir quand même, s'il vous plaît.

Elle me rejoint et ouvre la vitre. Elle est magnifique ; c'est un anneau fin représentant le signe de l'infini. Le symbole est serti de petits diamants et la monture est en or blanc. Il suffit à Luke de voir ma réaction quand je la passe à mon doigt pour être convaincu lui aussi.

– On la prend.

Je l'embrasse aussitôt et nous nous rendons dans un box pour procéder au règlement. Nous sommes chez *Tiffany's*, ce qui signifie qu'il y a tout un protocole. On nous apporte une coupe de champagne pour nous faire patienter. Tout le personnel qui passe devant nous nous répète la même chose : « Vous n'avez besoin de rien ? » Ce rituel terminé, on nous remet la boîte aux couleurs de la marque. Une fois dans l'ascenseur, Luke la glisse à mon doigt. Nous restons un moment dans les bras l'un de l'autre à savourer ce moment avant qu'il reprenne la parole :

– J'aimerais rentrer, Yale. J'ai hâte de partager cette grande nouvelle.

– Très bien. Maintenant ?

– Dès que nous aurons fini de préparer nos affaires.

– Alors, retournons tout de suite à l'hôtel !

Une dernière balade au bord de l'Hudson et nous revenons par le pont de Brooklyn, où nous accrochons un cadenas avec nos initiales. Le témoin de ce week-end inoubliable.

Lorsque nous arrivons à New Haven, je dépose Luke à la résidence pour qu'il prenne quelques affaires et je file à mon appartement. Caroline est sur le canapé, devant la télévision. Quand elle me voit entrer, elle court vers moi et me serre dans ses bras. Je lui rends son étreinte. On s'installe avec un thé et je lui raconte notre escapade, gardant le meilleur pour la fin.

– Et j'ai quelque chose à t'annoncer : j'ai accepté la demande en mariage de Luke.

Je lui montre ma bague en même temps. J'appréhende un peu sa réaction. Mais Caroline est toujours là où on ne l'attend pas. Elle bondit de sa chaise, fait le tour de l'îlot et me prend à nouveau dans ses bras.

– Je suis ravie pour toi !

– C'est vrai ?

Elle hausse les épaules.

– Bien sûr ! Montre-moi ce joli petit bijou !

Elle l'observe sous toutes les coutures et approuve mon choix.

– Je ne voudrais pas abuser, mais... j'aurais une dernière chose à te demander. Je voudrais que tu sois ma demoiselle d'honneur.

En guise de réponse, elle me serre dans ses bras, en sautillant sur place.

– Je prends ça pour un oui !

Une fois l'euphorie retombée, elle m'assaille de questions : « Tu es sûre de ce que tu fais ? », « Tes parents sont au courant ? »

Je tente de la rassurer et lui rappelle que nous venons tout juste de rentrer et que je téléphonerai à mes parents tout à l'heure, mais que je veux leur annoncer de vive voix.

Luke ne va pas tarder à me rejoindre, nous passerons la nuit ici puis nous rentrerons à Madison. Il ne peut plus attendre.

– Si vite ? demande Caroline.

– Nous sommes pressés... Le temps joue contre nous.

Je ne laisse pas cette idée gâcher ma bonne humeur. Luke est fort et courageux, je sais qu'on va finir par y arriver. Je suis sûre que tous les moments que nous avons passés l'aideront à aller mieux, c'est une cure de jouvence, en quelque sorte, et puis cette idée de mariage va lui occuper l'esprit. Et le mien aussi.

Caroline doit rejoindre Joey, ils vont au cinéma, ce soir. Lorsqu'elle arrive dans l'encadrement de la porte, elle lance :

– Alyssa, je suis vraiment contente pour toi, sincèrement.

J'acquiesce, un peu gênée, les larmes aux yeux, puis elle tourne les talons et ferme la porte.

Je file dans ma chambre pour appeler ma mère. Elle répond à la deuxième sonnerie.

– Comment vas-tu, ma chérie ?

Je sens au ton de sa voix qu'elle est vraiment contente de m'entendre.

– Ça va, maman. Et toi ?

– Tu me manques, tu sais.

Je souris au téléphone. Même si ces derniers temps j'ai un peu délaissé mes parents, ils me manquent et j'ai besoin d'eux, surtout en ce moment.

– Maman, est-ce que tu rentres bientôt à la maison ?

– Pourquoi ? Il se passe quelque chose ?

– Non… Je voulais juste vous parler d'un truc à papa et à toi, mais pas par téléphone.

– Tu es enceinte ?

– Mamaaaannn ! Mais où vas-tu chercher ça ?

– Le ton que tu emploies ne me dit rien qui vaille.

– Au contraire, c'est quelque chose de très positif pour moi et j'ai hâte de vous en faire part.

– J'ai accompagné ton père, nous rentrons dans deux jours.

– Parfait, alors on se retrouve à la maison ce week-end.

– Tu es sûre que tout va bien ?

– Tout va très bien, je t'assure. Je t'aime, maman.

– Je t'aime, ma chérie. Prends bien soin de toi !

Nous raccrochons. J'ai le cœur serré. J'ignore comment mes parents vont réagir. Est-ce que je dois leur annoncer la maladie de Luke ? C'est une des raisons pour lesquelles on se précipite un peu dans cette aventure. Ils seront bouleversés. En plus, ça fait des mois que je ne les ai pas vus ensemble et je débarque avec un petit ami qui est devenu mon fiancé ; pour couronner le tout, j'ai un tatouage. Je crois que ça va faire beaucoup, mais je ne peux plus reculer. La sonnette me tire de ma rêverie.

Quand j'ouvre, Luke est là avec une pizza. Nous nous asseyons dans la cuisine.

– J'ai croisé Caroline et Joey dans l'entrée et elle m'a félicité. Tu lui as déjà tout dit ?

– Tu aurais préféré qu'on lui annonce ensemble ? Mais j'étais tellement excitée de pouvoir le dire à quelqu'un.

– Tu as bien fait. Alors, comment l'a-t-elle pris ?

– Très bien. Elle n'a pas arrêté de me répéter qu'elle était très contente pour moi. Et puis… je lui ai demandé d'être ma demoiselle d'honneur, ce qu'elle a accepté.

– Carrément !

– C'est ma meilleure amie et elle est très proche de moi. En dehors de Cory, je ne vois personne d'autre pour ce rôle.

– Ma sœur… Je suis sûre qu'elle en serait ravie.

– Tu crois qu'elle pourra venir ?

– Je lui paierai le billet s'il le faut mais ma sœur et mon frère seront là.

– Bien, alors Caroline et ta sœur, ça me va, à condition que tu prennes Cory comme garçon d'honneur.

– Pourquoi pas ? Avec mon frère, bien entendu.

– Tu ne trouves pas ça bizarre, toi ? Toute cette conversation…

– Si, tu as raison, mais il faut bien en parler.

– Allez, viens ! Je vais te faire faire le tour du propriétaire.

Il trouve l'appartement vraiment génial. Je sens que lui non plus ne sera pas souvent à la résidence universitaire.

Le lendemain matin, en route pour Madison, nous sommes tous les deux très silencieux. Je pense que l'angoisse s'est emparée de nous. Il me presse la main de temps en temps pendant qu'il conduit mais je sais qu'il est comme moi et qu'il n'en mène pas large. Nous savons tous les deux que, sans le consentement de nos parents respectifs, nous ne pourrons pas nous marier, nous ne sommes pas encore majeurs. Quand il se gare devant chez lui, il me fait un baiser d'encouragement, un dernier sourire, et c'est parti.

Sa mère se trouve dans la cuisine et elle est en pleins préparatifs du repas. Lorsqu'elle nous aperçoit, elle nous sourit, visiblement surprise. Elle se dirige vers son fils et le serre dans ses bras. Luke ne me lâche pas la main.

– Papa est là ?

– Oui, il est dans son bureau.

Luke m'abandonne quelques instants pour aller le chercher, me laissant seule avec sa mère. Elle retourne à ses fourneaux sans un mot. Heureusement, Luke est déjà de retour accompagné de son père. Ils s'installent à la table de la cuisine où je les rejoins. Luke invite sa mère à venir aussi. Il lance, ma main serrée dans la sienne :

– Voilà, on est venus vous annoncer une grande nouvelle : Yale et moi, nous allons nous marier.

Ses parents échangent un regard comme s'ils voulaient s'assurer qu'ils ont bien entendu mais ils restent totalement silencieux.

– Dites quelque chose, lance Luke pour briser le silence.

C'est à mon tour de lui serrer la main. Il me regarde du coin de l'œil et j'essaie de lui faire comprendre qu'il faut être patient et les laisser se remettre de leurs émotions. C'est son père qui se lance le premier :

– Mais… vous êtes si jeunes !

– Je me suis dit la même chose durant toutes ces années et j'ai gâché tout ce temps avec des filles sans intérêt alors que j'ai toujours su que c'était Yale, la femme de ma vie, mais je voulais profiter. Et regarde-moi aujourd'hui. Qu'est-ce que ça m'a apporté ? De quoi est-ce que j'ai profité au juste ? Je ne veux plus perdre mon temps.

Sa mère commence à renifler et les épaules de son père s'affaissent. Il semblerait que Luke l'ait convaincu mais il conserve une mine triste.

– Bien. Si c'est ce que vous souhaitez, nous respectons votre décision, dit simplement son père, sur un ton très solennel.

Je relâche le soupir que je retiens depuis que nous sommes entrés dans cette maison et je sens que Luke en fait de même.

Ses parents se lèvent et nous serrent dans leurs bras chacun notre tour pour nous féliciter. J'ai l'impression que cette confession a enfin brisé la glace qui s'était formée depuis notre « break » de la semaine dernière ; en tout cas je l'espère.

Nous évoquons tous les détails auxquels nous avons déjà réfléchi. Nous les prévenons que nous aimerions que le mariage ait lieu rapidement, mais qu'il nous reste encore à prévenir mes parents, qui seront de retour après-demain, et que nous aimerions que la cérémonie ait lieu chez moi, en petit comité. Son père est déçu car il aurait sans doute aimé inviter toute la profession, mais si nos parents s'amusent à ça, il y aura plus de trois cents convives et je m'y refuse catégoriquement.

Il voulait également nous offrir une *wedding planner* pour les préparatifs, en guise de cadeau, mais ce n'est pas l'idée de ce mariage, nous voulons quelque chose de simple pour donner toute sa beauté à ce « oui » que nous rêvons de prononcer. En revanche, je propose à sa mère de s'occuper du traiteur et de la décoration. Je vois bien que l'idée lui plaît ; je n'y connais rien et pour être honnête, ça m'est égal. Tout ce qui compte, c'est le choix de ma robe, le reste n'est qu'un détail.

Nous déjeunons avec eux. L'ambiance semble plus légère. Luke parle avec son père du match que nous sommes allés voir à New York, et moi, je raconte un peu ce que nous avons fait là-bas à sa mère, sans parler du tatouage. Je pense qu'elle a eu son compte pour aujourd'hui.

Le lendemain, j'appelle Cory pour lui parler également de l'événement. Bien entendu, comme tout le monde, il est très surpris mais est ravi pour nous, et il confirme sa présence avec sa copine. C'est un peu bizarre d'en parler alors que mes parents ne sont pas encore au courant, j'ai l'impression de comploter dans leur dos.

La journée de vendredi traîne en longueur. Je suis exécrable. Luke a abandonné le navire durant l'après-midi tellement j'étais insupportable. Je meurs d'envie que cette discussion avec mes parents soit derrière moi. J'ai le pressentiment que ce ne sera pas aussi facile qu'avec les parents de Luke, peut-être aussi parce que je ne leur ai jamais parlé de notre histoire.

Une fois que j'ai la certitude qu'ils sont bien arrivés, je décide d'aller les voir aussitôt. Luke tient à m'accompagner, même si j'aurais aimé le leur annoncer seule afin d'éviter des paroles malheureuses de leur part.

Quand j'entre, mes parents sont tous les deux installés dans le salon. Ma mère ne cache pas sa surprise lorsqu'elle voit ma main dans celle de Luke. Ils le connaissent, c'est déjà un bon point. Je vois à l'expression de mon père qu'il est ravi. Ma mère nous invite à nous asseoir. Je me colle le plus possible à Luke, très nerveuse. Ma mère s'assied sur l'accoudoir du fauteuil de mon père. Ils nous regardent avec attention. Papa commence très calmement :

– Alors, Yale, quelle est la grande nouvelle que tu voulais nous annoncer en personne ?

Je prends une profonde inspiration. Je m'apprête à parler quand Luke lance, avant même que j'aie pu dire un mot :

– Monsieur Conrad, je voudrais vous demander la main de votre fille.

Je ne m'attendais pas à ça. Leur dire comme ça, sans ménagement, je ne sais pas si c'était la meilleure chose à faire. Je ferme les yeux en attente de leur réaction. Je les rouvre à contrecœur quand seul le silence lui répond. Tous deux sont bouche bée. Jusque-là tout va bien, mais dès qu'ils auront assimilé la nouvelle… Ma mère réagit la première.

– Yale, tu n'es pas sérieuse ?

– Luke et moi nous sommes fiancés ce week-end à New York et nous voudrions nous marier ici, le week-end prochain.

J'ai parlé d'un trait en leur montrant ma bague. Ma mère comprend alors que tout cela est bien réel.

– Mais tu es trop jeune, et puis qu'est-ce que tu connais de l'amour ? C'est la première fois que ton père et moi nous te voyons avec un garçon. Ça ne fait que quelques semaines que vous vous fréquentez, je suppose…

– Je sais que c'est surprenant, mais maman je l'aime depuis que je suis en âge de savoir ce que ça signifie, peut-être même avant. Et j'ai la chance qu'il m'aime aussi. Je sais que c'est lui, ce sera toujours lui.

Mes paroles ressemblent plus à une supplique.

– Mais si tu l'aimes à ce point, alors pourquoi nous l'avoir caché ?

– Je ne voulais pas vous le cacher mais quand aurais-je pu vous en parler ? Vous n'êtes jamais là.

– Pourquoi une telle urgence ?

– Parce que ça ne sert à rien d'attendre plus longtemps.

Je ne sais pas quoi dire d'autre, quand j'essaie de regarder Luke, ma mère file un coup de coude à mon père.

– Jack, dis quelque chose !

Il pose sa main sur le genou de ma mère pour tenter de la calmer et d'attirer son regard.

– Écoute, chérie, Yale est rentrée à la maison pour me voir il y a quinze jours. Je ne l'avais jamais vue comme ça, j'ai tout de suite su que c'était à cause de ce garçon. Je crois qu'elle l'aime vraiment et puis nous étions comme eux au même âge, si tu te souviens bien, et regarde où nous en sommes. (Il se penche vers nous et fixe Luke.) Je voudrais m'entretenir avec toi une minute dans mon bureau, si tu n'y vois pas d'inconvénient.

Luke acquiesce, se lève et lui emboîte le pas.

Je me retrouve seule avec ma mère, sans mon bouclier. Elle vient s'asseoir près de moi et me prend la main.

– Ma chérie, ne te méprends pas sur mes propos. Je m'inquiète juste pour toi, c'est normal, c'est mon rôle. Est-ce que tu peux comprendre que tout va trop vite ?

– Bien sûr, maman.

– Dis-moi ce qu'il y a, tu me caches quelque chose, j'en suis certaine.

Je m'effondre. Je dois évacuer toutes les tensions de ces derniers jours. Je décide de tout lui révéler sans omettre de détails. Ma mère me prend dans ses bras et me caresse les cheveux comme si je n'étais encore qu'une enfant.

– Je suis désolée que tu aies dû affronter seule toute cette situation. Nous serons plus présents désormais, et puis si tu l'aimes à ce point… vas-y ! Il n'y a pas une seconde à perdre.

Je relève la tête, les yeux encore larmoyants.

– Si ton bonheur, quel qu'il soit, se trouve avec Luke, alors tu dois foncer ! Tu as mon soutien.

Je la serre dans mes bras, riant et pleurant à la fois.

À cet instant, Luke et mon père sortent du bureau.

– Nous avons eu notre discussion entre hommes et vous avez ma bénédiction.

Je saute du canapé pour courir dans ses bras. Ma mère se lève pour nous rejoindre. Une fois les embrassades terminées, Mamita nous apporte de quoi boire et elle me félicite à son tour sans pouvoir s'empêcher de me glisser à l'oreille qu'elle savait et qu'elle avait toujours su. Ça me fait sourire parce que je me souviens très bien de ce qu'elle m'avait dit dans la cuisine la première fois que Luke était venu me voir. *Oui, elle le savait !*

Bien entendu, je promets à ma mère d'aller essayer des robes avec elle dès demain. Nous dînons tous les quatre et c'est vraiment très étrange mais plaisant de me retrouver avec mes parents et mon « fiancé ».

Quand nous rentrons chez Luke, nous sommes tous les deux très détendus mais exténués, tout ce stress aura eu raison de nous.

Au matin, Luke ne tient plus et appelle son frère et sa sœur. Contrairement à nos parents, ils sont tout de suite très heureux d'apprendre la nouvelle. Sa sœur pouvant être revenue dans une semaine, nous décidons que le mariage aura lieu à ce moment-là. On voulait que ça aille vite, je pense qu'on ne peut pas faire mieux !

Je rejoins ensuite ma mère pour courir les magasins. Après plusieurs essais, je trouve enfin mon bonheur. Je sors de la cabine et dès que je me découvre, la joie est telle que mes larmes se mêlent à la douceur de l'instant. Lorsque je me tourne vers ma mère, sa réaction est identique. *C'est celle-là !*

Une robe simple en apparence, tout en satin blanc, qui tombe jusqu'à mes pieds. Le seul artifice est un croisé dans le dos, elle épouse parfaitement mes formes. Tout en délicatesse, avec pudeur, elle dégage une aura à laquelle Luke ne sera pas insensible, j'en suis certaine.

Ma mère, heureuse de partager ce moment, m'offre tous les accessoires, des chaussures jusqu'au porte-jarretelles. Elle choisit à son tour une tenue et je savoure ce moment de complicité tellement rare.

Nous rentrons en fin d'après-midi, je la remercie pour cette superbe journée et je cours rejoindre Luke.

Quand j'entre chez ses parents, Luke est assis dans le salon avec son père devant le match. Il est tellement concentré qu'il ne remarque pas ma présence.

– L'achat de Chase Cooper est ce qui pouvait arriver de mieux aux *Giants*. Ce mec est un génie du football, il a une vision du jeu incroyable.

Son père hoche la tête sans jamais quitter la télé des yeux.

Je m'avance, et dès que Luke m'aperçoit, il m'invite à m'asseoir près de lui.

– Alors, est-ce que cette journée shopping a été à la hauteur de tes espérances ?

– Oh bien plus…

– J'ai hâte de voir ça, me susurre-t-il à l'oreille.

Je pose ma tête sur son épaule et nous regardons la fin du match tous les trois.

Quand John se lève, Luke l'interpelle.

– Papa, que dirais-tu d'aller au parc demain pour pique-niquer ? On pourrait se lancer quelques balles ?

– Pourquoi pas ?

–Yale, tu devrais proposer à tes parents de se joindre à nous. Ça nous rappellera les dimanches d'antan.

–J'adore l'idée !

***

Le lendemain, vêtue d'un jogging et d'un sweat-shirt de Luke dix fois trop grand, je rejoins tout le monde dans le hall. Luke éclate de rire dès qu'il me voit descendre les escaliers.

Ce dimanche a un parfum d'autrefois, nos mères discutent, nos pères se lancent le ballon tout en philosophant sur l'actualité. La seule chose qui change, c'est que Luke est assis, ma tête sur ses genoux pendant qu'il me caresse les cheveux distraitement. C'est le bonheur absolu.

En fin d'après-midi, l'orage gronde, nous plions donc toutes nos affaires sans attendre et échappons de justesse à la pluie.

Pendant que Luke est sous la douche, je reste allongée sur son lit, en me laissant submerger par cette vague de douceur, un sentiment qui ne me quitte plus ces derniers temps. Est-ce une parenthèse ou deux points qui s'ouvrent sur le champ des possibles ?

– À quoi tu penses ? me demande-t-il, interrompant le fil de mes pensées.

– À toi, à la chance de t'avoir dans ma vie, au bonheur incommensurable que ça me procure et en espérant que cela ne s'arrête jamais…

Luke vient s'allonger au-dessus moi.

– La seule chose dont je suis sûr c'est que le temps peut s'arrêter, la pluie peut cesser de tomber, la lumière peut disparaître, mais mon amour pour toi est comme le vent, tu le sentiras toujours.

Je me loge dans ses bras et laisse sa chaleur réchauffer mon cœur et mon âme.

***

Quand j'ouvre les yeux, à mon réveil, Luke n'est plus là. Je me redresse aussitôt, étonnée par son absence. Machinalement, je regarde mon téléphone, un message s'affiche sur l'écran.

Tu dormais tellement bien que je n'ai pas eu le cœur de te réveiller. Je suis parti à la recherche du costume idéal, j'hésite entre un style à la Elvis Presley ou à la Michael Jackson mais j'ai peur que le gant en argent soit un peu too much. Je t'aime mon ange. Ton futur mari.

Je souris en lisant son message. La maison est désespérément vide, je file chez moi pour prendre le petit déjeuner avec mes parents. L'ambiance est au beau fixe et je profite que l'on soit tous réunis, ce n'est pas arrivé depuis une éternité.

Alors que je tends le bras pour attraper le café, ma mère se lève d'un bond et saisit mon poignet.

– Qu'est-ce que c'est que ça ?

Mon tatouage… Je suis sur le point de lui expliquer mais mon téléphone sonne et m'interrompt dans ma lancée.

– Sauvée par le gong ! finis-je par dire.

Mon père éclate de rire tandis que je décroche.

– Allô ?

– Yale ? C'est Meredith.

Sa voix est essoufflée et ses mots sont confus.

– Meredith, calmez-vous, je ne comprends rien !

– On… On était… On était au magasin de costumes et… et Luke est tombé… bafouille-t-elle.

– Il est tombé ? Est-ce qu'il va bien ?

– Yale, tu ne réalises pas, il a fait un malaise ! Nous sommes à l'hôpital mais il n'a toujours pas repris connaissance. Les médecins lui font passer une batterie d'examens.

Meredith sanglote dans l'écouteur, mon cœur tambourine dans ma poitrine, l'adrénaline pulse dans mes veines. *L'heure est grave.*

– J'arrive tout de suite.

La panique s'empare de moi, mon père comprend tout de suite ce qu'il se passe à ma mine décomposée.

– Papa, emmène-moi à l'hôpital tout de suite !

Chapitre 15

Le trajet interminable pour aller jusqu'à l'hôpital joue avec mes nerfs. Mes ongles sont devenus mes souffre-douleur et mon jean a bien failli se trouer à force d'être frotté compulsivement. Quand mon père gare enfin la voiture, je saute dehors et me dirige en courant vers l'accueil. Une infirmière m'indique où se trouvent les soins intensifs. *Les soins intensifs !* J'attends ce putain d'ascenseur qui tarde à descendre. Mon père m'a rejointe, je danse d'un pied sur l'autre, impatiente. Les portes s'ouvrent enfin ! Nous nous y engouffrons, mon père prend ma main pour essayer de me rassurer. Quand nous arrivons au deuxième étage, les parents de Luke sont dans la salle d'attente. John cache son visage dans ses mains et Meredith sanglote. Dès qu'ils nous voient, ils se lèvent et viennent à notre rencontre. Son père me prend aussitôt dans ses bras. Tous les deux semblent tellement abattus. John m'invite à m'asseoir et je l'assaille tout de suite de questions.

– Que s'est-il passé ? Est-ce que les médecins sont venus vous donner de ses nouvelles ? Comment va-t-il maintenant ? Il ne s'est toujours pas réveillé ?

– Nous étions en train de choisir son costume. Luke était dans la cabine d'essayage, Meredith et moi flânions dans les rayons à la recherche de nouveaux modèles qui pourraient lui plaire. Quand nous sommes revenus vers les cabines, seuls ses pieds dépassaient du rideau, alors on s'est précipités vers lui mais il était déjà inconscient. Le gérant du magasin a appelé les secours et une ambulance est venue le chercher. Tout ce que nous savons, c'est qu'ils lui font tout un tas d'examens pour essayer de comprendre ce qui a bien pu se passer. Depuis que nous sommes arrivés, nous attendons qu'un médecin vienne nous voir.

Je l'écoute attentivement sans pouvoir m'empêcher de me représenter la scène. Que va-t-il advenir, à présent ? Est-ce qu'il va s'en sortir ? Est-ce que c'est grave ? Mes plus grandes peurs me prennent à la gorge. Tout se bouscule dans mon esprit et je sais que seul le médecin peut calmer mes inquiétudes. John pose sa main sur ma cuisse et me ramène à la réalité.

– Je suis sûr que Luke ne t'en a pas parlé pour ne pas t'inquiéter mais…

Mon angoisse monte d'un cran.

– Quoi, John ? Dites-moi ! Qu'est-ce qu'il ne m'a pas dit ?

– Eh bien… La semaine dernière, le jour où il avait rendez-vous avec son oncologue pour sa séance de chimio hebdomadaire, le docteur Tottenham lui a annoncé que le nouveau traitement prescrit par le professeur Chinot n'avait pas fait effet… La… La tumeur a encore grossi. Il devait augmenter le nombre de ses séances cette semaine.

La nouvelle tombe comme un couperet sur mes espoirs. Mes larmes jaillissent, impossible d'en arrêter le flot. Je repense aussitôt à notre escapade à New York, à cette énergie que nous avons dépensée comme si nous en avions à revendre. Tout est ma faute, je l'ai mis en danger à trop vouloir mener une vie « normale ». Entre deux sanglots, les mots s'échappent de ma bouche.

– J'ai été négligente, je n'aurais jamais dû l'emmener à New York. C'est à cause de moi, s'il est là ! Je suis tellement désolée ! Je pensais au contraire qu'il allait mieux, si j'avais su… jamais ne l'aurais embarqué là-dedans, jamais…

Sa mère se lève alors de sa chaise et me saisit par les épaules pour me mettre debout face à elle, me regardant droit dans les yeux :

– Ne pense pas ça, Alyssa ! Tu es la meilleure chose qui lui soit arrivée. Tu lui as donné la force et l'envie de se battre. Chaque moment passé, chaque matin où Luke s'est levé est une victoire. On savait que ça pouvait arriver et tu n'y es absolument pour rien, je t'assure.

Ses mots me réconfortent mais je ne peux m'empêcher de penser qu'à trop vouloir tirer sur la corde, elle a fini par céder.

Nous restons assis là, dans cette salle d'attente peu accueillante. Les murs défraîchis peints d'un beige maussade lui donnent un air angoissant, une plante en plastique dans un recoin de la pièce est là pour faire illusion, mais rien ici ne peut apaiser ma souffrance. L'attente passive me rend dingue et faire les cent pas attise mon exaspération. John est allé nous chercher des cafés. Les minutes paraissent des heures et mon père remarque que je ne tiens plus en place.

– Yale, vient t'asseoir près de moi.

Je m'exécute et il pose sa main sur mon genou.

– Ma chérie, je connais Luke depuis qu'il est petit. J'ai toujours su que c'était quelqu'un de bien et de droit. Mais tu sais… quand on s'est entretenus dans mon bureau tous les deux au sujet de votre mariage, il m'a vraiment impressionné. L'aplomb et la détermination dont il a fait preuve pour me convaincre étaient incroyables. Il a ouvert son cœur sans crainte et sans pudeur. La passion était dans chacun des mots qu'il a prononcés, ses yeux brillaient d'une lueur magnifique. Il m'a dit combien il était fou de toi et que si ce n'était pas suffisant, il était capable de crier et d'afficher, devant la ville entière, son amour pour toi.

Mon père rit en évoquant ce dernier souvenir et je souris à mon tour parce que je sais que Luke en aurait été capable.

– Merci papa, dis-je simplement.

John revient, le médecin sur ses talons. Nous nous approchons immédiatement de lui, le cœur dans la gorge.

– Alors, docteur ?

– Les nouvelles ne sont pas bonnes. La tumeur a pris plus d'ampleur et compresse à présent le cerveau, c'est la raison pour laquelle il a perdu connaissance.

John demande alors :

– Est-ce qu'il va se réveiller ?

– Peut-être, mais les chances sont minimes.

– Pourquoi tout s'est accéléré soudain ?

– Malheureusement, la tumeur dont souffre Luke est une tumeur très agressive. La chimio devait empêcher la masse de grossir mais les anticorps de Luke ne fonctionnent plus, le sang a continué de transporter les cellules souches malignes et leur multiplication est plus rapide que le traitement.

Nous sommes à présent complètement dévastés par les explications du médecin et celui-ci finit par dire :

–Vous pouvez aller le voir, maintenant. Suivez-moi.

Le médecin nous accompagne jusqu'à sa chambre et reste avec nous quelques instants. Dès que je découvre Luke, un tube dans la bouche et des fils reliés à tout un tas de machines, cette vision me fait horreur. Mon cœur saigne, sans réfléchir, je m'approche de lui et pleure sur son torse.

– Réveille-toi, je t'en prie ! Tu n'as pas le droit de me laisser ! Luke ! Je t'en supplie, ne m'abandonne pas !

Le docteur parle brièvement avec ses parents et mon père dans le couloir, leur conversation n'est qu'un bruit de fond. John et Meredith reviennent ensuite auprès de Luke, sa mère lui prend la main et son père l'enlace. Puis nous restons là, à le contempler sans un mot. Le silence est ponctué par le bip incessant des machines. Je décide de prendre une chaise et de m'asseoir près de lui. Je pose ma tête sur sa main et je suis bien déterminée à ne plus bouger d'ici.

Une infirmière vient prendre ses constantes et quand elle observe nos mines déconfites, elle essaie de nous réconforter.

– Parlez-lui. Certains pensent qu'ils nous entendent et ça ne peut pas faire de mal.

Je pince mes lèvres en guise de réponse. Elle finit par sortir, mon père prend le même chemin. Il retourne auprès de ma mère et reviendra plus tard pour me ramener quelques affaires car je compte bien rester jusqu'à ce que Luke se réveille… parce qu'il va se réveiller ! Il ne peut en être autrement.

⋆⋆⋆

La journée passe d'une traite sans que je m'en aperçoive. Lorsque mon père revient avec des affaires propres, mon iPod et quelques livres pour m'aider à passer le temps, les parents de Luke essaient de me convaincre de rentrer me reposer. Mais ici, c'est chez moi désormais. Je n'ai pas l'intention de partir. Devant ma détermination, ils partent tous les trois, nous laissant seuls. Je décide de lui mettre mes écouteurs pour qu'il puisse entendre notre chanson, celle de Bruno Mars, je sais qu'il l'entend.

Une autre infirmière entre pour voir si tout va bien. Elle comprend que je reste pour la nuit et revient avec un lit de camp. Je la remercie et le met le plus près possible de Luke, je veux qu'il sente ma présence. Mais je dors très mal, cette nuit-là, je le regarde régulièrement et vérifie que tout va bien, qu'il respire encore.

Lorsque au matin je m'éveille, je vais vite me chercher un café. En passant devant l'accueil, je vois une pile de journaux sur le comptoir. Quand je m'en approche, une infirmière m'invite à me servir.

De retour dans sa chambre, je m'installe près de lui et lui fais la lecture des pages sportives. Il y a un article sur les Yankees que je m'empresse de lui lire.

Après cette activité matinale, je m'installe au bord du lit et je le contemple. Si j'occulte tous ces fils qui couvrent son corps et son visage, je le trouve paisible. On dirait simplement qu'il est dans un sommeil profond, ce qui me donne espoir qu'il va finir par reprendre conscience.

Vers dix heures, le médecin vient voir s'il y a une progression de son état.

– Docteur, est-ce qu'il a mal ?

– Non. Nous lui injectons les médicaments nécessaires pour l'empêcher de souffrir.

Sa réponse est un véritable soulagement.

Ses parents viennent lui rendre visite en fin de matinée. Son père s'approche de lui et lui annonce que son frère et sa sœur seront bientôt là. Je préfère penser qu'il a besoin d'être entouré par les gens qu'il aime au lieu de réfléchir à ce que cela signifie vraiment.

Ma mère vient dans l'après-midi, elle m'informe que la dame a appelé pour dire que ma robe était prête et qu'elle ira la chercher dès demain. *Ma robe ?* Tout ça a volé en éclats. Ma mère tente de me réconforter. Elle pose sa main dans mon dos.

– Tu dois être forte pour vous deux et puis, tu dois y croire. Il va se réveiller et ce mariage aura bien lieu, peut-être pas aujourd'hui, mais il aura lieu, tu verras. Allez…

Ses yeux sont baignés de larmes, elle est si touchante. Je suis contente qu'elle soit là.

Mon père nous rejoint. Il m'a apporté un panier de nourriture variée préparée par Mamita. Je lui en suis très reconnaissante, mais pour l'instant, je ne peux rien avaler.

– Tu devrais essayer de manger, Yale ! dit-il inquiet.

– Oui, papa, plus tard.

Je me retrouve à nouveau seule avec Luke.

Les jours défilent et se ressemblent, il n'y a toujours aucun signe d'amélioration.

★★★

Nous sommes déjà dimanche et rien n'a bougé. Mes journées s'organisent toujours de la même manière. Tous les matins, je lui lis les journaux, c'est devenu un rituel. J'essaie ensuite de lui parler de ce qui se passe autour de nous et j'évoque des souvenirs d'enfance ou bien de nos folles escapades.

Ses parents et les miens ont réussi à me convaincre de rentrer dormir un soir chez moi mais impossible de fermer l'œil de la nuit, la crainte qu'il ne lui arrive quelque chose et que je ne sois pas auprès de lui ne m'a pas quittée. *Plus jamais ça !*

La semaine d'après, c'est un vrai défilé. Ses parents ont dû en parler autour d'eux et les gens se manifestent, ce qui est plutôt gentil. La chambre se charge de fleurs, de ballons et de peluches en tout genre au fur et à mesure des visites. Je reconnais quelques-uns de ses copains du lycée. Même Christie vient lui rendre visite. Lors de sa venue, elle n'a pas été surprise de me voir, en revanche, quand elle a aperçu nos tatouages identiques, son expression a changé. Pour la première fois depuis toutes ces années, elle m'adresse la parole.

– Au lycée, Luke parlait souvent de toi. Je n'aurais jamais soupçonné que c'était parce qu'il avait des sentiments pour toi, tu étais si…

– Coincée !

Je finis sa phrase à sa place.

– Oui, pour être honnête, c'est exactement ce que j'allais dire. J'avais toujours cette boule qui se formait quand il prononçait ton prénom sans trop savoir pourquoi, mais maintenant tout s'explique.

Nous sommes toutes les deux plutôt mal à l'aise. Elle brise le silence au bout de plusieurs minutes.

– Rassure-toi, tout ça est derrière nous, maintenant.

Elle vient vers moi, me prend rapidement dans ses bras, me fait promettre de prendre bien soin de lui et passe la porte. Je crois que je l'ai même vue essuyer une larme.

En milieu de semaine, Cory vient à son tour, accompagné de sa petite amie, Melissa. Quand je le vois dans l'encadrement de la porte, je craque à nouveau. Je suis si contente de le voir. Je le serre fort dans mes bras, sa présence me fait du bien.

– C'est ton père qui m'a appelé.

– Il a bien fait, je suis contente de te voir… Enfin, de vous…

Je me tourne vers Melissa, lui fais un sourire et je lâche Cory. Il s'approche de Luke et sans que je lui dise quoi que ce soit, il commence à lui parler de manière naturelle. Ce geste me touche. Je les invite à s'asseoir et nous discutons un peu d'autre chose tout en restant près de Luke. Cory semble très amoureux et ça m'a l'air d'être la même chose pour Melissa. Ils se sont bien trouvés tous les deux. Je suis vraiment heureuse pour lui.

Vendredi, c'est au tour de Caroline de venir, accompagnée de Joey. Je suis touchée qu'ils aient fait le déplacement. À force de persuasion, Caroline m'a convaincue de sortir un peu. C'est vrai qu'une fois dehors je savoure l'air pur qui m'enveloppe et ça me fait du bien. Nous faisons quelques pas dans le parc, elle essaie comme tout le monde de me réconforter et m'encourage à rester forte. *J'aimerais tellement qu'il se réveille !*

Lorsque nous remontons dans la chambre, les parents de Luke sont arrivés. Je me rassieds à ma place et lui prend la main. John nous fait la conversation quand, tout d'un coup, mon corps se tend et mes yeux s'agrandissent.

– Il a bougé ! Sa main a bougé, je l'ai sentie !

Tout le monde s'approche du lit et je fixe ma main dans la sienne du regard, dans l'espoir de le sentir à nouveau. Il se passe quelques secondes avant que ça se reproduise. Mes yeux s'emplissent de larmes. John se place à la tête du lit et parle à son fils.

– Luke, c'est papa, tu nous entends ?

Il bouge à nouveau, un peu plus fort cette fois-ci. Nous restons tous dans l'attente qu'il ouvre enfin les yeux. Personne ne parle et on peut lire sur nos visages le même désir de le revoir parmi nous.

J'ai du mal à respirer, je crève d'envie de monter sur le lit et de le secouer pour l'aider à se réveiller, je ne tiens plus, mais le tube dans sa bouche obstrue sa gorge. Son père appelle l'infirmière. Elle arrive en trombe et se place au-dessus de Luke.

– On a dû vous mettre un tube pour vous aider à respirer mais nous allons le retirer. Restez calme.

Le médecin arrive et effectue enfin le retrait. Luke respire à grandes goulées avant d'essayer de parler mais sa voix n'est que chuchotement. Son père approche son oreille de sa bouche pour essayer de comprendre ce qu'il dit. Nous regardons alors John pour qu'il nous transmette ce qu'il entend. Mes yeux sont emplis d'espoir mais il fronce les sourcils et hausse les épaules pour admettre qu'il n'a pas compris. Luke répète encore, mais cette fois de façon plus distincte. Son père me fixe.

– Il te réclame !

Immédiatement, je fais le tour du lit et prends la place de John.

– Je suis là, Luke, je suis là !

Je lui caresse les cheveux tout en le rassurant.

– On est tous là, on est heureux que tu te sois enfin réveillé. Repose-toi, on ne bouge pas.

Mais il essaie de parler à nouveau, je m'approche pour l'écouter et dans un souffle…

– Ta robe !

Je me redresse. Qu'est-ce que ça veut dire ? Est-ce qu'il divague ? Je lui demande de répéter.

– Ta robe ! Va chercher ta robe !

Est-ce qu'il a entendu quand j'en parlais à ma mère quelques jours plus tôt ? Pourquoi veut-il que j'aille la chercher ?

Je regarde ses parents en cherchant dans leurs yeux une explication à cette requête farfelue, mais je ne leur laisse pas le temps de réagir, je demande à Caroline de m'emmener chez moi tout de suite. Elle ne discute pas et nous partons en courant.

Tout le long du trajet, je m'interroge sur ce qu'il veut.

Une fois arrivée, je me précipite à l'intérieur. Je fais un rapide tour d'horizon, je cherche ma mère. Mamita vient à ma rencontre et m'indique qu'elle est dans le bureau de mon père. J'entre en trombe.

– Où est ma robe ?

Elle voit bien que je suis complètement affolée et ne cherche pas à comprendre.

– Elle est pendue dans ta chambre !

Je monte les escaliers quatre à quatre et la trouve accrochée à mon armoire, protégée dans une housse. Je l'arrache presque du cintre et file rejoindre Caroline.

Une fois de retour à l'hôpital, je ne pense même pas à prendre l'ascenseur et monte les marches aussi vite que je le peux. Lorsque j'arrive devant la chambre de Luke, ses parents sont à la porte dans les bras l'un de l'autre. Je reste un instant interdite. Dès qu'ils me voient, je remarque leurs larmes et sa mère me fait un hochement de tête que je n'oublierai jamais. Je comprends tout de suite. Et là, tout semble se dérouler au ralenti. Je lâche ma robe, cours dans la chambre. Je n'entends que ce bip continu assourdissant et le médecin qui annonce l'heure du décès. Je pousse l'infirmière et me jette sur lui. Je le secoue de toutes mes forces.

– Luke ! Non ! Tu n'as pas le droit de faire ça, non ! Réveille-toi, je t'en prie ! Je t'en supplie ! Ne me laisse pas !

Une infirmière essaie de m'éloigner mais je la repousse violemment.

– Laissez-moi ! Vous m'entendez ? Laissez-moi !

Je m'allonge sur lui et inonde les draps de mes larmes. Je le regarde, le personnel soignant lui a retiré tous les fils qui masquaient son beau visage. Il est si paisible. Je n'aurais jamais dû le laisser ! Jamais ! Je prends ses joues entre mes mains, il est encore chaud. Je dépose un baiser sur ses lèvres et colle ma tête contre la sienne. Je lui chuchote :

– Ne me laisse pas, je t'en supplie ! J'ai tant besoin de toi ! S'il te plaît…

Je l'embrasse partout où je peux, dans l'espoir fou que ça le ramène à moi. Je ne peux pas me résoudre à le laisser partir. Ce n'était pas comme ça que ça devait se passer. Une infirmière vient près de moi.

– Mademoiselle, écartez-vous, je vous en prie.

– Non ! Vous m'entendez ? Non ! Je reste avec lui, je n'irai nulle part ! Nulle part !

Elle tente de dire quelque chose mais je ne l'écoute pas. Son père entre alors à son tour. Il pose sa main sur mon épaule.

– Yale, il faut le laisser, maintenant, me dit-il d'une voix calme.

Mais je m'accroche à lui, il est tout ce que j'ai. Je ne peux pas ! Je ne veux pas l'abandonner. Il ne doit pas partir, il doit rester avec moi. Je sens les deux mains de John sur mes épaules, il me tire vers lui, j'essaie de résister puis finis par céder. On vient de m'arracher à l'amour de ma vie.

Les brancardiers emportent Luke.

Lorsque la chambre est vide, je casse tout ce que je peux jusqu'à ce qu'il ne reste plus rien. Tout ce qui se présente y passe ; les vases où étaient les fleurs qu'on lui a apportées se fracassent contre le mur. Tout est brisé. Comme moi désormais. Je m'agenouille et je hurle de douleur avant de fondre en larmes. Je me roule en boule sur le sol et me laisse aller.

Une infirmière vient m'injecter un sédatif pour m'aider à me calmer. Dès que le produit fait effet, ils réussissent enfin à m'extirper de cette chambre. Sa mère est assise devant l'entrée, un monsieur vêtu de noir se tient près d'elle. Quand il décroise les jambes, j'aperçois sa soutane. Meredith me voit l'observer, elle se lève et vient à côté de moi.

– Luke a tenu à faire venir le révérend Goulding. Il savait qu'il allait partir, ma chérie, et sa dernière volonté, c'était de t'épouser, mais le temps a encore joué contre nous !

Elle me serre dans ses bras, j'étouffe mes sanglots sur son épaule. Jusqu'au bout, sa priorité, c'était moi, même dans son pire moment, il n'a pensé qu'à moi. J'aurais dû rester auprès de lui mais je voulais tellement lui faire plaisir…

Avant de partir, les médecins me donnent tout un tas de médicaments pour m'aider à me détendre et à dormir. Quand les parents de Luke arrivent dans notre rue, je leur demande s'ils voient un inconvénient à ce que je reste cette nuit dans sa chambre. Ils ne répondent pas et se garent devant chez eux. J'entre et monte directement.

Lorsque je passe le pas de la porte, son odeur est si présente. Je ferme les yeux et j'ai l'impression de le sentir près de moi mais en les rouvrant, je vois bien que la pièce est désespérément vide. Je regarde alors chaque poster, chaque fanion accroché au mur comme si c'était la première fois que j'entrais ici. Je m'approche de son armoire et je contemple chaque photo de lui, je prends la plus récente, c'est celle de la remise des diplômes et je la serre contre moi. Je m'allonge sur son lit, me blottis sous sa couverture et respire son odeur à plein nez, sa photo tout contre moi.

Je réussis à trouver le sommeil grâce aux somnifères. Je retrouve Luke dans mon rêve.

C'est le jour dont on a tant rêvé. Nos invités sont tous assis sur des chaises blanches dans le jardin de mes parents, il y a une allée recouverte de pétales de fleurs roses et blanches. Tout au bout de cette allée, il y a une arche fleurie, le révérend et Luke se tiennent juste devant. Quand je m'avance vers l'autel, je vois tous les gens que j'aime : mon père, ma mère, Cory, Caroline… Tout le monde semble si heureux. Lorsque j'arrive à la hauteur de Luke, il me contemple, le regard admiratif et plein d'amour. Mais alors que je veux lui prendre la main, il s'éloigne. Je l'appelle mais il ne réagit pas.

– Luke ! Luke !

Je me réveille en sursaut. Je me redresse, jette un coup d'œil à la pièce. Je saute du lit et me précipite en bas. Sa mère boit un café, assise à la table de la cuisine. Lorsqu'elle aperçoit mon visage plein d'espoir, elle secoue la tête pour me ramener à la réalité. Ce n'était qu'un rêve. La sensation était si réelle que la déception est écrasante. Je me traîne alors dans sa chambre, me rallonge et fixe le plafond.

Je passe tout le week-end chez les Austin. Je les aide à organiser l'enterrement de Luke. Les obsèques auront lieu demain. Certains membres de la famille sont déjà arrivés car ils viennent de loin. John et Meredith ont convié mes parents à se joindre à nous.

Le soir, au repas, nous sommes déjà nombreux. Les gens rient, évoquent de vieux souvenirs avec Luke, et moi, je suis au milieu de ce brouhaha, je ne parle pas, je ne réagis pas, je respire seulement. Je me sens comme une coquille vide. Sa sœur me prend la main et me fait signe de la suivre. Nous sortons au bord de la piscine. Je regarde la chaise longue sur laquelle nous nous étions assis la première fois que nous étions venus rendre visite à ses parents, je le revois. L'évocation de ce souvenir me fait sourire. Sarah s'approche de moi.

– Tu penses à lui en ce moment ?

– Je repensais à nous, assis juste là.

– Tu sais, c'est vrai que nous le savions depuis un peu plus longtemps que toi mais… mais, même si nous avions eu encore plus de temps, tu n'es jamais préparé à perdre quelqu'un qui t'est cher.

– Je sais… Il me manque tellement… J'ai l'impression d'avoir perdu une partie de moi. Il n'est plus là, vivre sans jamais le revoir me semble insurmontable.

Elle pose une main sur mon épaule.

– Tu te trompes, il est toujours là et il le sera toujours.

Elle pose sa main sur le haut de ma poitrine.

– On ne pourra jamais t'enlever tout ce que vous avez partagé, tout l'amour qu'il t'a donné, tout ça t'appartient, et maintenant, il veille sur toi.

Je la prends dans mes bras et sanglote à nouveau.

– Il me manque tellement.

Sarah me caresse les cheveux.

– Je sais, ma belle… Je sais… À nous aussi.

Après notre accolade, nous décidons de rejoindre les autres. Je rentre à la maison avec mes parents, je n'ai pas envie d'envahir la famille de Luke. Quand je pénètre dans ma chambre, tout me le rappelle, une fois encore. Où que j'aille, il sera partout.

Je le revois sur mon lit, la première fois qu'il est venu me parler de l'université, lorsque nous avons regardé les étoiles sur ma terrasse, où nous avons fait l'amour. Je ferme les yeux et j'arrive encore à retrouver les sensations qu'il me procurait. Je m'allonge sur mon lit et je ressasse encore et encore tout ce que nous avons partagé, tous ces sourires, tous ces gestes tendres, tous ces mots doux… Soudain, j'entends frapper à ma porte.

– Entrez !

Dès que je vois ma mère, je m'effondre. Elle vient s'asseoir près de moi.

– Tiens, je t'ai apporté un somnifère pour t'aider à dormir.

Elle me prend dans ses bras et ne dit rien, me laissant juste profiter de son épaule pour me laisser aller.

Au bout de quelques minutes, j'arrive à reprendre mes esprits. Elle me tend le verre d'eau et le cachet. J'en ai besoin pour m'offrir quelques heures de sommeil. Une fois qu'elle s'est assurée que je me suis calmée, elle me laisse.

Je m'éveille vers quatre heures du matin, impossible de me rendormir. Je descends donc dans le salon et j'attends que les heures tournent.

À six heures, Mamita entre dans la cuisine pour préparer le petit déjeuner. Elle vient me voir pour savoir si j'ai besoin de quelque chose mais je refuse, je veux juste rester seule.

Vers neuf heures, mon père vient me chercher et m'invite à me préparer. Je monte dans ma chambre, je prends une robe noire et des chaussures assorties. Je file à la salle de bains. Je me prépare comme un robot.

Je rejoins enfin mes parents pour aller chez monsieur et madame Austin. Tout le monde est dans le salon, prêt à partir. Pour moi, c'est maintenant le plus dur, je vais devoir dire adieu à Luke pour toujours.

La cérémonie est remplie d'émotions. Tous les gens qui l'aiment sont là. Ceux qui sont venus le voir à l'hôpital mais aussi d'autres que je ne connais pas. L'église est pleine, c'est un très bel hommage. Je réussis à articuler quelques mots pour lui dire à quel point je l'aime et pour le remercier pour tous ces moments formidables que nous avons eu la chance de partager. Il part rejoindre les anges sur notre chanson.

Je reste au cimetière alors que la cérémonie s'achève. Tout le monde s'est réuni chez les Austin mais je veux rester avec lui encore un peu. En fait, je dois y passer quelques heures car Cory revient me chercher alors que le soleil se couche.

Chez les parents de Luke, il y a du monde dans toutes les pièces. Je n'ai jamais vu autant de personnes dans cette maison. Les gens rient, parlent fort, on se demande presque s'ils viennent d'assister à un enterrement. Mais je m'aperçois rapidement que tous parlent de Luke. Ils évoquent à leur manière des moments qu'ils ont partagés avec lui et ça m'intéresse, alors je fais le tour de chaque groupe pour échanger avec eux. Il m'arrive même de sourire. Quand ils commencent à partir peu à peu, je retrouve ma morosité. Avoir tout ce monde autour de moi m'empêchait de penser, d'affronter cette dure réalité. Chacun reprend le cours de sa vie, et moi, je me retrouve seule dans la mienne. Ça y est, il est vraiment parti. Mes parents me prennent par les épaules et nous rentrons.

Les jours défilent ; je ne suis plus que l'ombre de moi-même. Plus rien n'a de sens, je suis un fantôme qui erre de pièce en pièce. Je ne garde sur moi qu'un tee-shirt et un caleçon de Luke. Nous sommes jeudi et je porte ses vêtements depuis lundi soir. On peut dire que son odeur a disparu pour laisser place à la mienne. J'arrive tout juste à avaler du café et je prends toujours les médicaments prescrits par le médecin pour réussir à dormir un peu. Je suis allongée sur le canapé quand on sonne à la porte. Mamita ouvre et quelques secondes après, Meredith se tient près de moi.

– Je voudrais que tu viennes une minute, Yale. C'est possible ?

J'acquiesce. Je la laisse un instant pour aller enfiler un pantalon puis je la suis. Nous montons dans la chambre de Luke.

– Voilà, je suis venue ce matin pour faire un peu de rangement et j'ai trouvé ça.

Elle me montre une boîte en carton sur le lit.

– Je pense qu'elle t'est destinée.

Je m'approche et m'installe à même le sol.

– Je vais te laisser seule un moment.

Elle tourne les talons et dès qu'elle a passé la porte, j'ouvre le carton. Il y a toutes sortes d'objets, chacun rappelant les moments que nous avons passés ensemble. Je sors d'abord un pull griffé Yale, il y a aussi les tickets de cinéma de chaque séance où nous sommes allés puis les cartes de visite de chaque hôtel où nous avons séjourné, les places de concert de Bruno Mars, la casquette des Yankees et les billets d'entrée au stade. Je découvre aussi quelques-uns des selfies que nous avons faits, qu'il a pris soin d'imprimer, notamment celui où nous sommes sur le pont de Brooklyn. Et je trouve aussi la chaîne en argent que je lui ai offerte, je la mets tout de suite autour de mon cou. Toute notre vie est là, dans ce carton.

Au fond de la boîte, il y a une enveloppe avec mon surnom écrit dessus, je m'empresse de l'ouvrir.

«Yale,

Mon ange, ma lueur, mon éternité.

Si tu lis ce courrier, c'est que je suis déjà parti. Je fais partie de ceux qui ont le privilège de connaître la date de leur fin.

Excuse-moi de t'avoir fait subir tout ça, mais j'avais tellement besoin de toi. Je sais que j'ai fait preuve d'égoïsme en t'obligeant à m'épauler dans cette dernière épreuve mais je pars et je ne regrette absolument rien. J'ai vécu jusqu'à mon dernier souffle avec la femme de ma vie. J'ai eu cette chance, et si c'était à refaire, je recommencerais les mêmes erreurs simplement parce qu'être amoureux de toi a été la plus belle chose de ma vie.

J'ai rencontré le grand amour alors que d'autres courent toute leur vie sans jamais le trouver.

Je te connais, et aujourd'hui, tu es persuadée que Dieu est le seul responsable. J'y ai beaucoup réfléchi et je crois qu'il existe. Il m'a ouvert la voie et c'est moi qui n'ai pas su prendre la bonne direction. Je savais que c'était toi et j'aurais dû écouter mon cœur et pas ma testostérone. Dieu connaissait l'issue et voulait me laisser profiter de ma courte vie en m'ouvrant les yeux sur le grand amour de ma vie. J'ai été stupide de me priver de toi pendant toutes ces années mais j'ai savouré chaque instant à tes côtés ces derniers mois.

Tu es la personne la plus intelligente, la plus belle et la plus merveilleuse que j'aie jamais connue. Te serrer contre moi, te sentir, t'embrasser, te toucher ont été des sensations merveilleuses.

Je sais qu'il y a un paradis et je me fais la promesse de veiller sur toi de là-haut. Je serai toujours là, près de toi. Dans les moments difficiles comme dans les moments de bonheur, je serai là. Tu n'auras qu'à regarder ton tatouage, je t'ai et tu m'as dans la peau pour toujours.

Tu as toute la vie devant toi alors sois heureuse. Je veux que tu m'en fasses la promesse. On sait toi et moi que l'amour que nous avions l'un pour l'autre était unique mais je te souhaite de goûter à nouveau à ces délices. Tu le mérites.

Arrête de ruminer mon départ et va de l'avant. Il y a tant de choses à découvrir, de moments à partager, ne passe pas à côté en te noyant dans ta peine. Je sais que ton amour pour moi était sincère, je n'en ai jamais douté et ce n'est pas parce qu'un jour tu rencontreras un autre homme que cela signifiera que tu m'auras oublié ou que ton amour pour moi n'était pas authentique, je le sais et toi aussi. Profite, mon ange. Tu dois être aimée, choyée.

Un jour, on se retrouvera, mais avant ça, il faut que tu accomplisses de grandes choses. Je t'imagine avec ta robe d'avocate en train de plaider avec fougue pour défendre un innocent. Alyssa Conrad est destinée à un grand avenir.

Merci pour tout ce que tu m'as offert, je pars la tête remplie de souvenirs, beaucoup d'entre eux sont très coquins. J'espère t'avoir apporté autant que tu l'as fait pour moi. Si j'ai tenu jusque-là, c'est grâce à toi. Je me suis battu pour toi, tu as été ma raison de vivre. Merci d'avoir rendu ma vie aussi belle. Je serai à jamais dans ton cœur, et ça, personne ne pourra jamais te l'enlever. Fais-moi plaisir et vis !

Luke, ton ange éperdument amoureux.

N. B. : Il doit y avoir une petite boîte turquoise, ouvre-la, c'est mon dernier cadeau. »

Je fouille et finis par découvrir cet écrin. Il vient de chez *Tiffany's*. C'est une bague, ou plutôt une alliance, qui s'y trouve. Il y a gravé « À toi, à jamais » à l'intérieur. Je la glisse à mon annulaire, elle me va parfaitement. Est-ce qu'il savait que nous n'aurions pas le temps ? Je m'allonge sur le lit et je relis la lettre encore et encore. Je l'imagine écrivant cette déclaration d'amour. Je n'essaie même pas d'envisager ma vie avec quelqu'un d'autre que lui, mais en revanche je veux qu'il soit fier de moi, ça oui !

Je nous fais la promesse d'accomplir de grandes choses. Il a raison, il sera toujours là. J'ai eu la chance de connaître mon grand amour et de vivre des moments que je n'aurais jamais cru possibles. Tout cela, je le lui dois, je dois aller de l'avant mais toujours sous sa protection.

Je continue de regarder les objets un à un et me rappelle les souvenirs auxquels ils me renvoient. J'observe les photos ; plusieurs ont été prises à mon insu. Moi en train de dormir ou de me préparer. Il en a pris plusieurs de lui aussi certainement pour me les laisser. Je trouve son geste si attentionné. Je fais un dernier tour d'horizon de sa chambre, je mémorise tous les détails parce que j'ai bien le sentiment que c'est la dernière fois que j'entre ici.

Alors que je suis dans l'encadrement de la porte et que je me retourne pour jeter un dernier coup d'œil, je ne peux m'empêcher de repenser à ce jour où il m'a annoncé son cancer. *Si seulement*, on avait eu plus de temps. *Si seulement*, il était venu me voir plus tôt, bien avant qu'il n'apprenne pour sa maladie. *Si seulement* nous avions pu vivre notre histoire d'amour plus longtemps…

Si seulement…

Je descends les escaliers, ma boîte sous le bras, je rejoins ses parents dans la cuisine. Je leur explique le dernier beau geste que leur fils a eu pour moi et leur montre l'alliance à mon annulaire, je vois bien qu'ils sont émus. Il leur a laissé un mot à chacun. Je leur promets de revenir les voir de temps en temps mais je leur explique que je dois tenir ma promesse pour Luke. Je vais me laisser quelques jours et, dès lundi, je retourne à l'université. Il n'est peut-être pas trop tard pour décrocher mon stage.

Ses parents me raccompagnent jusqu'à la porte, une dernière embrassade et nous nous séparons.

J'ai des projets plein la tête, il a raison, il est toujours près de moi et il me pousse à avancer. Je ne peux pas le voir mais je peux le sentir. Je me surprends à sourire.

Le vent se lève, je ferme les yeux et je peux imaginer ses mains sur moi et son sourire charmeur que j'adore !

Oui, Luke, tu seras fier de moi ! Je te le promets. Je t'aime.

Remerciements

Tout d'abord, je tiens à te remercier toi, lecteur (trice) d'avoir choisi ce livre parmi tant d'autres dans le rayon, de lui donner sa chance et de permettre à cette histoire de prendre vie.

Dans cette aventure complètement folle, je voudrais remercier mes parents, qui m'accordent un soutien sans faille quoi que je fasse, quoi que je décide. À mon chéri, Éric, mon compagnon de route, complètement étranger à cet univers mais qui fait du mieux qu'il peut pour me soutenir envers et contre tout. Mes deux meilleures amies, mes piliers, Nathou et Caro, qui m'acceptent telle que je suis, me poussent, m'encouragent et qui sont toujours là quoiqu'il arrive.

Un grand merci à mes « bêtamies », Marie-José Zapatero, Marie Bounab, Pauline Pawlowski, Audrey Flament, Manon Azzarelli et Noély Nattei. Merci pour votre oreille attentive, vos mots réconfortants et votre confiance aveugle, je n'en serais pas là sans vous.

À Sandrine Dangriaux, merci d'avoir eu l'audace que je n'aurai jamais !

À mes amis, soutiens de la première heure. Merci d'avoir cru en moi, de m'avoir accordé du temps, de m'avoir soutenue et d'avoir porté mes écrits jusque-là. Je pense à Laeti Sanchez, Marine Basson, Marion Portal, Deborah Thorel, Anne-Sophie Thorel, Marion Chevron, Stéphanie Monjon, Laure Therond, Yoan Floutier, Fabien Circhirillo, Roxane Bonneaud, Marion Dore Catarsi, Aurore Tesson, Betty Tarbouriech, Floriane Janssen, Sébastien Georges, Christine Combe-Bosch, Emilie Hermabessiere-D'Amore, Karine Galanti, Emilie Pascal, Marie Charrier, Betty Boisselot, Emmelyne André, Julie Jaboin, Gaëlle Jolin, Cynthia Rolland, Florie Bonneton, Celine Billon, Emeline Frost, Angélique Juste, Céline Albuisson, Roxane Auguste, Sylvine Objois, Aurélie Héran, Mimie Janssen, Audrey Fantini, Nancy Carpio, Christelle Fortin, Maella Teimosa-Tedog, Sharleen Gonzalez, Myriam Cano, Aurélie Gamundi, Aurélie Charnelet, Marina Amouroux, Magali Weiskopf, Jennifer Bonnes, Julie Lazaro.

Et puis cette histoire a mis de nouvelles et belles personnes sur ma route.

Merci d'être toujours là, Nina Coste-Bourrier, Johanna Bardon, Emilie Segui, Shirley Visco, Jenny Petit, Stephanie Fauvel Macre, Chloé Sabastia, Maëlyna Briand, Deborah Daguerre, Anne Le Cozic Auloni, Laura Lynn, Sophie Arnaud, Delphine Geay, Lilou Titi, Coco de Bordeaux, Mary Dfz, Veronique Scavino, Gaelle Laborie, Jennifer Gabriel, Frederique Dubois, Sandra Sasa Dehas, Alexandra Anjali, Maite Maya, Lolo Casas.

Merci à Hugo&Cie de m'avoir ouvert les portes de cette maison d'édition dont j'ai secrètement rêvé.

Merci à Sylvie, mon éditrice, d'avoir pointé du doigt les défauts de ce texte pour le faire gagner en qualité.

Merci aussi aux blogueuses de prendre de leur temps pour lire mes livres et les chroniquer.

Une mention spéciale à celles qui me suivent depuis le début : Livre sa vie, Wordsoflove, Les lectures de la Diablotine, Exaltation livresque, Aux rêves des mots, Mille livres en tête, More&New Reading.

Merci à tous de m'accepter telle que je suis, de m'insuffler la confiance dont je suis dépourvue et me donner le sentiment de faire quelque chose de bien pour une fois.

Et si j'ai oublié l'un ou l'une d'entre vous, je m'en excuse et je vous remercie.

Mag est juste Mag.

TOME 2
À PARAÎTRE
LE 13 FÉVRIER

f ET HUGONEWROMANCE

Hugo L'éditeur de la NEW ROMANCE®